戦《せん》国《ごく》武《ぶ》将《しょう》物《もの》語《がたり》

徳《とく》川《がわ》四《し》天《てん》王《のう》

小《お》沢《ざわ》章《あき》友《とも》／作《さく》　甘《あま》塩《じお》コメコ／絵《え》

JN224087

講談社 青い鳥文庫

もくじ

徳川家康《とくがわいえやす》
酒井忠次《さかいただつぐ》
家康《いえやす》の父《ちち》・松平広忠《まつだいらひろただ》の代《だい》から松平家《まつだいらけ》・徳川家《とくがわけ》につかえる。家康《いえやす》がおさないころから近《ちか》くで見守《みまも》ってきた忠臣《ちゅうしん》。
本多忠勝《ほんだただかつ》
おさないころから家康《いえやす》につかえ、数々《かずかず》の戦《いくさ》で手柄《てがら》をあげる。蜻蛉《とんぼ》斬《ぎ》りで有名《ゆうめい》な槍《やり》の使《つか》い手《て》。

おもな登場人物《とうじょうじんぶつ》

三河《みかわ》の国《くに》（今《いま》の愛知県《あいちけん》の東部《とうぶ》）の小大名《しょうだいみょう》の家《いえ》に生《う》まれる。おさないころから織田家《おだけ》・今川家《いまがわけ》の人質《ひとじち》となり、苦労《くろう》しながら努力《どりょく》して領地《りょうち》を広《ひろ》げていく。織田信長《おだのぶなが》と同盟《どうめい》をむすび、その後《ご》、豊臣秀吉《とよとみひでよし》にもつかえるなどしながら、着実《ちゃくじつ》に力《ちから》をたくわえ、天下分《てんかわ》けめの関《せき》ヶ原《がはら》の戦《たたか》いの時点《じてん》で二百五十万石《まんごく》の領地《りょうち》をもち、大名《だいみょう》のなかでも抜《ぬ》きんでた実力者《じつりょくしゃ》となる。

榊原康政《さかきばらやすまさ》

忠勝同様《ただかつどうよう》、おさないころから家康《いえやす》につかえる。武《ぶ》芸《げい》だけでなく、書《しょ》の才能《さいのう》もあり、実力《じつりょく》を発揮《はっき》する。

井伊直政《いいなおまさ》

養母《ようぼ》・井伊直虎《いいなおとら》に育《そだ》てられたのち、家康《いえやす》につかえる。戦《いくさ》にもまつりごとにもすぐれた才能《さいのう》をもつ。

井伊直虎《いいなおとら》

井伊直政《いいなおまさ》の養母《ようぼ》。家《いえ》の事情《じじょう》で、女性《じょせい》でありながら、井伊家《いいけ》の領主《りょうしゅ》となった。

序章《じょしょう》　天下《てんか》の宝《たから》

「ところで、徳川家《とくがわけ》では、どのような宝《たから》をおもちかな？」

天下人《てんかびと》となって得意《とくい》の絶頂《ぜっちょう》にあった豊臣秀吉《とよとみひでよし》は、にこやかに、徳川家康《とくがわいえやす》にたずねた。

大坂城《おおざかじょう》の大広間《おおひろま》にいならんだ諸大名《しょだいみょう》を前《まえ》に、秀吉《ひでよし》は、ありあまる金銀《きんぎん》を湯水《ゆみず》のように使《つか》ってあつめた名品《めいひん》をひろげて、自慢《じまん》していたのだ。

「これはな、唐代《とうだい》のころよりつたわってきた純金《じゅんきん》の壺《つぼ》でな……。」

中国《ちゅうごく》や高麗《こうらい》、日本《にっぽん》の名匠《めいしょう》によってつくられた茶器《ちゃき》、花器《かき》、陶芸品《とうげいひん》、掛《か》け軸《じく》、太刀《たち》、槍《やり》、鎧《よろい》などの品々《しなじな》を、ひとしきり自慢《じまん》したあと、秀吉《ひでよし》は、どうじゃ、おそれいったであろうという、得意満《とくいまん》面《めん》の顔《かお》で、大名《だいみょう》たちを見回《みまわ》した。

「おのおのがたのお家《いえ》には、どのような天下《てんか》の名宝《めいほう》がござるかな。」

大名《だいみょう》たちは、それぞれに、家《いえ》につたわる宝《たから》をいった。

「わが家《や》には、かの雪舟《せっしゅう》が、萩《はぎ》の地《ち》で描《えが》いたとされる屏風《びょうぶ》がつたわっております。」

「それがしの家《いえ》には、足利尊氏公《あしかがたかうじこう》が九州《きゅうしゅう》の地《ち》でかぶったといわれる兜《かぶと》がつたわっております。」

ふむ、ふむ、それは名品《めいひん》じゃ。

秀吉《ひでよし》は、いちいち、うなずきながら、

「それはよいのう。その宝《たから》、わしも、ほしいものじゃ。」

と、愛想《あいそ》をふりまくように、いった。

しかし、その顔《かお》には、それらがほんとうにほしいといった真剣《しんけん》な表情《ひょうじょう》は、浮《う》かんでいなかった。

やがて、その目《め》が、家康《いえやす》に留《と》まった。

「ところで、徳川家《とくがわけ》では、どのような宝《たから》をおもちかな？　徳川《とくがわ》どのは、代々《だいだい》の三河《みかわ》の名家《めいか》。さぞかし、りっぱなお宝《たから》がござろうな。」

秀吉《ひでよし》は、家康《いえやす》におもねるように、いった。しかし、そのことばとはうらはらに、その目《め》には、どこか軽《かろ》んじている様子《ようす》があった。

どうせ、たいした宝《たから》はもっていないであろう。そういっているような目《め》だったのだ。

家康《いえやす》は、はたと、こまった。

わが家《や》の宝《たから》は、これこれでございます。そう、ほこることのできる宝《たから》は、もちあわせていなかったのだ。

「いかなるお宝《たから》か、教《おし》えてくだされ。」

秀吉《ひでよし》は、追《お》いうちをかけるように、たずねた。

家康《いえやす》は、答《こた》えにつまった。ぜいたくを好《この》まず、つましい暮《く》らしをこころがけてきた家康《いえやす》には、これといった趣味《しゅみ》がなかった。

――そのような宝《たから》は、まったく、もちあわせておりませぬ。

そう、こたえようとしたとき、家康《いえやす》の気持《きも》ちが、ふっと変《か》わった。家康《いえやす》はひとつ息《いき》をつき、低《ひく》い声《こえ》でいった。

「これといった宝《たから》は、ござりませぬ、が……。」

秀吉《ひでよし》が、さもあろうといわんばかりの顔《かお》で、かるくうなずいた。そして、つぎの大名《だいみょう》に向《む》かって、たずねようとしたとき、家康《いえやす》はいった。

「されど、しいてあげるとしたら……。」

秀吉《ひでよし》は、視線《しせん》を、家康《いえやす》にもどした。

「ふむ。」

秀吉《ひでよし》の目《め》が光《ひか》った。

「それは、なんでござるかな。」

家康《いえやす》は、遠慮《えんりょ》がちに、いった。

「わが徳川家《とくがわけ》には、ここぞというときには、火《ひ》の中《なか》、水《みず》の中《なか》へも飛《と》び入《い》り、死《し》をもいとわぬ三河《みかわ》武士《ぶし》が、五百騎《き》おりまする。この五百騎《き》さえいれば、日本《にっぽん》六十余州《よしゅう》、おそろしい敵《てき》はなく、これこそわが家《や》の宝《たから》ではないかと、日《ひ》ごろから秘蔵《ひぞう》しております。」

秀吉《ひでよし》は、しらけた表情《ひょうじょう》を浮《う》かべた。それまで、機嫌《きげん》のよかった顔《かお》が、みるみる、けわしくなった。

大名《だいみょう》たちのあいだに、気《き》まずい空気《くうき》がながれた。

「……さようで、ござるか。」

気色《きしょく》をそこねた顔《かお》で、そういったあと、しかし、すぐに機嫌《きげん》を直《なお》したように、秀吉《ひでよし》はいった。

「徳川《とくがわ》どののお宝《たから》は、忠実《ちゅうじつ》なる三河武士《みかわぶし》でござるか。されどな、わしがたずねておる宝《たから》とは、あいにく、人《ひと》ではござらぬ。」

家康《いえやす》は、かるく頭《あたま》をさげた。

「無粋《ぶすい》をいたしました。わが家《や》には、宝《たから》と呼《よ》べるものがひとつもなく、つい、くるしまぎれに、気《き》の利《き》かぬ、おろかなことを申《もう》し上《あ》げてしまいました……。」

秀吉《ひでよし》は手《て》をふり、からからと笑《わら》って、うなずいた。

「なんと、くるしまぎれの宝《たから》でござったか。」

しかし、そういいながら、秀吉《ひでよし》の目《め》は、笑《わら》っていなかった。

家康《いえやす》のことばは、秀吉《ひでよし》の胸《むね》を、するどくえぐったのだ。秀吉《ひでよし》にとって、うらやましくてならなかったのは、まさしく家康《いえやす》のかかえている家臣《かしん》たちだった。

農民《のうみん》の身《み》から、天下人《てんかびと》にまでのぼりつめた関白秀吉《かんぱくひでよし》が、もっていなかったもの。それは、徳川《とくがわ》家《け》の家臣《かしん》たちのような、代々《だいだい》にわたってつかえてきた家来《けらい》だった。主君《しゅくん》のためなら、死《し》をもおそれずに戦《たたか》いぬく、忍耐強《にんたいづよ》く、忠義一徹《ちゅうぎいってつ》の三河武士《みかわぶし》たちだった。


とりわけ、家康《いえやす》には、『徳川四天王《とくがわしてんのう》』と、のちに呼《よ》ばれる四人《にん》の家臣《かしん》がいた。

第《だい》一の四天王《してんのう》、酒井忠次《さかいただつぐ》は、家康《いえやす》より十五歳年上《さいとしうえ》で、家康《いえやす》の祖父《そふ》の代《だい》から徳川家《とくがわけ》につかえ、織田信長《おだのぶなが》に「うしろに目《め》がある」と称賛《しょうさん》された、いくさ上手《じょうず》の家老《かろう》だった。

第二《だい》の四天王《してんのう》、本多忠勝《ほんだただかつ》は、家康《いえやす》よりも六歳年少《さいねんしょう》で、「蜻蛉斬《とんぼぎ》り」と呼《よ》ばれる長《なが》い槍《やり》を手《て》に、五十七回《かい》のいくさに出《で》て、一度《いちど》も傷《きず》を負《お》ったことのない、闘魂《とうこん》あふれる武将《ぶしょう》だった。

第三《だい》の四天王《してんのう》、榊原康政《さかきばらやすまさ》は、忠勝《ただかつ》と同《おな》じ年《とし》で、「無《む》」の旗印《はたじるし》をかかげて戦《たたか》いにのぞみ、知略《ちりゃく》にすぐれ、その無欲《むよく》な生《い》きざまと達筆《たっぴつ》な筆使《ふでづか》いで名高《なだか》い武将《ぶしょう》だった。

第四《だい》の四天王《してんのう》、井伊直政《いいなおまさ》は、家康《いえやす》よりも十九歳年下《さいとしした》で、「女地頭《おんなじとう》」井伊直虎《いいなおとら》に育《そだ》てられて成長《せいちょう》し、武田信玄《たけだしんげん》がのこした無敵《むてき》の「赤備《あかぞな》え」軍団《ぐんだん》をひきいて、つねに先陣《せんじん》を切《き》って戦《たたか》った勇猛《ゆうもう》な武《ぶ》将《しょう》だった。

この四人《にん》こそは、徳川家《とくがわけ》のほこる三河武士《みかわぶし》の代表《だいひょう》であり、家康《いえやす》が天下《てんか》をとるのに、多大《ただい》な功《こう》があった名臣《めいしん》であった。

秀吉《ひでよし》は、ひそかに、この四人《にん》にたいして、

「どうじゃ、わが配下《はいか》にならぬか。望《のぞ》みの禄高《ろくだか》をとらすぞ。」

と、徳川家《とくがわけ》から豊臣家《とよとみけ》にうつるように、露骨《ろこつ》にさそったことがあった。しかし、四天王《してんのう》たちは、だれひとり、そのさそいに乗《の》らなかった。

秀吉《ひでよし》が、ほしくてほしくてたまらなかった宝《たから》、それこそは、『徳川四天王《とくがわしてんのう》』に代表《だいひょう》される、家《いえ》康《やす》の家臣《かしん》たちだったのだ。

第《だい》一章《しょう》　第《だい》一の四天王《してんのう》、酒井忠次《さかいただつぐ》

大永《だいえい》七年《ねん》（一五二七年《ねん》）、松平家《まつだいらけ》に代々《だいだい》つかえてきた酒井家《さかいけ》に、小五郎《こごろう》（のちの酒井忠次《さかいただつぐ》）は生《う》まれた。その一年前《ねんまえ》に、第《だい》七代松平家《だいまつだいらけ》の当主《とうしゅ》、清康《きよやす》には、嫡男《ちゃくなん》の仙千代《せんちよ》（のちの徳川家康《とくがわいえやす》の父《ちち》）が生《う》まれていた。

「小五郎《こごろう》よ、仙千代《せんちよ》さまは、そなたよりもひとつ年上《としうえ》じゃ。よき学《まな》びの友《とも》、よき遊《あそ》び相手《あいて》となるがいい。」

父《ちち》の酒井忠親《さかいただちか》は、小五郎《こごろう》を岡崎城《おかざきじょう》へともない、仙千代《せんちよ》のそばにはべらせて、勉学《べんがく》や武芸《ぶげい》をともにいそしむように、しむけた。

「小五郎《こごろう》、竹馬《たけうま》にのろう。」

「小五郎《こごろう》、弓《ゆみ》の勝負《しょうぶ》をしよう。」

仙千代《せんちよ》は、ひとつ年下《としした》の小五郎《こごろう》を弟《おとうと》のようにかわいがった。ふたりの仲《なか》むつまじいありさまを、酒井忠親《さかいただちか》は微笑《びしょう》して、見《み》まもった。

「小五郎《こごろう》よ。よく聞《き》くがいい。」

酒井忠親《さかいただちか》は、小五郎《こごろう》に、つねづねいって聞《き》かせた。

「われら家臣《かしん》にとって、たいせつなのは、あるじや。われら家臣《かしん》はあるじのために生《い》き、あるじのために死《し》ぬのが、つとめ。あるじのためなら、命《いのち》をかえりみず、忠実《ちゅうじつ》につかえる。それが、われら三河武士《みかわぶし》なのじゃ。」

小五郎《こごろう》がうなずくと、忠親《ただちか》はさらにいった。

「清康《きよやす》さまはまだお若《わか》いが、いずれ今川《いまがわ》、武田《たけだ》、北条《ほうじょう》にもおとらぬ大名《だいみょう》になられよう。」

しかし、天文《てんぶん》四年《ねん》（一五三五年《ねん》）の十二月《がつ》、松平家《まつだいらけ》に悲劇《ひげき》がおきた。

このころ、松平家《まつだいらけ》は清康《きよやす》の力《ちから》で、三河一国《みかわいっこく》二十九万石《まんごく》をほぼ支配《しはい》していた。

「よし、三河《みかわ》をおさめたあとは、尾張《おわり》だ。」

二十五歳《さい》の清康《きよやす》は、長年《ながねん》、敵《てき》としてきた尾張《おわり》を攻《せ》め、織田信秀《おだのぶひで》の弟《おとうと》、信光《のぶみつ》が守《まも》っている守山《もりやま》城《じょう》を攻《せ》めおとそうとしていた。ところが、五日《いつか》の明《あ》け方《がた》、守山《もりやま》攻《ぜ》めの陣中《じんちゅう》で、馬《うま》があばれだした。この騒《さわ》ぎを、家臣《かしん》の阿部正豊《あべまさとよ》がかんちがいした。

清康《きよやす》の叔父《おじ》、松平信定《まつだいらのぶさだ》が「阿部定吉《あべさだよし》はうらぎり者《もの》だ。」と、うそのうわさを流《なが》していたので、正豊《まさとよ》は、父《ちち》の定吉《さだよし》が清康《きよやす》に殺《ころ》されたと思《おも》ったのだ。正豊《まさとよ》は、「父《ちち》のかたきっ。」とさけんで、背後《はいご》から清康《きよやす》を刀《かたな》で刺《さ》しつらぬいた。

「なにをするかっ、正豊《まさとよ》っ。」

それが清康《きよやす》の最後《さいご》のことばとなった。


「父上《ちちうえ》、父上《ちちうえ》……。」

泣《な》きつづける仙千代《せんちよ》を、小五郎《こごろう》はけんめいになぐさめた。

「仙千代《せんちよ》さま。泣《な》いてばかりでは、お体《からだ》にさわりまする。お立《た》ちなおりくださりませ。」

しかし、十歳《さい》の仙千代《せんちよ》があとつぎとなった松平家《まつだいらけ》には、たちまち暗雲《あんうん》がたちこめた。東《ひがし》から今《いま》川《がわ》が、西《にし》から織田《おだ》が、領土《りょうど》に侵入《しんにゅう》してきたのだ。そこで、松平家《まつだいらけ》は、遠江《とおとうみ》・駿河《するが》を支配《しはい》する今川《いまがわ》家《け》の助《たす》けをかりることにした。

尾張《おわり》の織田信秀《おだのぶひで》は、松平家《まつだいらけ》の領土《りょうど》をうばいとろうと、たびたび攻《せ》めてきた。そのつど松平家《まつだいらけ》は必死《ひっし》に戦《たたか》ってしりぞけた。けれど、松平本家《まつだいらほんけ》をのっとろうとしている松平信定《まつだいらのぶさだ》が、「あんな十歳《さい》の小僧《こぞう》に、三河《みかわ》はまかせられぬ。」と、兵《へい》をあげ、岡崎城《おかざきじょう》に攻《せ》めよせてきたときは、ふせぎきれなかった。

酒井忠親《さかいただちか》は十歳《さい》の仙千代《せんちよ》を守《まも》りながら、岡崎城《おかざきじょう》を脱出《だっしゅつ》した。小五郎《こごろう》も一行《いっこう》にくわわった。

信定《のぶさだ》は三河《みかわ》の領地《りょうち》をうばい、仙千代《せんちよ》を殺《ころ》そうとした。

「見《み》つけしだい、仙千代《せんちよ》を殺《ころ》せ。」

信定《のぶさだ》の手《て》から逃《のが》れながら、小五郎《こごろう》は仙千代《せんちよ》に、たえずいいつづけた。

「われらが、命《いのち》にかえても、若君《わかぎみ》をお守《まも》りいたします。」

仙千代《せんちよ》は三河《みかわ》をはなれ、今川義元《いまがわよしもと》のもとに身《み》を寄《よ》せることになった。


「おお、松平《まつだいら》の若君《わかぎみ》か。元服《げんぷく》されるまで、この駿河《するが》ですごされるがよい。」

三河《みかわ》を勢力下《せいりょくか》におこうとしていた義元《よしもと》は、仙千代《せんちよ》をむかえいれた。しかし、仙千代《せんちよ》も、小五郎《こごろう》も、大国《たいこく》の今川家《いまがわけ》では、肩身《かたみ》のせまい思《おも》いを強《し》いられた。

「若君《わかぎみ》。いかにつらくとも、がまんしてくださりませ。いずれ若君《わかぎみ》は岡崎城《おかざきじょう》にもどられて、三河《みかわ》をおさめるあるじとなられるのですから。」

小五郎《こごろう》は仙千代《せんちよ》をはげましつづけた。

四年《ねん》がたち、仙千代《せんちよ》が十四歳《さい》で元服《げんぷく》し、松平広忠《まつだいらひろただ》と名《な》をあらためると、義元《よしもと》は約束《やくそく》したとおり、今川家《いまがわけ》からの独立《どくりつ》をゆるしてくれた。そのとき、義元《よしもと》は広忠《ひろただ》に向《む》かっていった。

「そなたのお子《こ》は、そなたのように、元服《げんぷく》するまで、駿河《するが》で暮《く》らすがよいぞ。」

広忠《ひろただ》はさからわずに、こたえた。

「はっ。おおせのとおりに、いたしまする。」

四年《ねん》ぶりで、広忠《ひろただ》が駿河《するが》から岡崎城《おかざきじょう》にもどると、各地《かくち》にちっていた家臣《かしん》がもどってきた。

「とのがもどられたぞ。」

大叔父《おおおじ》の松平信定《まつだいらのぶさだ》も、「今川《いまがわ》がうしろについていては、たてつけぬ。」と、しかたなく、広忠《ひろただ》につかえることになった。小五郎《こごろう》はよろこんだ。

「若君《わかぎみ》がようやく岡崎城《おかざきじょう》のあるじになられたぞ。」

小五郎《こごろう》は広忠《ひろただ》の正式《せいしき》な小姓《こしょう》となり、天文《てんぶん》九年《ねん》（一五四〇年《ねん》）、十四歳《さい》で元服《げんぷく》し、酒井忠次《さかいただつぐ》と名《な》のることになった。


この年《とし》、尾張《おわり》の織田信秀《おだのぶひで》が三河《みかわ》に攻《せ》めてきた。

岡崎城《おかざきじょう》を守《まも》るのにせいいっぱいの広忠《ひろただ》は、それまで六十年間《ねんかん》、松平家《まつだいらけ》の所領《しょりょう》だった西三河《にしみかわ》の安祥城《あんじょうじょう》を、織田《おだ》にうばわれてしまった。広忠《ひろただ》はなげいた。

「くやしいのう、忠次《ただつぐ》。」

「との、安祥城《あんじょうじょう》はかならずうばいかえしましょう。」

忠次《ただつぐ》はそういって、広忠《ひろただ》の心《こころ》をなぐさめた。

二年後《ねんご》、松平家《まつだいらけ》に、嫡男《ちゃくなん》の竹千代《たけちよ》（のちの徳川家康《とくがわいえやす》）が生《う》まれた。

しかし、竹千代《たけちよ》が三歳《さい》になったとき、母《はは》のお大《だい》は、異母兄《いぼけい》の水野信元《みずののぶもと》が織田方《おだがた》に寝返《ねがえ》ったため、松平家《まつだいらけ》から離縁《りえん》された。母《はは》を失《うしな》った竹千代《たけちよ》が、それでも、すこやかに育《そだ》っていくのを見《み》まもりながら、忠次《ただつぐ》は案《あん》じた。

（いつ、今川義元《いまがわよしもと》は、竹千代《たけちよ》ぎみをわたせといってくるだろう。）

竹千代《たけちよ》が六歳《さい》になったとき、今川義元《いまがわよしもと》が要求《ようきゅう》してきた。

――松平家《まつだいらけ》を守《まも》ってやるかわりに、嫡男《ちゃくなん》の竹千代《たけちよ》を駿府《すんぷ》へさしだせ。

「との、口惜《くちお》しゅうございますが、ここは、今川《いまがわ》にしたがうしかありませぬ。」

酒井忠次《さかいただつぐ》がいうと、広忠《ひろただ》はつらそうにいった。

「無念《むねん》だ、忠次《ただつぐ》。わたしと同《おな》じ肩身《かたみ》のせまい思《おも》いを、竹千代《たけちよ》にも味《あじ》わわせねばならぬとは。」

天文十六年《てんぶんねん》（一五四七年《ねん》）、六歳《さい》の竹千代《たけちよ》は、今川家《いまがわけ》の人質《ひとじち》となるため、城《しろ》を出《で》た。ところが、護衛《ごえい》していた田原城主《たはらじょうしゅ》の戸田康光《とだやすみつ》がうらぎり、竹千代《たけちよ》を、尾張《おわり》の織田信秀《おだのぶひで》にわたしてしまった。信秀《のぶひで》から、広忠《ひろただ》に文《ふみ》がきた。

――息子《むすこ》の竹千代《たけちよ》は、こちらであずかっておる。今川《いまがわ》との約束《やくそく》をなしにして、こちらにつけばよし。もしそうしなければ、竹千代《たけちよ》は殺《ころ》し、三河《みかわ》を攻《せ》める。

松平家《まつだいらけ》の老臣《ろうしん》たちは頭《あたま》をかかえた。これまでどおり、駿河《するが》の今川《いまがわ》にしたがうか。それとも、尾《お》張《わり》の織田《おだ》につくべきか。どちらを選《えら》べば、松平家《まつだいらけ》はほろぼされずにすむか。

老臣《ろうしん》たちが結論《けつろん》を出《だ》せずにいたとき、酒井忠次《さかいただつぐ》はいった。

「とのは、いかばかり、おつらいことでしょうか。されど、信秀《のぶひで》のおどしに屈《くっ》して、織田《おだ》と組《く》めば、ただちに今川《いまがわ》に攻《せ》められましょう。そのとき、お家《いえ》はたもてるでしょうか？」

そのとき松平広忠《まつだいらひろただ》があらわれ、ひれふす家臣《かしん》たちに、悲痛《ひつう》な声《こえ》でいった。

「みなの者《もの》、竹千代《たけちよ》は見捨《みす》てよ。わしは信秀《のぶひで》に文《ふみ》を送《おく》った。竹千代《たけちよ》はそちらに出《だ》した人質《ひとじち》ではない。そちらが竹千代《たけちよ》を殺《ころ》すのなら、勝手《かって》にするがよい。今川《いまがわ》との約束《やくそく》は破《やぶ》らない、と。」

あるじのことばを聞《き》きながら、酒井忠次《さかいただつぐ》はうつむき、くちびるを噛《か》んだ。

「わが人質《ひとじち》をうばうとは。戸田《とだ》め、ゆるせぬ。」

今川義元《いまがわよしもと》は大軍《たいぐん》を送《おく》って、田原城《たはらじょう》を攻《せ》め、戸田康光《とだやすみつ》を討《う》ち死《じ》にさせた。そして田原城《たはらじょう》に、家臣《かしん》の朝比奈《あさひな》をおき、東三河《ひがしみかわ》を今川《いまがわ》のものとした。さらに、義元《よしもと》は命令《めいれい》した。

――わが今川家《いまがわけ》の軍師《ぐんし》、太原雪斎《たいげんせっさい》に五千の兵《へい》をひきいさせて、三河《みかわ》に送《おく》る。雪斎《せっさい》にしたがい、織田《おだ》を攻《せ》めよ。

天文十七年《てんぶんじゅうしちねん》（一五四八年《ねん》）。

一千の松平兵《まつだいらへい》をひきいて、松平広忠《まつだいらひろただ》と酒井忠次《さかいただつぐ》が城外《じょうがい》へ出陣《しゅつじん》すると、太原雪斎《たいげんせっさい》が五千の今川兵《いまがわへい》をひきいてやってきた。

「雪斎《せっさい》さま、遠路《えんろ》はるばる、まことにありがとうございます。」

忠次《ただつぐ》は今川軍《いまがわぐん》のもとへ行《い》き、礼《れい》をのべた。雪斎《せっさい》は当然《とうぜん》のことのように、いった。

「酒井忠次《さかいただつぐ》どのには、戦《いくさ》の先鋒《せんぽう》としてはたらいてもらいたい。なにしろ松平《まつだいら》の兵《へい》は水火《すいか》をおそれぬ勇者《ゆうしゃ》ぞろいだからのう。」

松平兵《まつだいらへい》をほめることばには、裏《うら》があった。

――この戦《いくさ》、松平家《まつだいらけ》にとっては死活《しかつ》の戦《いくさ》だろうが、われら今川《いまがわ》は、あくまでも援軍《えんぐん》であり、必《ひっ》死《し》で戦《たたか》う義理《ぎり》はない。

「ははっ。おおせのとおり、われらが先陣《せんじん》をつとめさせていただきまする。」

忠次《ただつぐ》はこたえた。

松平《まつだいら》・今川軍《いまがわぐん》に対《たい》して、織田信秀《おだのぶひで》・信広父子《のぶひろおやこ》は、小豆坂《あずきざか》の坂上《さかうえ》に陣《じん》をしいた。

「との。織田《おだ》は、人質《ひとじち》の若君《わかぎみ》を盾《たて》にしてはおらぬようでござります。」

忠次《ただつぐ》のことばに、広忠《ひろただ》はうなずいた。

「忠次《ただつぐ》、竹千代《たけちよ》のことは、気《き》にいたすな。」

今川《いまがわ》と組《く》んだ戦《いくさ》において、松平軍《まつだいらぐん》はもっとも危険《きけん》な先頭《せんとう》に立《た》たされるのが、つねだった。忠次《ただつぐ》は松平軍《まつだいらぐん》をひきいて、不利《ふり》な坂下《さかした》からかけあがって、織田軍《おだぐん》とぶつかった。

血《ち》しぶきの飛《と》び交《か》う、はげしい戦《たたか》いがくりひろげられた。このときの小豆坂《あずきざか》では、必死《ひっし》の松平《まつだいら》軍《ぐん》に押《お》され、織田軍《おだぐん》は四百の死傷者《ししょうしゃ》を出《だ》して、安祥城《あんじょうじょう》へ逃《に》げていった。

「信広《のぶひろ》だっ。」

逃《に》げる信広《のぶひろ》を見《み》つけて、忠次《ただつぐ》は追《お》ったが、信広《のぶひろ》は城《しろ》に逃《に》げこんだ。

多《おお》くの死傷者《ししょうしゃ》を出《だ》した松平兵《まつだいらへい》にくらべ、雪斎《せっさい》がひきいる今川軍《いまがわぐん》の死傷者《ししょうしゃ》は、わずかに数名《すうめい》だった。織田信秀《おだのぶひで》は、信広《のぶひろ》に安祥城《あんじょうじょう》をまかせて、尾張《おわり》へもどっていった。

「忠次《ただつぐ》どの。こたびの戦《いくさ》は、ここまでだな。安祥城《あんじょうじょう》こそ取《と》りもどせなかったが、手前《てまえ》の領地《りょうち》まではうばいかえしたであろう。」

雪斎《せっさい》は忠次《ただつぐ》にいった。安祥城《あんじょうじょう》を取《と》りもどせずにひきあげるのは口惜《くちお》しかったが、今川軍《いまがわぐん》の大将《たいしょう》にはさからえなかった。忠次《ただつぐ》はいった。

「はっ。そういたしまする。」

雪斎《せっさい》は、ほとんど無傷《むきず》に近《ちか》い今川兵《いまがわへい》をつれて、駿府《すんぷ》へもどっていった。

忠次《ただつぐ》は、広忠《ひろただ》にいった。

「もうしわけございませぬ。領土《りょうど》こそ、うばいかえしましたが、二百名《めい》を死《し》なせてしまい、安祥《あんじょう》城《じょう》を取《と》りもどすことができませんでした。つぎの戦《いくさ》では、かならず安祥城《あんじょうじょう》と若君《わかぎみ》をうばいかえします。」

広忠《ひろただ》は首《くび》をふって、いった。

「忠次《ただつぐ》。よく戦《たたか》ってくれた。そなたのおかげで、勝《か》ち戦《いくさ》になったのじゃ。礼《れい》をいうぞ。」

あるじのことばに、忠次《ただつぐ》はうつむき、ぽたぽたと涙《なみだ》を落《お》とした。

第二章《だいにしょう》　人質《ひとじち》、竹千代《たけちよ》

松平広忠《まつだいらひろただ》は、四月《がつ》に、岡崎城《おかざきじょう》に攻《せ》めてきた松平信孝《まつだいらのぶたか》を討《う》った。さらに十一月《がつ》には、山中城主《やまなかじょうしゅ》の松平重弘《まつだいらしげひろ》を攻《せ》めた。忠次《ただつぐ》はよろこんだ。

（病気《びょうき》がちだった広忠《ひろただ》さまが元気《げんき》になられた。このまま勝《か》ちすすめば、清康《きよやす》さまのころまでの勢《いきお》いにもどるぞ。）

ところが、松平家《まつだいらけ》に、ふたたび悲劇《ひげき》がおとずれた。

天文《てんぶん》十八年《ねん》（一五四九年《ねん》）、三月六日《がつむいか》。三河広瀬城主《みかわひろせじょうしゅ》の佐久間全孝《さくまよしたか》にいいふくめられて、あるじの命《いのち》をねらっていた岩松八弥《いわまつはちや》が、広忠《ひろただ》を刺《さ》し殺《ころ》したのだ。

「とのっ、とのっ。」

忠次《ただつぐ》は、二十四歳《さい》の広忠《ひろただ》のなきがらに向《む》かって、男泣《おとこな》きに泣《な》いた。なんという不運《ふうん》なとのであろう。忠次《ただつぐ》は涙《なみだ》ながらにちかった。

「かならず、かならず、それがしが若君《わかぎみ》を取《と》りもどしまする。」

広忠《ひろただ》の死《し》は、すぐに駿河《するが》につたわった。

「さようか。広忠《ひろただ》が死《し》んだか。」

今川義元《いまがわよしもと》は茶《ちゃ》をのみながら、太原雪斎《たいげんせっさい》にいった。

「はっ、広忠《ひろただ》のいなくなった岡崎城《おかざきじょう》をいかがいたしましょうか？」

雪斎《せっさい》がたずねると、義元《よしもと》はこたえた。

「あるじのいない城《しろ》はもろいからのう。いつ織田《おだ》に攻《せ》めとられてしまうかもしれぬ。その前《まえ》に、わが今川《いまがわ》から、城代《じょうだい》を送《おく》りつけるといたそう。」

義元《よしもと》は、数千《すうせん》の兵《へい》を岡崎城《おかざきじょう》に送《おく》りこんだ。今川《いまがわ》の家臣《かしん》である朝比奈《あさひな》と岡部《おかべ》が、城代《じょうだい》として本丸《ほんまる》にいすわった。その結果《けっか》、松平《まつだいら》の家臣《かしん》たちは本丸《ほんまる》から遠《とお》ざけられ、三河《みかわ》の領地《りょうち》からとれる年貢《ねんぐ》は、城代《じょうだい》がめしあげ、駿河《するが》に送《おく》ることになった。松平《まつだいら》の領土《りょうど》は、今川《いまがわ》のものとなってしまったのだ。

酒井忠次《さかいただつぐ》は怒《おこ》った。

「今川《いまがわ》は、三河《みかわ》をすべて支配《しはい》しようというのか。このうえは、なんとしても、竹千代《たけちよ》ぎみを織田《おだ》からとりかえして、岡崎城《おかざきじょう》のあるじにすえねばならぬ。」

同《おな》じ月《つき》に、戦好《いくさず》きで知《し》られた織田信秀《おだのぶひで》が病《やまい》で死《し》んだ。織田家《おだけ》のあとつぎは、「たわけ」、「うつけ」と評判《ひょうばん》の、十六歳《さい》の信長《のぶなが》だった。

酒井忠次《さかいただつぐ》は駿府《すんぷ》へ行《い》き、今川義元《いまがわよしもと》の前《まえ》で、ひれふした。

「安祥城《あんじょうじょう》を攻《せ》めることをおゆるしください。織田信広《おだのぶひろ》を生《い》け捕《ど》りましたなら、竹千代《たけちよ》ぎみと交換《こうかん》させていただきたく願《ねが》いまする。」

義元《よしもと》は目《め》を細《ほそ》めて、忠次《ただつぐ》を見《み》やった。

「まこと、信広《のぶひろ》を生《い》け捕《ど》りにできるか。」

「かならず、生《い》け捕《ど》りにいたしまする。」

義元《よしもと》は口《くち》ひげをふるわせ、笑《わら》った。

「よかろう。織田《おだ》攻《ぜ》め、ゆるすぞ。信広《のぶひろ》を生《い》け捕《ど》りにいたせ。太原雪斎《たいげんせっさい》を総大将《そうだいしょう》にして、兵《へい》を一万《まん》、つかわそう。」

岡崎城《おかざきじょう》にもどると、酒井忠次《さかいただつぐ》は一千の松平兵《まつだいらへい》をあつめて告《つ》げた。

「よいか、こたびの戦《いくさ》は、われらのあるじである若君《わかぎみ》さまを織田《おだ》からうばいかえす、だいじな戦《いくさ》だ。みな、心《こころ》せよ。」

総大将《そうだいしょう》の雪斎《せっさい》ひきいる今川兵《いまがわへい》一万《まん》と、忠次《ただつぐ》のひきいる松平兵《まつだいらへい》一千は、織田信広《おだのぶひろ》が守《まも》る安祥城《あんじょうじょう》をとりかこんだ。

「それっ、突撃《とつげき》だっ。」

忠次《ただつぐ》は下知《げじ》した。松平兵《まつだいらへい》はすさまじい勢《いきお》いで、安祥城《あんじょうじょう》を攻《せ》めた。激戦《げきせん》のすえに、三《さん》の郭《くるわ》を破《やぶ》り、二《に》の丸《まる》を落《お》とした。信広《のぶひろ》は本丸《ほんまる》にこもって、最後《さいご》まで戦《たたか》いぬく意思《いし》を見《み》せた。

「攻《せ》めるのをやめよ。」

忠次《ただつぐ》は兵《へい》をひかせ、石川家成《いしかわいえなり》を使者《ししゃ》として、城《しろ》に送《おく》った。家成《いえなり》は、二年前《ねんまえ》に竹千代《たけちよ》が織田《おだ》にうばわれたとき、したがっていた家臣《かしん》だった。そのとき家成《いえなり》は、竹千代《たけちよ》がうばわれた責任《せきにん》をとり、切腹《せっぷく》しようとしたが、忠次《ただつぐ》が止《と》めた。

——いま死《し》ぬのはむだ死《じ》にだ。なんとしても若君《わかぎみ》をとりかえすことが、かんじんであろう。

家成《いえなり》は、織田信広《おだのぶひろ》を必死《ひっし》でといた。

「信広《のぶひろ》さま、降伏《こうふく》されよ。竹千代《たけちよ》さまと交換《こうかん》いたしまするゆえ、信広《のぶひろ》さまのお命《いのち》は、それがし身命《しんめい》にかけて、保証《ほしょう》いたしまする。」

家成《いえなり》の説得《せっとく》に、信広《のぶひろ》は降伏《こうふく》し、城《しろ》をあけわたした。

酒井忠次《さかいただつぐ》は、太原雪斎《たいげんせっさい》に願《ねが》いでた。

「竹千代《たけちよ》ぎみと織田信広《おだのぶひろ》を、交換《こうかん》したく思《おも》いまする。」

雪斎《せっさい》は、ひややかな目《め》で、忠次《ただつぐ》を見《み》やった。

「竹千代《たけちよ》どのがもどられたら、松平家《まつだいらけ》はどうされるおつもりかな?」

できるのなら三河《みかわ》に取《と》りもどしたかったが、今川義元《いまがわよしもと》がそれをのぞんでいないことを、忠次《ただつぐ》はわかっていた。織田《おだ》にうばわれなければ、もともと竹千代《たけちよ》は人質《ひとじち》として、今川家《いまがわけ》へ送《おく》られるはずだったからだ。忠次《ただつぐ》は冷静《れいせい》にいった。

「岡崎城《おかざきじょう》におつれしたあと、それから今川《いまがわ》さまのもとで、ご成育《せいいく》させていただき、元服《げんぷく》のおり、岡崎城《おかざきじょう》のあるじとして、おむかえいたしたく願《ねが》いまする。」

「うむ。それがよい。」

雪斎《せっさい》はうなずいた。忠次《ただつぐ》はほっとした。

(元服《げんぷく》されたら、若君《わかぎみ》を岡崎城《おかざきじょう》にもどすと、雪斎《せっさい》どのがしょうちしてくださった。)

忠次《ただつぐ》は、尾張《おわり》の織田信長《おだのぶなが》に、たがいの人質《ひとじち》の交換《こうかん》を申《もう》し出《で》た。雪斎《せっさい》は、今川軍《いまがわぐん》の総大将《そうだいしょう》として、使者《ししゃ》にいわせた。

――そちらにいる竹千代《たけちよ》とこちらにいる信広《のぶひろ》を交換《こうかん》いたそう。いやなら、信広《のぶひろ》を殺《ころ》すまでだ。

このとき竹千代《たけちよ》は、織田家《おだけ》の菩提寺《ぼだいじ》、万松寺《ばんしょうじ》にあずけられていた。

「ふん。信広《のぶひろ》と竹千代《たけちよ》の交換《こうかん》か。」

信秀《のぶひで》から家督《かとく》をうけついだばかりの信長《のぶなが》は、織田家《おだけ》をひとつにまとめるのに苦心《くしん》していて、一万《まん》一千の今川《いまがわ》・松平軍《まつだいらぐん》と戦《たたか》うことをさけた。

三河《みかわ》と尾張《おわり》の国境《こっきょう》で、信広《のぶひろ》と竹千代《たけちよ》とのひきかえがおこなわれた。

「若君《わかぎみ》っ。」

忠次《ただつぐ》は、八歳《さい》の竹千代《たけちよ》の手《て》をとった。かつて十歳《さい》の広忠《ひろただ》の手《て》をとり、岡崎城《おかざきじょう》を脱出《だっしゅつ》していったときを思《おも》いだし、忠次《ただつぐ》は、はらはらと涙《なみだ》をこぼした。

「忠次《ただつぐ》か。」

二年《ねん》の人質《ひとじち》暮《ぐ》らしの苦労《くろう》も感《かん》じさせず、竹千代《たけちよ》の声《こえ》は澄《す》みきっていた。

「さあ、岡崎城《おかざきじょう》へまいりましょう。」

忠次《ただつぐ》は涙声《なみだごえ》でいった。

竹千代《たけちよ》が岡崎城《おかざきじょう》へもどってくると、家臣《かしん》たちはよろこびにわいた。

「若君《わかぎみ》がもどってこられたぞ。」

しかし、竹千代《たけちよ》が岡崎城《おかざきじょう》にいることをゆるされていたのは、わずか数日《すうじつ》だった。広忠《ひろただ》の墓《はか》まいりをしたあとで、忠次《ただつぐ》は竹千代《たけちよ》にいった。

「がまんしてくださりませ。若君《わかぎみ》こそ、岡崎城《おかざきじょう》のあるじでございます。されど、元服《げんぷく》されるまで、駿府《すんぷ》の今川義元《いまがわよしもと》さまのもとで暮《く》らしてくださりませ。」

竹千代《たけちよ》はうなずいた。

忠次《ただつぐ》は、おさないながら、まわりの事情《じじょう》を察《さっ》して、がまんしている竹千代《たけちよ》の心《こころ》を思《おも》った。

（いかに、おつらいことだろう。三つで、母君《ははぎみ》とひきはなされ、六つで、織田《おだ》の人質《ひとじち》となり、八つで、父君《ちちぎみ》を失《うしな》い、岡崎城《おかざきじょう》にもどっても、すぐにまた今川《いまがわ》の人質《ひとじち》となって、駿府《すんぷ》へ行《い》かねばならぬとは……。）

忠次《ただつぐ》は、竹千代《たけちよ》をはげますように、いった。

「若君《わかぎみ》はいずれ、おじいさまの清康《きよやす》さまのように、三河一国《みかわいっこく》をしたがえる強《つよ》き領主《りょうしゅ》となられる方《かた》でございます。そのときまで、それがしが若君《わかぎみ》をお守《まも》りいたしまする。」

雪斎《せっさい》にともなわれ、竹千代《たけちよ》は駿河《するが》へ向《む》かった。忠次《ただつぐ》も三河《みかわ》の家臣《かしん》をひきつれ、竹千代《たけちよ》につきしたがった。十二月《がつ》、竹千代《たけちよ》は駿府《すんぷ》についたが、義元《よしもと》はすぐには会《あ》おうとしなかった。

「無礼《ぶれい》なことを。わが君《きみ》をかろんじているな。」

忠次《ただつぐ》はくやしかった。竹千代《たけちよ》は、今川家《いまがわけ》の重臣《じゅうしん》である関口親永《せきぐちちかなが》のもとに、あずけられた。


「竹千代《たけちよ》、予《よ》が義元《よしもと》じゃ。」

義元《よしもと》は、元旦《がんたん》の儀式《ぎしき》のおりに、はじめて竹千代《たけちよ》をむかえた。

「新年《しんねん》、おめでとうございまする。」

竹千代《たけちよ》がきちんとあいさつをすると、義元《よしもと》はお歯黒《はぐろ》をつけた歯《は》を見《み》せて笑《わら》った。

「うむ。よい子《こ》じゃ。よき武将《ぶしょう》となって、予《よ》を守《まも》るのじゃぞ。」

義元《よしもと》は、駿河臨済寺《するがりんざいじ》の太原雪斎《たいげんせっさい》を、竹千代《たけちよ》の師《し》にした。


天文《てんぶん》二十四年《ねん》（一五五五年《ねん》）、竹千代《たけちよ》は十四歳《さい》で元服《げんぷく》した。烏帽子《えぼし》をあたえる烏帽子親《えぼしおや》は、今川義元《いまがわよしもと》で、重臣《じゅうしん》の関口親永《せきぐちちかなが》が前髪《まえがみ》を落《お》とした。このとき義元《よしもと》の一字《じ》、「元《もと》」をもらって、松平元信《まつだいらもとのぶ》と名《な》のることになった。

忠次《ただつぐ》は、そのときがきたと思《おも》った。かつて広忠《ひろただ》も、元服《げんぷく》すると、岡崎城《おかざきじょう》にもどしてもらったのだ。忠次《ただつぐ》は義元《よしもと》の前《まえ》にひれふして願《ねが》い出《で》た。

「なにとぞ、元服《げんぷく》あそばされた若君《わかぎみ》を、岡崎城主《おかざきじょうしゅ》におもどしくださりませ。」

義元《よしもと》は、こともなげに、いった。

「まだ、そのときではない。元信《もとのぶ》どのは、いましばらく、わがもとにおられたほうがよい。」

そういわれると、忠次《ただつぐ》には返《かえ》すことばがなかった。

「いつだ。いつになったら、義元《よしもと》は若君《わかぎみ》を岡崎《おかざき》にもどしてくれるのか。」

忠次《ただつぐ》は無念《むねん》でならなかった。

第三章《だいしょう》　第二《だい》の四天王《してんのう》、本多平八郎《ほんだへいはちろう》

永禄元年《えいろくがんねん》（一五五八年《ねん》）、松平元信《まつだいらもとのぶ》は、松平元康《まつだいらもとやす》と名《な》をあらためた。

今川義元《いまがわよしもと》は、甲斐《かい》の武田《たけだ》、相模《さがみ》の北条《ほうじょう》と同盟《どうめい》をむすんで、隣国《りんごく》から攻《せ》めこまれないよう準備《じゅんび》すると、永禄《えいろく》三年《ねん》（一五六〇年《ねん》）、五月《がつ》十二日《にち》、駿河《するが》・遠江《とおとうみ》・三河《みかわ》の兵《へい》でなる二万《まん》五千人《にん》をひきいて、西上《さいじょう》を開始《かいし》した。

「元康《もとやす》、そなたは先鋒《せんぽう》をつとめよ。」

義元《よしもと》に命《めい》じられ、十九歳《さい》の松平元康《まつだいらもとやす》は千二百の松平兵《まつだいらへい》をひきいて、駿府《すんぷ》を発《た》った。酒井忠次《さかいただつぐ》は、元康《もとやす》のそばにしたがった。遠江《とおとうみ》をすぎ、三河《みかわ》に進《すす》んだ元康《もとやす》は、吉田城《よしだじょう》に入《はい》った。

「若君《わかぎみ》がこられたぞ。」

長《なが》いあいだ、あるじがいなかった三河《みかわ》の武士《ぶし》たちはよろこび、元康《もとやす》の軍《ぐん》にくわわろうと、こぞって、吉田城《よしだじょう》にはせ参《さん》じてきた。

のちに『徳川四天王《とくがわしてんのう》』となる、十三歳《さい》の本多平八郎忠勝《ほんだへいはちろうただかつ》も、そのひとりだった。

本多忠勝《ほんだただかつ》は、天文《てんぶん》十七年《ねん》（一五四八年《ねん》）、五代《だい》にわたって松平家《まつだいらけ》につかえた本多家《ほんだけ》に生《う》まれた。幼名《ようめい》は、鍋之助《なべのすけ》。

鍋之助《なべのすけ》が数《かぞ》え年二歳《どしさい》のとき、父《ちち》の忠高《ただたか》は、天文《てんぶん》十八年《ねん》（一五四九年《ねん》）の安祥城《あんじょうじょう》をうばいかえす戦《たたか》いにくわわり、城門《じょうもん》へ向《む》かって、ただ一騎《いっき》かけこんで、討《う》ち死《じ》にした。

若《わか》くして夫《おっと》を失《うしな》った小夜《さよ》は、「本多《ほんだ》の後家《ごけ》」とよばれ、女傑《じょけつ》としてあたりに名《な》をとどろかせ、貧《まず》しいながらも折《お》りめ正《ただ》しく、鍋之助《なべのすけ》を育《そだ》てた。

「よいか、鍋之助《なべのすけ》。そなたの父《ちち》、忠高《ただたか》さまは、松平《まつだいら》でその名《な》をはせられた騎馬武者《きばむしゃ》であり、おじいさまの忠豊《ただとよ》さまも、勇《いさ》ましい騎馬武者《きばむしゃ》だった。されど、ふたりとも、戦《いくさ》の場《ば》で、壮烈《そうれつ》な討《う》ち死《じ》にをされた。」

母《はは》の話《はなし》は、何度《なんど》聞《き》いても、鍋之助《なべのすけ》の胸《むね》をうずかせた。父《ちち》も祖父《そふ》も勇《いさ》ましく戦《たたか》われて、亡《な》くなられたのだ。いつかは、わたしも戦場《せんじょう》で死《し》ぬのだ。

「よいか。鍋之助《なべのすけ》、そなたも松平家譜代《まつだいらけふだい》の勇士《ゆうし》であった祖父《そふ》と父《ちち》に恥《は》じることのないよう、りっぱな本多家《ほんだけ》の武士《ぶし》となるのですよ。」

鍋之助《なべのすけ》はうなずき、きっぱりといった。

「わたしも、きっと父《ちち》や祖父《そふ》に負《ま》けない勇士《ゆうし》となりまする。」

女傑《じょけつ》の母《はは》に教育《きょういく》をうけた鍋之助《なべのすけ》は、たくましい若者《わかもの》へと成長《せいちょう》していった。

とりわけ、鍋之助《なべのすけ》のとくいとしたものは、槍《やり》だった。筋肉《きんにく》で盛《も》り上《あ》がった肩《かた》と太《ふと》い長《なが》い腕《うで》を使《つか》って、鍋之助《なべのすけ》は槍《やり》をかるがるとあつかった。太刀《たち》と同《おな》じように、上下左右《じょうげさゆう》にふりまわし、すさまじい速度《そくど》で、突《つ》くことができた。するどい突《つ》きは、まさしく無敵《むてき》だった。

気丈《きじょう》な母《はは》は、みずからの着物《きもの》や櫛《くし》などを売《う》り払《はら》い、金《かね》を工面《くめん》して、十二歳《さい》の鍋之助《なべのすけ》に、二丈《じょう》(約《やく》六メートル)におよぶ、長《なが》い槍《やり》をあたえた。

「ありがとうございます、母上《ははうえ》。」

家《いえ》の貧《まず》しさを知《し》っていた鍋之助《なべのすけ》が涙《なみだ》をこぼして感謝《かんしゃ》すると、母《はは》はしかった。

「このようなことで、泣《な》くでない。そなたは天下一《てんかいち》の槍《やり》を使《つか》う、勇猛《ゆうもう》な武将《ぶしょう》、本多鍋之助《ほんだなべのすけ》となるのじゃ。」


七月《がつ》のある日《ひ》、鍋之助《なべのすけ》が槍《やり》で鍛錬《たんれん》していると、空高《そらたか》く、赤蜻蛉《あかとんぼ》が飛《と》んできた。

「よし、あれを斬《き》るぞ。」

鍋之助《なべのすけ》は跳躍《ちょうやく》しつつ、目《め》にもとまらぬ速《はや》さで、槍《やり》をふるった。瞬間《しゅんかん》、赤蜻蛉《あかとんぼ》がまっぷたつに斬《き》れた。

「『蜻蛉《とんぼ》斬《ぎ》り』だ。」

鍋之助《なべのすけ》はにっこり笑《わら》い、みずからの槍《やり》に、そう名《な》づけた。

人質《ひとじち》として駿河《するが》に住《す》まわされていた松平元康《まつだいらもとやす》が、今川軍《いまがわぐん》の先鋒《せんぽう》として、吉田城《よしだじょう》へやってくる。それを知《し》ると、鍋之助《なべのすけ》は母《はは》にいった。

「母上《ははうえ》。明日《あした》、わたしは松平《まつだいら》の若君《わかぎみ》のもとへまいりまする。」

母《はは》は微笑《びしょう》した。

「そのときが、ついにきたかの。」

鍋之助《なべのすけ》はいった。

「今夜《こんや》、鍋之助《なべのすけ》は元服《げんぷく》いたしまする。」

母《はは》は深《ふか》くうなずいた。

「よきことじゃ。鍋之助《なべのすけ》、そなたは父《ちち》と祖父《そふ》の名《な》を一字《じ》もらい、本多平八郎忠勝《ほんだへいはちろうただかつ》と、名《な》をあらためるがよいぞ。」

あくる朝《あさ》、平八郎忠勝《へいはちろうただかつ》は、二丈《じょう》におよぶ長《なが》い槍《やり》、「蜻蛉斬《とんぼぎ》り」をたずさえて、吉田城《よしだじょう》に向《む》かった。平八郎《へいはちろう》がきたことを知《し》ると、酒井忠次《さかいただつぐ》が出《で》むかえた。

「本多平八郎忠勝《ほんだへいはちろうただかつ》でござります。祖父《そふ》と父《ちち》がつかえた松平家《まつだいらけ》に、それがしもつかえたく、ここに参上《さんじょう》いたしました。」

平八郎《へいはちろう》は頭《あたま》を深《ふか》くさげて、忠次《ただつぐ》にあいさつした。

「そなたが本多平八郎忠勝《ほんだへいはちろうただかつ》か。そなたのことは、つねづね聞《き》いておったぞ。『本多《ほんだ》の女傑《じょけつ》』どのに育《そだ》てられた勇猛無比《ゆうもうむひ》の若者《わかもの》と、な。」

忠次《ただつぐ》は、平八郎《へいはちろう》を松平元康《まつだいらもとやす》の前《まえ》につれていった。

「との。ここにひかえるのは、本多平八郎忠勝《ほんだへいはちろうただかつ》でございます。忠勝《ただかつ》の祖父《そふ》、本多忠豊《ほんだただとよ》は、天文《てんぶん》十四年《ねん》、若君《わかぎみ》のお父上《ちちうえ》である、広忠《ひろただ》さまを助《たす》けるため、しんがりとなってはたらき、討《う》ち死《じ》にをいたしました。また、父《ちち》の本多忠高《ほんだただたか》は、天文《てんぶん》十八年《ねん》、若君《わかぎみ》と安祥城《あんじょうじょう》を取《と》りもどす戦《いくさ》のおり、敵将《てきしょう》の織田信広《おだのぶひろ》を追《お》いつめましたが、二《に》の丸攻《まるぜ》めで、討《う》ち死《じ》にをいたしました。」

「さようか。」

うなずく元康《もとやす》に、忠次《ただつぐ》はいった。

「本多家《ほんだけ》は、父子《おやこ》二代《だい》にわたって、松平家《まつだいらけ》のために忠義《ちゅうぎ》をつくして戦《たたか》った、勇猛無比《ゆうもうむひ》の家《いえ》でございます。」

元康《もとやす》は平八郎《へいはちろう》に近寄《ちかよ》り、手《て》をしっかりとにぎった。

「平八郎《へいはちろう》。よき祖父《そふ》、よき父《ちち》をもったな。勇士《ゆうし》の血《ち》をつぐそなたが、松平軍《まつだいらぐん》にくわわってくれたこと、たのもしく、うれしく思《おも》うぞ。」

平八郎《へいはちろう》は肩《かた》をふるわせ、涙《なみだ》をこらえた。

母上《ははうえ》、わたしはめったなことでは泣《な》きませぬ。されど、父《ちち》と祖父《そふ》をたたえてくださる元康《もとやす》さまのことばには、泣《な》きとうございます。そう、いいたかった。

「よかったのう、平八郎《へいはちろう》。さあ、とのへ感謝《かんしゃ》のことばをのべるがよい。」

忠次《ただつぐ》は平八郎《へいはちろう》をうながした。

「とののために、それがし、わが祖父《そふ》、わが父《ちち》と同《おな》じく、命《いのち》を捨《す》てる覚悟《かくご》ではたらきまする。」

涙《なみだ》をけんめいにこらえ、平八郎《へいはちろう》は感極《かんきわ》まった声《こえ》でいった。

第四章《だいしょう》　第三《だいさん》の四天王《してんのう》、榊原小平太《さかきばらこへいた》

松平軍《まつだいらぐん》が岡崎城近《おかざきじょうちか》くまで進《すす》んだとき、道《みち》ばたに、若武者《わかむしゃ》が片膝《かたひざ》をついて待《ま》っていた。若武者《わかむしゃ》はきりりとしたおもざしで、利発《りはつ》そうな目《め》をきらきらと輝《かがや》かせている。横《よこ》には、三河上野城主《みかわうえのじょうしゅ》の酒《さか》井忠尚《いただなお》が馬《うま》にのっていた。

「これは、叔父上《おじうえ》。」

酒井忠次《さかいただつぐ》は馬《うま》からおりた。

「おう、忠次《ただつぐ》か。」

そのとき、松平元康《まつだいらもとやす》が馬《うま》にまたがって進《すす》んできた。酒井忠尚《さかいただなお》は馬《うま》からおりて、深《ふか》く頭《あたま》をさげて、元康《もとやす》に告《つ》げた。

「元康《もとやす》さま。これなるは榊原長政《さかきばらながまさ》の次男《じなん》で、十三歳《さい》の小平太《こへいた》でございます。元康《もとやす》さまにおつかえしたいと願《ねが》っておりましたので、つれてまいりました。」

元康《もとやす》は馬上《ばじょう》で、小平太《こへいた》に目《め》をやった。

のちに、『徳川四天王《とくがわしてんのう》』のひとりとなる榊原康政《さかきばらやすまさ》は、天文《てんぶん》十七年《ねん》（一五四八年《ねん》）、三河国上野郷《みかわのくにうえのごう》の、松平家《まつだいらけ》の譜代《ふだい》の家臣《かしん》である榊原家《さかきばらけ》に生《う》まれた。

幼名《ようめい》は、亀丸《かめまる》。長《ちょう》じてからは、小平太《こへいた》と名《な》のった。おさないころから、松平家《まつだいらけ》の菩提寺《ぼだいじ》である大樹寺《だいじゅじ》で学《まな》んだ。勉学《べんがく》を好《この》み、多《おお》くの書物《しょもつ》をかたっぱしから読《よ》んでやまなかった。さらに書《しょ》をとくいとした。

「おう、そなたは達筆《たっぴつ》であるのう。」

学問《がくもん》の師《し》であった禅僧《ぜんそう》の良円《りょうえん》は、小平太《こへいた》の書《か》く字《じ》のすばらしさをほめたが、そのあと、意味《いみ》ありげに、いった。

「そなたの達筆《たっぴつ》は、ほめられることが多《おお》いであろうが、あまりにも達筆《たっぴつ》すぎると、憎《にく》まれることになるかもしれぬぞ。よいか。そなたは達筆《たっぴつ》に書《か》くときと、わざと下手《へた》に書《か》くときとを、そのときどきに応《おう》じて使《つか》いわけるがよいぞ。」

わざと下手《へた》に書《か》くことも、必要《ひつよう》なのだろうか。小平太《こへいた》は考《かんが》えた。

「字《じ》は、おのずと書《か》いた者《もの》の心《こころ》をあらわす。そのときどきの心《こころ》の状態《じょうたい》をあらわすのじゃ。そのことを知《し》っておけ。」

良円《りょうえん》の教育《きょういく》をうけて、小平太《こへいた》はみずからの生《い》き方《かた》をじっくりと考《かんが》え、ひとつの字《じ》、「無《む》」にたどりついた。

「無《む》とはな、自我《じが》を超《こ》えて、自然《しぜん》な境地《きょうち》に達《たっ》することじゃ。」

良円《りょうえん》は、小平太《こへいた》に座禅《ざぜん》を組《く》ませて、さとした。

「武士《ぶし》の子《こ》であるそなたも、いずれは、きびしい戦《いくさ》の場《ば》におもむくことになろう。生死《せいし》をかけて、敵《てき》と戦《たたか》うことになろう。そのとき、そなたは『無《む》』となって、戦《たたか》うがよい。生死《せいし》を超《こ》えた境《きょう》地《ち》で、戦《たたか》うのじゃ。無心《むしん》で戦《たたか》えば、生《せい》も死《し》もなくなるのじゃ。」

小平太《こへいた》は、良円《りょうえん》の教《おし》えを忘《わす》れなかった。

――よし、わたしは「無《む》」の心《こころ》で、戦《たたか》おう。

のちに、『徳川四天王《とくがわしてんのう》』のひとりとなる、榊原康政《さかきばらやすまさ》の具足《ぐそく》と旗《はた》には、彼《かれ》がめざした「無《む》」の一字《じ》が、日輪《にちりん》の下《した》にしるされている。


「そなたが、榊原小平太《さかきばらこへいた》か。」

酒井忠次《さかいただつぐ》は小平太《こへいた》にやさしい声《こえ》をかけた。

「はっ。それがしが榊原小平太《さかきばらこへいた》でございます。」

小平太《こへいた》は、うわずった声《こえ》で、いった。

「ぜひとも、とののご家来衆《けらいしゅう》のはしくれにくわえていただきたく、はせ参《さん》じました。」

忠次《ただつぐ》は、小平太《こへいた》のことを、大樹寺《だいじゅじ》の良円《りょうえん》や、叔父《おじ》の忠尚《ただなお》から、くわしく聞《き》いていた。そして、すぐれた若者《わかもの》がおりますと、小平太《こへいた》のことを、元康《もとやす》にも話《はな》していた。

忠次《ただつぐ》と小平太《こへいた》のやりとりを聞《き》いていた元康《もとやす》は、馬《うま》からおりると、近寄《ちかよ》ってきた。

「小平太《こへいた》、そのほう、勉学《べんがく》を好《この》み、すこぶる達筆《たっぴつ》であると聞《き》く。そなたの父《ちち》の榊原長政《さかきばらながまさ》は、天文《てんぶん》十八年《ねん》の安祥城《あんじょうじょう》をうばいかえす戦《いくさ》では、敵将《てきしょう》を生《い》け捕《ど》りにして、奮戦《ふんせん》したとも聞《き》いておる。小平《こへい》太《た》よ、そなたの父同様《ちちどうよう》に、よき松平武者《まつだいらむしゃ》として、わたしにつかえてくれ。」

元康《もとやす》のことばに、小平太《こへいた》はひれふした。

「ははっ。榊原小平太《さかきばらこへいた》、命《いのち》のかぎり、とのにおつかえいたしまする。」

松平軍《まつだいらぐん》として進軍《しんぐん》しながら、本多平八郎《ほんだへいはちろう》と榊原小平太《さかきばらこへいた》は、はじめてあいさつをかわした。

「本多平八郎《ほんだへいはちろう》だ。」

「榊原小平太《さかきばらこへいた》だ。」

ふたりとも同《おな》じ十三歳《さい》ということがわかると、すぐにおさななじみのような親《した》しさを、おたがいに感《かん》じた。

「長《なが》い槍《やり》だな。うらやましいぞ。」

小平太《こへいた》が素直《すなお》に感嘆《かんたん》していうと、平八郎《へいはちろう》は胸《むね》をはった。

「うむ。『蜻蛉斬《とんぼぎ》り』だ。しかし、残念《ざんねん》なことに、まだ敵《てき》の血《ち》を吸《す》ってはいない。いずれ、たっぷりと吸《す》わせてやろうと思《おも》っておる。」

小平太《こへいた》は微笑《びしょう》した。

「そなたの槍《やり》に立《た》ち向《む》かえる敵《てき》など、そうはおるまい。」

平八郎《へいはちろう》は素朴《そぼく》によろこんだ。

「うれしいことをいってくれるが、おれなど、まだまだほんものの戦《いくさ》も知《し》らぬ、ふつつか者《もの》だ。」

「わたしも、ほんものの戦《いくさ》は知《し》らぬ。」

「では、これからだな。ふたりで、とののために、しっかりとてがらをあげていこうではないか。のう、小平太《こへいた》。」

「うむ、そういたそう、平八郎《へいはちろう》。」

「わが友《とも》よ、よろしく、たのむ。」

平八郎《へいはちろう》の野太《のぶと》い声《こえ》に、小平太《こへいた》はうなずいた。

「こちらこそ、よろしくたのむ。わが友《とも》よ。」

ふたりは笑《わら》った。この日以来《ひいらい》、本多平八郎《ほんだへいはちろう》と榊原小平太《さかきばらこへいた》は、無二《むに》の親友《しんゆう》となり、松平家《まつだいらけ》、そして徳川家《とくがわけ》のために、めざましいはたらきをしていくことになった。

先鋒《せんぽう》となって進軍《しんぐん》する松平元康《まつだいらもとやす》に、今川義元《いまがわよしもと》は命《めい》じた。

——大高城《おおだかじょう》が、兵糧《ひょうろう》がなくて陥落《かんらく》しそうじゃ。兵糧《ひょうろう》をはこび入《い》れよ。

元康《もとやす》は、酒井忠次《さかいただつぐ》にいった。

「忠次《ただつぐ》、大高城《おおだかじょう》へ兵糧《ひょうろう》を入《い》れるようにという、義元《よしもと》さまの命令《めいれい》じゃ。いかがいたそう。」

「はっ。策《さく》を考《かんが》えましょう。」

大高城《おおだかじょう》は、織田方《おだがた》の向山砦《むかいやまとりで》や鷲津砦《わしづとりで》、丸根砦《まるねとりで》にかこまれ、兵糧《ひょうろう》を入《い》れるのはたやすいことではなかった。向山砦《むかいやまとりで》を守《まも》っている水野信元《みずののぶもと》を調略《ちょうりゃく》するしかないと、忠次《ただつぐ》は考《かんが》えた。水野信元《みずののぶもと》は、元康《もとやす》の母《はは》、お大《だい》の方《かた》の兄《あに》であり、もともと松平家《まつだいらけ》とは親《した》しい仲《なか》だった。

忠次《ただつぐ》は水野信元《みずののぶもと》のもとへ行《い》った。

「よいかな。今川《いまがわ》は二万《まん》五千。織田《おだ》は五千。とうてい織田《おだ》に勝《か》ち目《め》はない。そこもとがこのまま織田《おだ》についていれば、今川《いまがわ》にほろぼされるぞ。しかし、いま今川《いまがわ》にしたがえば、水野家《みずのけ》の領地《りょうち》は、義元《よしもと》さまが安堵《あんど》してくださるうえ、恩賞《おんしょう》も思《おも》いのままだ。」

兵力《へいりょく》の差《さ》を強調《きょうちょう》して、忠次《ただつぐ》は、信元《のぶもと》が今川方《いまがわがた》につくように説得《せっとく》した。

「よし、わかった。」

しばらく考《かんが》えたあと、信元《のぶもと》はうなずいた。今川《いまがわ》につくことを決《き》めたのだ。しかし、それを織田《おだ》に知《し》られてはならなかった。

五月《がつ》十八日《にち》、水野信元《みずののぶもと》のたくみなはたらきで、松平元康《まつだいらもとやす》と酒井忠次《さかいただつぐ》は大高城《おおだかじょう》に入《はい》り、兵糧《ひょうろう》を入《い》れることができた。あくる十九日《にち》、織田方《おだがた》の鷲津砦《わしづとりで》と丸根砦《まるねとりで》を攻《せ》めおとした。

このときが、十三歳《さい》の本多平八郎《ほんだへいはちろう》の初陣《ういじん》となった。

「われこそは、本多平八郎忠勝《ほんだへいはちろうただかつ》なりっ。いざ、わが槍《やり》と戦《たたか》わんとする者《もの》は、くるがよいっ。」

平八郎《へいはちろう》は大音声《だいおんじょう》を発《はっ》し、「蜻蛉斬《とんぼぎ》り」をふりまわして戦《たたか》ったが、かすり傷《きず》ひとつ負《お》わなかった。

「よき声《こえ》、よきはたらきじゃ。」

元康《もとやす》も、忠次《ただつぐ》も、平八郎忠勝《へいはちろうただかつ》の勇《いさ》ましさをめでた。この戦《いくさ》のときより、本多平八郎忠勝《ほんだへいはちろうただかつ》は生涯《しょうがい》で五十七回《かい》の戦《いくさ》に立《た》ち向《む》かったが、一度《いちど》として傷《きず》を負《お》ったことがなかった。

大高城《おおだかじょう》に入《はい》った松平元康《まつだいらもとやす》に、今川義元《いまがわよしもと》は命《めい》じた。

「予《よ》は進軍《しんぐん》していくゆえ、元康《もとやす》が大高城《おおだかじょう》を守《まも》れ。」

松平兵《まつだいらへい》は大高城《おおだかじょう》にあつまった。ところが、その日《ひ》の夕方《ゆうがた》、酒井忠次《さかいただつぐ》のもとに、おどろくべき知《し》らせが入《はい》った。

――義元《よしもと》さまが織田信長《おだのぶなが》に攻《せ》められ、桶狭間《おけはざま》で戦死《せんし》。

忠次《ただつぐ》はすぐに元康《もとやす》に告《つ》げた。

「義元公《よしもとこう》は、戦死《せんし》。今川軍《いまがわぐん》は、駿府《すんぷ》へ退却《たいきゃく》しているとのことでございます。」

元康《もとやす》はおどろいた。

「たしかなことか。」

忠次《ただつぐ》は、向山砦《むかいやまとりで》の水野信元《みずののぶもと》にたしかめた。

――義元公《よしもとこう》は、桶狭間《おけはざま》にて、討《う》ち死《じ》に。信長公《のぶながこう》は清洲《きよす》に帰《かえ》られた。

信元《のぶもと》からの知《し》らせに、忠次《ただつぐ》は元康《もとやす》に進言《しんげん》した。

「との、いつ大高城《おおだかじょう》に織田《おだ》が攻《せ》めてくるかもしれませぬ。ここから撤退《てったい》し、岡崎城《おかざきじょう》へ行《い》きましょう。」

しかし、慎重《しんちょう》な元康《もとやす》は義元《よしもと》の死《し》をうのみにせず、真偽《しんぎ》をたしかめようとした。そのとき岡崎城《おかざきじょう》の鳥居元忠《とりいもとただ》から、「義元公戦死《よしもとこうせんし》」という報告《ほうこく》が届《とど》いた。

「あいわかった。忠次《ただつぐ》、岡崎城《おかざきじょう》へひくぞ。」

元康《もとやす》はいった。忠次《ただつぐ》は先鋒《せんぽう》となり、岡崎城《おかざきじょう》へいそいで向《む》かった。十三歳《さい》の小姓《こしょう》、本多平八郎《ほんだへいはちろう》と榊原小平太《さかきばらこへいた》は、馬《うま》にのったあるじのあとを、必死《ひっし》で走《はし》って追《お》いかけた。

岡崎城《おかざきじょう》の前《まえ》についたが、忠次《ただつぐ》はすぐには入城《にゅうじょう》しなかった。まだ今川《いまがわ》の城代《じょうだい》がいたからだ。忠次《ただつぐ》は、松平家《まつだいらけ》の菩提寺《ぼだいじ》である大樹寺《だいじゅじ》に兵《へい》を入《い》れ、岡崎城《おかざきじょう》へ使者《ししゃ》を送《おく》った。

「早《はや》く入《はい》られよ。」

今川城代《いまがわじょうだい》がいってきたので、忠次《ただつぐ》は元康《もとやす》にたずねた。

「との、いかがいたしましょう。城《しろ》へ入《はい》りましょうか？」

しかし、元康《もとやす》はここでも慎重《しんちょう》だった。

「いや、まだだ。義元《よしもと》さまのあとつぎとなられる、氏真《うじざね》さまからのお指図《さしず》を待《ま》とう。」

ところが、今川城代《いまがわじょうだい》は七百の守備兵《しゅびへい》とともに岡崎城《おかざきじょう》を捨《す》て、駿府《すんぷ》へ逃《に》げた。

「との、捨《す》て城《じろ》となりました。」

忠次《ただつぐ》が報告《ほうこく》すると、元康《もとやす》は笑《わら》った。

「捨《す》て城《じろ》となったか。それなら、拾《ひろ》うといたそう。」

元康《もとやす》は全軍《ぜんぐん》に命《めい》じた。

「みなのもの、これより岡崎城《おかざきじょう》へもどるぞ。」

兵《へい》は歓喜《かんき》の声《こえ》をあげた。先頭《せんとう》に立《た》って進《すす》みながら、忠次《ただつぐ》はこみあげる涙《なみだ》をこらえた。広忠《ひろただ》が死《し》に、八歳《さい》の竹千代《たけちよ》が今川《いまがわ》の人質《ひとじち》となってから、十一年《ねん》。長《なが》くあるじのいなかった岡崎城《おかざきじょう》に、主君《しゅくん》がもどったのだ。今川城代《いまがわじょうだい》にしいたげられていた家臣《かしん》たちや、年貢《ねんぐ》をことごとく今川《いまがわ》にうばわれていた領民《りょうみん》たちは、よろこびにわいた。

「ついに、われらのご主君《しゅくん》がもどられたぞ。」

元康《もとやす》にとっては、ひとしおの感慨《かんがい》があった。人質《ひとじち》となって、今川家《いまがわけ》につかえていた身《み》から、ようやく岡崎城《おかざきじょう》のあるじとなったのだ。

「忠次《ただつぐ》、これからだな。」

城《しろ》に入《はい》ると、十九歳《さい》の元康《もとやす》は力強《ちからづよ》くいった。忠次《ただつぐ》はうなずいた。

「まずは、清康《きよやす》さまが平定《へいてい》されていた三河一国《みかわいっこく》を取《と》りもどしましょう。」

酒井忠次《さかいただつぐ》は、このときから松平家《まつだいらけ》の筆頭家老《ひっとうがろう》となり、元康《もとやす》のすすめで、かつてのあるじ、広忠《ひろただ》の妹《いもうと》、碓井姫《うすいひめ》をめとることになった。

第五章《だいごしょう》　信長《のぶなが》との同盟《どうめい》

岡崎城《おかざきじょう》に入《はい》った松平元康《まつだいらもとやす》は、三河領内《みかわりょうない》の織田方《おだがた》の領主《りょうしゅ》をつぎつぎと攻《せ》め、追《お》いはらい、駿府《すんぷ》の今川氏真《いまがわうじざね》に申《もう》し出《で》た。

「それがしが織田《おだ》攻《ぜ》めへの先鋒《せんぽう》をつとめます。お屋形《やかた》さまのとむらい合戦《がっせん》をいたしましょう。」

しかし、戦《いくさ》ぎらいの氏真《うじざね》はぐずぐずとして、元康《もとやす》の申《もう》し出《で》に応《おう》じなかった。そのとき、敵方《てきがた》の織田信長《おだのぶなが》のほうから、水野信元《みずののぶもと》を通《とお》して、「和議《わぎ》をしないか。」とつたえてきた。

「信長《のぶなが》への返答《へんとう》、いかがいたそう。」

元康《もとやす》は酒井忠次《さかいただつぐ》にたずねた。

「よいことかとぞんじまする。氏真《うじざね》さまはとむらい合戦《がっせん》をする気《き》はありませぬ。ばかりか、日々《ひび》を遊興《ゆうきょう》についやされております。一方《いっぽう》、尾張《おわり》の信長《のぶなが》さまは、知勇《ちゆう》ともにすぐれたお方《かた》で、とのがたのみとされるのに、ふさわしい武将《ぶしょう》でございます。」

忠次《ただつぐ》のことばに、元康《もとやす》はうなずいた。しかし、信長《のぶなが》との和議《わぎ》を、今川《いまがわ》に知《し》られてはならなかった。元康《もとやす》の妻《つま》である瀬名姫《せなひめ》（のちの築山《つきやま》）と嫡男《ちゃくなん》の竹千代《たけちよ》（のちの信康《のぶやす》）が、駿府《すんぷ》に人質《ひとじち》として暮《く》らしていたからだ。

信長《のぶなが》との和議《わぎ》に同意《どうい》する使者《ししゃ》を送《おく》りながら、元康《もとやす》は、今川《いまがわ》にそむくつもりはないと、駿河《するが》につたえつづけた。その一方《いっぽう》で、元康《もとやす》は、氏真《うじざね》の城《しろ》である三河長沢城《みかわながさわじょう》と東条城《とうじょうじょう》をすばやく攻《せ》めおとし、西三河《にしみかわ》を平定《へいてい》した。


永禄《えいろく》五年《ねん》（一五六二年《ねん》）、正月《しょうがつ》。松平元康《まつだいらもとやす》は、酒井忠次《さかいただつぐ》や本多平八郎《ほんだへいはちろう》、榊原小平太《さかきばらこへいた》ら、二百名《めい》をともなって、尾張《おわり》の清洲城《きよすじょう》へおもむいた。

一月十五日《がつにち》。二十九歳《さい》の織田信長《おだのぶなが》と二十一歳《さい》の松平元康《まつだいらもとやす》との同盟《どうめい》が、城中《じょうちゅう》でむすばれた。

「わたしは、尾張《おわり》から西《にし》へ向《む》かう。元康《もとやす》どのは、三河《みかわ》から東《ひがし》をめざされよ。」

信長《のぶなが》のことばに、元康《もとやす》はうなずいた。

「しょうちいたしました。」

織田《おだ》は西《にし》を攻《せ》め、松平《まつだいら》（徳川《とくがわ》）は東《ひがし》を攻《せ》める。それが両家《りょうけ》の約束《やくそく》となり、この同盟《どうめい》は、じつに二十年《ねん》ものあいだ、ゆらぐことはなかった。

このときのうたげで、信長《のぶなが》は、とくいの「敦盛《あつもり》」を舞《ま》った。

――人間《にんげん》五十年《ねん》、化天《けてん》のうちをくらぶれば、夢《ゆめ》まぼろしのごとくなり……。

（人生《じんせい》は、五十年《ねん》。八百歳《さい》を一日《にち》として、八千年《ねん》の長寿《ちょうじゅ》を生《い》きられるという仏教《ぶっきょう》の化楽天《けらくてん》《化《け》天《てん》》にくらべれば、人《ひと》の一生《いっしょう》など、夢《ゆめ》まぼろしのように、短《みじか》い……。）

松平元康《まつだいらもとやす》と織田信長《おだのぶなが》の同盟《どうめい》を知《し》ると、西三河《にしみかわ》の領主《りょうしゅ》たちが今川家《いまがわけ》に見切《みき》りをつけ、元康《もとやす》のもとへ、すり寄《よ》ってきた。

「おのれっ、今川《いまがわ》にそむくとは。ゆるさぬっ。」

今川氏真《いまがわうじざね》は怒《おこ》り、駿河《するが》に住《す》まわせていた領主《りょうしゅ》たちの人質《ひとじち》、十三名《めい》を処刑《しょけい》した。さらに元康《もとやす》の妻《つま》、瀬名姫《せなひめ》と嫡男《ちゃくなん》も殺《ころ》そうとした。だが、瀬名姫《せなひめ》の父《ちち》で今川家《いまがわけ》の重臣《じゅうしん》、関口親永《せきぐちちかなが》に反対《はんたい》され、思《おも》いとどまった。

「このままでは妻子《さいし》があぶない。忠次《ただつぐ》、どうすればよいだろう。」

元康《もとやす》は忠次《ただつぐ》に相談《そうだん》した。忠次《ただつぐ》は、十三年前《ねんまえ》の竹千代《たけちよ》と信広《のぶひろ》との人質交換《ひとじちこうかん》を思《おも》った。

「では、人質《ひとじち》をとって、交換《こうかん》するといたしましょう。」

「人質《ひとじち》を？」

「さようでございます。」

「だれと、交換《こうかん》するのか？」

「ねらうは、上ノ郷城《かみのごうじょう》の、鵜殿長照《うどのながてる》。長照《ながてる》の母《はは》は、義元公《よしもとこう》の妹君《いもうとぎみ》でございます。長照《ながてる》とその子《こ》を、生け捕《いど》りにして、氏真《うじざね》さまに交換《こうかん》をもちかけましょう。」

「よし。そなたにまかせる。」

永禄五年《えいろくねん》（一五六二年《ねん》）、二月《がつ》。

酒井忠次《さかいただつぐ》は、石川家成《いしかわいえなり》、数正《かずまさ》、本多平八郎《ほんだへいはちろう》らをひきいて、上ノ郷城《かみのごうじょう》を攻《せ》めた。鵜殿《うどの》は、氏真《うじざね》からの援軍《えんぐん》を待《ま》ったが、援軍《えんぐん》は、松平軍《まつだいらぐん》によって撃退《げきたい》されてしまった。

長照《ながてる》は、ふたりの子《こ》、氏長《うじなが》と氏次《うじつぐ》の助命《じょめい》をこい、みずからは切腹《せっぷく》した。

「これまでか。」

――こちらにいる鵜殿《うどの》の子《こ》、氏長《うじなが》と氏次《うじつぐ》と、駿府《すんぷ》にいる瀬名姫《せなひめ》と竹千代《たけちよ》ぎみ、亀姫《かめひめ》とを、交換《こうかん》いたしましょう。

忠次《ただつぐ》は、駿府《すんぷ》の今川氏真《いまがわうじざね》に文《ふみ》を送《おく》った。

鵜殿《うどの》のふたりの子《こ》をつれて、石川数正《いしかわかずまさ》が駿府《すんぷ》に向《む》かった。こうしたむずかしい交渉《こうしょう》ごとは、松平家《まつだいらけ》では、数正《かずまさ》が適任《てきにん》だった。

「いかがで、ござりまするか。」

ふたりの子《こ》を近《ちか》くの寺《てら》に留《と》めおいて、数正《かずまさ》は今川氏真《いまがわうじざね》に申《もう》し出《で》た。

「元康《もとやす》めが、なにをほざくか。そのような交換《こうかん》など、ならぬ、ならぬっ。元康《もとやす》の妻子《さいし》は、ただちに、殺《ころ》してしまえっ。」

怒《おこ》ってわめく氏真《うじざね》に、鵜殿《うどの》の親類《しんるい》は青《あお》ざめた。もしも、そうなれば、ふたりの子《こ》も殺《ころ》されると、鵜殿家《うどのけ》は一門《いちもん》こぞって、氏真《うじざね》に嘆願《たんがん》した。

「お願《ねが》いでござります。ぜひに交換《こうかん》をしょうちしてくださりませ。」

ぐらつく氏真《うじざね》に、石川数正《いしかわかずまさ》はおどしをかけた。

「よろしいかな。もしも人質交換《ひとじちこうかん》の話《はなし》をおことわりになれば、松平《まつだいら》と今川《いまがわ》は、本格的《ほんかくてき》な戦《いくさ》となりまする。それでも、よいのでござりまするか。」

戦《いくさ》ぎらいの氏真《うじざね》は、びびった。

「ええい、勝手《かって》にいたせ。」

人質《ひとじち》が交換《こうかん》されて、瀬名姫《せなひめ》、竹千代《たけちよ》、亀姫《かめひめ》が、三河《みかわ》にもどってきた。松平元康《まつだいらもとやす》は、もはや今川《いまがわ》氏真《うじざね》をおそれる必要《ひつよう》がなくなった。

「忠次《ただつぐ》、東三河《ひがしみかわ》をとるぞ。」

忠次《ただつぐ》はうなずいた。

「よき判断《はんだん》でございますな。」

元康《もとやす》は、今川《いまがわ》についている東三河《ひがしみかわ》の城《しろ》を、ひとつずつ攻《せ》めて、勢力《せいりょく》をのばした。

永禄六年《えいろくねん》（一五六三年《ねん》）、三月二日《がつふつか》。元康《もとやす》の嫡男《ちゃくなん》、五歳《さい》の竹千代《たけちよ》（のちの信康《のぶやす》）は、信長《のぶなが》の娘《むすめ》である五歳《さい》の徳姫《とくひめ》と婚約《こんやく》した。同《おな》じ年《とし》の七月六日《がつむいか》、「元康《もとやす》」は、かつて義元《よしもと》からもらった一字《じ》、「元《もと》」を捨《す》て、名《な》を「家康《いえやす》」とあらためた。

ところが、東三河《ひがしみかわ》を制圧《せいあつ》しようとしていた家康《いえやす》に、待《ま》ったが、かかった。

九月五日《がついつか》、西三河《にしみかわ》の一向宗門徒《いっこうしゅうもんと》が一揆《いっき》をおこしたのだ。このとき多《おお》くの三河武士《みかわぶし》たちが、一向宗《いっこうしゅう》に加担《かたん》した。忠次《ただつぐ》の叔父《おじ》、上野城主《うえのじょうしゅ》の酒井忠尚《さかいただなお》や、のちに家康《いえやす》の重臣《じゅうしん》となる本多正信《ほんだまさのぶ》も、反旗《はんき》をひるがえした。この戦《たたか》いが、十六歳《さい》の榊原小平太《さかきばらこへいた》にとっての初陣《ういじん》となった。

「平八郎《へいはちろう》、いよいよだ。わたしも、そなたのような軍功《ぐんこう》をあげてみせるぞ。」

小平太《こへいた》は本多忠勝《ほんだただかつ》にいった。

「初陣《ういじん》がはたせることになって、よかったな、小平太《こへいた》。おれも、そなたには負《ま》けぬぞ。」

酒井忠次《さかいただつぐ》、本多忠勝《ほんだただかつ》、榊原小平太《さかきばらこへいた》ら、松平家《まつだいらけ》と一向宗門徒《いっこうしゅうもんと》との戦《たたか》いは、すぐには終《お》わらなかった。死《し》ねば、極楽浄土《ごくらくじょうど》へ行《い》けると信《しん》じる一向宗門徒《いっこうしゅうもんと》の抵抗《ていこう》は、すさまじかった。

永禄七年《えいろくねん》（一五六四年《ねん》）、一月《がつ》の戦《たたか》いで、家康《いえやす》は、門徒《もんと》のはなった鉄砲《てっぽう》の弾《たま》二発《はつ》をうけて、あやうく落馬《らくば》しかかった。

「あぶないっ。」

小平太《こへいた》は馬《うま》の手綱《たづな》をおさえて、家康《いえやす》の体《からだ》を必死《ひっし》でささえた。そのはたらきで、家康《いえやす》は落馬《らくば》をまぬがれた。もしも落馬《らくば》していれば、いっせいに襲《おそ》われて、命《いのち》を落《お》とすところだった。

「小平太《こへいた》、おてがらだったな。」

陣《じん》にひいたあと、本多忠勝《ほんだただかつ》は、素直《すなお》に、小平太《こへいた》をたたえた。

「そなたのはたらき、正直《しょうじき》、うらやましかったぞ。」

「なんの、これしき。」

小平太《こへいた》はあくまでもひかえめだった。

あわせて六か月《げつ》もつづいた、一向宗《いっこうしゅう》との戦《いくさ》は、永禄七年《えいろくねん》（一五六四年《ねん》）、二月《がつ》二十八日《にち》に、終《お》わった。この長《なが》い戦《たたか》いに、家康《いえやす》はくるしめられたが、酒井忠次《さかいただつぐ》、本多忠勝《ほんだただかつ》、榊原小平太《さかきばらこへいた》らが奮戦《ふんせん》し、十数度《じゅうすうど》の合戦《かっせん》をへて、ようやく和議《わぎ》にこぎつけたのである。

戦《いくさ》が終《お》わったあと、家康《いえやす》は、とりわけ榊原小平太《さかきばらこへいた》をたたえた。

「小平太《こへいた》よ。そなたが、わしの落馬《らくば》をすくい、命《いのち》を守《まも》ってくれた。わしをすくったは、三河《みかわ》をすくったと同《おな》じ、そなたは天下無双《てんかむそう》の武士《ぶし》だ。これより、わが名《な》を一字《じ》とって、康政《やすまさ》と名《な》をあらためよ。」

小平太《こへいた》は感激《かんげき》した。

「榊原康政《さかきばらやすまさ》、命《いのち》をかけて、とのをお守《まも》りいたしまする。」

家康《いえやす》は、十七歳《さい》の康政《やすまさ》に、三人《にん》の与力《よりき》（有力《ゆうりょく》な武士《ぶし》にしたがう下級武士《かきゅうぶし》）をつけた。


永禄《えいろく》七年《ねん》（一五六四年《ねん》）の六月二十日《がつはつか》。家康《いえやす》は、酒井忠次《さかいただつぐ》に命《めい》じた。

「忠次《ただつぐ》、吉田城《よしだじょう》をとるぞ。」

吉田城《よしだじょう》は、今川方《いまがわがた》にとって、東三河《ひがしみかわ》の最大《さいだい》の拠点《きょてん》ともいうべき城《しろ》だった。このため、今川家《いまがわけ》の重臣《じゅうしん》、大原資良《おおはらすけよし》が守《まも》っていた。

「忠勝《ただかつ》、康政《やすまさ》。よいか、吉田城《よしだじょう》を攻《せ》めるぞ。」

忠次《ただつぐ》は、本多忠勝《ほんだただかつ》、榊原康政《さかきばらやすまさ》を先鋒《せんぽう》にして、どとうの勢《いきお》いで、吉田城《よしだじょう》を攻《せ》めた。城代《じょうだい》の大原《おおはら》は守《まも》りきれずにしりぞき、吉田城《よしだじょう》は落《お》ちた。そのあと家康《いえやす》は、本多広孝《ほんだひろたか》に田原城《たはらじょう》を攻《せ》めおとさせた。こうして家康《いえやす》は、東三河《ひがしみかわ》から今川勢力《いまがわせいりょく》を追《お》いはらい、ついに三河一国《みかわいっこく》、二十九万石《まんごく》を平定《へいてい》した。

た。

「忠次《ただつぐ》よ。そなたのこれまでの苦労《くろう》に、むくいさせてくれ。」

家康《いえやす》は、忠次《ただつぐ》に、吉田城《よしだじょう》と領地《りょうち》二万石《まんごく》をあたえ、東三河《ひがしみかわ》の「旗頭《はたがしら》」とした。西三河《にしみかわ》の「旗頭《はたがしら》」には、石川家成《いしかわいえなり》をすえ、岡崎城《おかざきじょう》を守《まも》らせた。


その年《とし》、武田信玄《たけだしんげん》の使者《ししゃ》が吉田城《よしだじょう》へあらわれた。使者《ししゃ》は、家康《いえやす》との「講和《こうわ》」をのぞむ、信玄《しんげん》の文《ふみ》をもってきた。忠次《ただつぐ》は、家康《いえやす》に告《つ》げた。

「との、信玄《しんげん》が密約《みつやく》をかわそうといってまいりました。武田《たけだ》は駿河《するが》をうばい、松平《まつだいら》は遠江《とおとうみ》をうばうという、密約《みつやく》でございます。」

家康《いえやす》は命《めい》じた。

「わかった。忠次《ただつぐ》、遠江《とおとうみ》を攻《せ》めよ。」

このときから、忠次《ただつぐ》は吉田城《よしだじょう》の守《まも》りをかためつつ、遠江《とおとうみ》への侵略《しんりゃく》を開始《かいし》した。

永禄《えいろく》九年《ねん》（一五六六年《ねん》）、家康《いえやす》は、姓《せい》を徳川《とくがわ》とあらため、朝廷《ちょうてい》から、従五位下《じゅごいのげ》三河守《みかわのかみ》をさずけられた。

家康《いえやす》に命《めい》じられ、忠次《ただつぐ》は、徳川軍団《とくがわぐんだん》を、弓隊《ゆみたい》、槍隊《やりたい》、鉄砲隊《てっぽうたい》などに編成《へんせい》した。さらに、家康直《いえやすちょく》属《ぞく》の親衛隊《しんえいたい》として、旗本衆《はたもとしゅう》をつくった。そして、十九歳《さい》で元服《げんぷく》した榊原小平太康政《さかきばらこへいたやすまさ》と同《おな》じ十九歳《さい》の本多平八郎忠勝《ほんだへいはちろうただかつ》を、「旗本先手役《はたもとさきてやく》」として、五十人《にん》の騎士《きし》をひきいる隊長《たいちょう》にした。

めでたく「旗本先手役《はたもとさきてやく》」となった本多忠勝《ほんだただかつ》と榊原康政《さかきばらやすまさ》は、祝《いわ》いのさかずきをかわしあった。

「おたがいに、旗本先手役《はたもとさきてやく》の侍大将《さむらいだいしょう》か。悪《わる》くはないな。」

忠勝《ただかつ》はさかずきをほして、康政《やすまさ》にいった。

「うむ。このお役目《やくめ》、しっかりとつとめようぞ。」

康政《やすまさ》もさかずきをほして、おちついた声《こえ》で、忠勝《ただかつ》にいった。

「康政《やすまさ》よ、そなたは、とのがどこまでのびていかれるか、どう思《おも》っておる?」

と、忠勝《ただかつ》が康政《やすまさ》にいった。

「どこまで、とは?」

「おれは信《しん》じているのだ。いまは三河《みかわ》と遠江《とおとうみ》の一部《いちぶ》、あわせて五十万石《まんごく》だが、それでは終《お》わらない、と。」

「終《お》わらない、とは?」

「いつか、とのは天下《てんか》をとられるだろう、と。」

康政《やすまさ》はおどろいた。

「とのが、天下人《てんかびと》となられる、忠勝《ただかつ》はそういっているのか。」

「そうだ、康政《やすまさ》。おれはそう信《しん》じている。」

「とてつもない夢《ゆめ》だな、忠勝《ただかつ》。」

「そうだ。しかし、夢《ゆめ》ではないぞ。たしかに強敵《きょうてき》はひしめいておる。北《きた》に、武田信玄《たけだしんげん》。東《ひがし》に、北条氏政《ほうじょううじまさ》・氏直《うじなお》。西《にし》には、信長《のぶなが》さまがおられる。との天下《てんか》は、すぐにはむずかしいだろう。だがな、おれは信《しん》じておるのだ。とのこそ、天下人《てんかびと》にふさわしいお方《かた》だと。」

忠勝《ただかつ》の熱《ねつ》っぽいことばに、康政《やすまさ》はうなずいた。

「よし。忠勝《ただかつ》の信念《しんねん》に、わたしものるとしよう。」

「そうだ、康政《やすまさ》。それでこそ、わが友《とも》だ。そなたとおれと、ふたりで力《ちから》をあわせて、とのを天下《てんか》人《びと》に押《お》しあげることを、ここにちかおうではないか。」

康政《やすまさ》は笑《わら》った。

「うむ。ちかおう。」

ふたりはさかずきをほして、ちかいあった。

永禄《えいろく》十一年《ねん》（一五六八年《ねん》）、十二月《がつ》十二日《にち》。

武田信玄《たけだしんげん》が北《きた》から駿河《するが》へ、徳川家康《とくがわいえやす》が西《にし》から遠江《とおとうみ》へ、同時《どうじ》に攻《せ》めいった。遠江《とおとうみ》の今川《いまがわ》の家臣《かしん》たちは、つぎつぎと家康《いえやす》にくだった。駿府《すんぷ》の今《いま》川氏真《がわうじざね》は、武田騎馬隊《たけだきばたい》に追《お》われ、信玄《しんげん》の手《て》を逃《のが》れ、遠江《とおとうみ》の掛川城《かけがわじょう》へ逃《に》げた。

あくる永禄《えいろく》十二年《ねん》（一五六九年《ねん》）、家康《いえやす》は、酒井忠次《さかいただつぐ》に命《めい》じた。

「忠次《ただつぐ》。掛川城《かけがわじょう》を攻《せ》めよ。」

「しょうちいたしました。」

忠次《ただつぐ》は、二十二歳《さい》の本多忠勝《ほんだただかつ》や榊原康政《さかきばらやすまさ》らをひきつれ、掛川城《かけがわじょう》をとりかこんだ。ここぞとばかり攻《せ》めたが、掛川城《かけがわじょう》は落《お》ちなかったので、忠《ただ》次《つぐ》は和議《わぎ》を申《もう》しこんだ。

「氏真《うじざね》さま。お命《いのち》をたいせつになされませ。」

父《ちち》の義元《よしもと》のように戦死《せんし》することをおそれていた氏真《うじざね》は、忠次《ただつぐ》の申《もう》し出《で》をうけいれ、掛川城《かけがわじょう》をあけわたした。そして妻《つま》の父《ちち》である、小田原《おだわら》の北条氏康《ほうじょううじやす》のもとへ向《む》かった。

六月《がつ》、本多忠勝《ほんだただかつ》と榊原康政《さかきばらやすまさ》は、家康《いえやす》の命令《めいれい》で、遠江《とおとうみ》の天方城《あまがたじょう》を攻《せ》めた。忠勝《ただかつ》と康政《やすまさ》の猛攻《もうこう》に、城《しろ》を守《まも》っていた今川兵《いまがわへい》は逃《に》げだした。その年《とし》、遠江《とおとうみ》の引馬《ひくま》の引馬城《ひくまじょう》に入城《にゅうじょう》した。

「この城《しろ》を、徳川《とくがわ》の本城《ほんじょう》としよう。」

家康《いえやす》はその城《しろ》を大幅《おおはば》に改築《かいちく》し、その名《な》を浜松城《はままつじょう》とあらためた。西《にし》の「旗頭《はたがしら》」である石川家成《いしかわいえなり》を、岡崎城《おかざきじょう》から掛川城《かけがわじょう》にうつらせた。そして岡崎城《おかざきじょう》は、十二歳《さい》の嫡男《ちゃくなん》である信康《のぶやす》に守《まも》らせることにした。

こうして家康《いえやす》は、三河《みかわ》と遠江《とおとうみ》、あわせて五十五万石《まんごく》を平定《へいてい》した。そのころ、同盟者《どうめいしゃ》である織田《おだ》信長《のぶなが》は、美濃《みの》、近江《おうみ》、伊勢《いせ》、大和《やまと》、和泉《いずみ》を攻《せ》めとり、二百万石《まんごく》にもおよぶ、大大名《だいだいみょう》にのしあがっていた。

第六章《だいしょう》　死《し》のしんがり

永禄十三年《えいろくねん》（一五七〇年《ねん》）、四月《がつ》（※四月《がつ》二十三日《にち》に元亀《げんき》に改元《かいげん》）。越前《えちぜん》の朝倉義景《あさくらよしかげ》を攻《せ》めるので、援軍《えんぐん》をたのむと、織田信長《おだのぶなが》から、徳川家康《とくがわいえやす》のもとへ、文《ふみ》がきた。

「信長公《のぶながこう》を助《たす》ける、はじめての戦《いくさ》だ。徳川軍《とくがわぐん》の強《つよ》さを見《み》せつけねばならぬぞ。」

家康《いえやす》は、筆頭家老《ひっとうがろう》の酒井忠次《さかいただつぐ》、「旗本先手役《はたもとさきてやく》」の本多忠勝《ほんだただかつ》、榊原康政《さかきばらやすまさ》らに、いった。

「われら徳川《とくがわ》の強《つよ》さを、信長《のぶなが》さまに見《み》せつけてさしあげまする。」

忠次《ただつぐ》はこたえた。このとき織田軍《おだぐん》は、五万《まん》。徳川軍《とくがわぐん》は、五千の兵《へい》をひきいていた。徳川軍《とくがわぐん》の先鋒《せんぽう》は、いつものように四十四歳《さい》の酒井忠次《さかいただつぐ》だった。二十三歳《さい》の本多忠勝《ほんだただかつ》と榊原康政《さかきばらやすまさ》は、後詰《ごづ》めをまかされた。

「忠勝《ただかつ》、康政《やすまさ》。たのんだぞ。わしが攻《せ》めあぐねたときには、ただちに攻《せ》めまくれ。」

忠次《ただつぐ》のことばに、ふたりは力強《ちからづよ》くうなずいた。

徳川軍《とくがわぐん》が向《む》かったのは、山城《やまじろ》である手筒山城《てづつやまじょう》だった。

「われらが大手門《おおてもん》を攻《せ》めまする。」

忠次《ただつぐ》は織田軍《おだぐん》に告《つ》げた。けわしい山城《やまじろ》の大手門《おおてもん》は、攻《せ》めるにはもっともむずかしいところだったが、今川《いまがわ》のもとで、きびしい先陣《せんじん》を強《し》いられてきた忠次《ただつぐ》ら、三河兵《みかわへい》にとっては、しごくあたりまえのことだった。

「では、われらはからめ手門《てもん》を攻《せ》めることにしよう。」

織田軍《おだぐん》の柴田勝家《しばたかついえ》がこたえた。

三千の兵《へい》がこもっている手筒山城《てづつやまじょう》は高《たか》い柵《さく》がめぐらされていた。真《ま》っ向《こう》から攻《せ》めるには、岩《いわ》をよじのぼるしか、手立《てだ》てがなかった。

「登《のぼ》れっ、ひるむなっ。」

忠次《ただつぐ》はみずから岩《いわ》を登《のぼ》り、大手門《おおてもん》をめざした。しかし、柵《さく》をようやくこえたところで、城《しろ》から、屈強《くっきょう》の朝倉勢《あさくらぜい》が出撃《しゅつげき》してきた。

「ひくなっ、ひくなっ。」

忠次《ただつぐ》はさけんだが、反撃《はんげき》がすさまじく、忠次軍《ただつぐぐん》はあやうく、くずれかけた。そのときだった。うしろのほうから、大音声《だいおんじょう》がつらぬいた。

「三河武士《みかわぶし》の強《つよ》さ、思《おも》い知《し》れっ。」

「おう、忠勝《ただかつ》か。」

忠次《ただつぐ》はよろこんだ。忠勝《ただかつ》、そして榊原康政《さかきばらやすまさ》ら、一千の後詰《ごづ》めの徳川兵《とくがわへい》が、岩《いわ》をよじのぼり、大《おお》手門《てもん》に押《お》しよせてきたのだ。

「突破《とっぱ》しろっ。」

「門《もん》を破《やぶ》れっ。」

忠勝《ただかつ》と康政《やすまさ》は猛烈《もうれつ》な勢《いきお》いで、大手門《おおてもん》に突入《とつにゅう》していった。城《しろ》の守備兵《しゅびへい》と激戦《げきせん》がくりひろげられたが、忠勝《ただかつ》らは朝倉勢《あさくらぜい》を打《う》ちやぶった。手筒山城《てづつやまじょう》が落《お》ちると、信長《のぶなが》はよろこんだ。

「なんと、強《つよ》いのう、三河兵《みかわへい》は。あの山城《やまじろ》を力《ちから》でねじふせるとは、たのもしいぞ。」

つぎにめざすべき金ケ崎城《かねがさきじょう》は、織田《おだ》の武将《ぶしょう》、木下藤吉郎《きのしたとうきちろう》(のちの秀吉《ひでよし》)が敵《てき》の武将《ぶしょう》をたくみに調略《ちょうりゃく》して、すでに落《お》としていた。手筒山城《てづつやまじょう》と金ケ崎城《かねがさきじょう》という、ふたつのかなめの城《しろ》を落《お》とされたので、朝倉軍《あさくらぐん》は、あるじの朝倉義景《あさくらよしかげ》のいる一乗谷城《いちじょうだにじょう》へ逃《のが》れていった。

「ようし、めざすは一乗谷城《いちじょうだにじょう》ぞ。」

家康《いえやす》は酒井忠次《さかいただつぐ》らにいった。

「ははっ。いよいよ、朝倉《あさくら》を攻《せ》めほろぼすのですな。」

ところが、一乗谷城《いちじょうだにじょう》の手前《てまえ》、木《き》ノ芽峠《めとうげ》まで進軍《しんぐん》したとき、おどろくべき知《し》らせがきた。近江《おうみ》の浅井長政《あざいながまさ》が、とつぜん、うらぎったのだ。さらに、近江《おうみ》の南《みなみ》の六角承禎《ろっかくじょうてい》も、反信長《はんのぶなが》の兵《へい》をあげたのだ。酒井忠次《さかいただつぐ》はぼうぜんとなった。

(それでは、ふくろのねずみではないか。北《きた》と南《みなみ》からはさみうちになって、われらは全滅《ぜんめつ》するかもしれない。)

忠次《ただつぐ》の感《かん》じた不安《ふあん》とおそれが、織田軍《おだぐん》と徳川軍全体《とくがわぐんぜんたい》をおおった。

「浅井長政《あざいながまさ》がうらぎったとは。やつは信長《のぶなが》さまの妹《いもうと》ぎみのむこではないか。」

本多忠勝《ほんだただかつ》のことばに、榊原康政《さかきばらやすまさ》はいった。

「妻《つま》の兄《あに》の織田《おだ》よりも、古《ふる》くから同盟《どうめい》をむすんでいた朝倉《あさくら》を選《えら》んだのであろう。」

さらに、おどろくべきことがおきた。信長《のぶなが》がいいはなったのである。

「わしは京《きょう》へもどる。そなたたちはわしのあとを追《お》え。」

酒井忠次《さかいただつぐ》はがくぜんとした。戦《いくさ》の総大将《そうだいしょう》がひとりだけ先《さき》に逃《に》げるというのだ。忠次《ただつぐ》は家康《いえやす》を見《み》やった。家康《いえやす》はだまって、なにかを考《かんが》えこんでいるようだった。

忠次《ただつぐ》は、家康《いえやす》が考《かんが》えていることを察《さっ》して、それをおそれた。

「しんがりは、だれがやるか。」

信長《のぶなが》のかん高《だか》い声《こえ》に、織田《おだ》の家臣《かしん》たちは顔《かお》を見《み》あわせた。

（このしんがりは、きつい。浅井《あざい》と朝倉《あさくら》に前《まえ》とうしろから攻《せ》めたてられ、生《い》きて帰《かえ》れないかもしれない。）

忠次《ただつぐ》が思《おも》っていると、このとき、明《あか》るい声《こえ》がひびきわたった。

「との、そのだいじなお役目《やくめ》、この藤吉郎《とうきちろう》におまかせくだされ。」

忠次《ただつぐ》は声《こえ》のするほうを見《み》やった。声《こえ》のぬしは、どこか猿《さる》に似《に》た顔《かお》の武将《ぶしょう》、木下藤吉郎《きのしたとうきちろう》だった。

（あやつか。墨俣《すのまた》に一夜城《いちやじょう》をきずいて、信長《のぶなが》さまに美濃《みの》攻めを成功《せいこう》させたという武将《ぶしょう》は。）

信長《のぶなが》は切《き》れ長《なが》の目《め》で、藤吉郎《とうきちろう》を見《み》て、うなずいた。

「で、あるか。ならば、藤吉郎《とうきちろう》にまかせる。」

そのときだった。家康《いえやす》がずいと進《すす》み出《で》て、しっかりとした声《こえ》でいったのだ。

「わたくしも、そのお役目《やくめ》をはたしまする。」

忠次《ただつぐ》はおどろいた。やはり、とのはさっきから、それを考《かんが》えておられたのか。さすがは、との。豪胆《ごうたん》な気性《きしょう》は、おみごとでござる。そう、ほめたい気持《きも》ちはあったが、ここでのしんがりは、あまりにも危険《きけん》だった。忠次《ただつぐ》は家康《いえやす》にいいたかった。

――との、この戦《いくさ》は織田《おだ》の戦《いくさ》でございます。しんがりのお役目《やくめ》は徳川《とくがわ》がひきうけてはなりませぬ。

家康《いえやす》の申《もう》し出《で》に、信長《のぶなが》は首《くび》をふった。

「うむ。そのこころざしはありがたいが、家康《いえやす》どのにしんがりをしてもらっては、織田《おだ》の顔《かお》が立《た》たぬ。ここはすぐに撤退《てったい》されたい。」

そういうと、信長《のぶなが》は馬《うま》に飛《と》びのった。そして十名《めい》ほどの小姓《こしょう》をひきつれ、その場《ば》を去《さ》っていった。信長《のぶなが》のあとを追《お》うように、織田軍《おだぐん》が撤退《てったい》していった。

家康《いえやす》は家臣《かしん》たちを見回《みまわ》して、いった。

「しんがりは、木下《きのした》どのにおまかせするが、われらは、織田軍《おだぐん》のうしろから、全軍《ぜんぐん》ひとつになって、ついていく。忠勝《ただかつ》、康政《やすまさ》、どちらかが先頭《せんとう》に立《た》て。」

てがらを立《た》てるのは、ここぞとばかり、本多忠勝《ほんだただかつ》と榊原康政《さかきばらやすまさ》がうなずいた。

「それがしが先頭《せんとう》に立《た》ちまする。」

忠勝《ただかつ》がいうと、康政《やすまさ》もいった。

「それがしも立《た》ちまする。」

織田本軍《おだほんぐん》の最後尾《さいこうび》をうけもって、山道《やまみち》をひきあげていくとちゅうで、家康《いえやす》は徳川全軍《とくがわぜんぐん》を立《た》ち止《ど》まらせた。

「いまより、ひきかえして、しんがりを助《たす》ける。」

家康《いえやす》の、りんとした声《こえ》に、酒井忠次《さかいただつぐ》はおどろいた。織田軍《おだぐん》のうしろを守《まも》るのさえ大変《たいへん》なのに、後方《こうほう》で苦闘《くとう》している木下軍《きのしたぐん》を助《たす》けるというのか。

家康《いえやす》は、旗本先手役《はたもとさきてやく》の、本多忠勝《ほんだただかつ》と榊原康政《さかきばらやすまさ》に命《めい》じた。

「忠勝《ただかつ》、康政《やすまさ》。そなたら、浅井《あざい》、朝倉《あさくら》の追《お》っ手《て》を、打《う》ちはらってこい。」

忠勝《ただかつ》と康政《やすまさ》はふたりとも目《め》を輝《かがや》かせ、よろこび勇《いさ》んだ。

「小平太《こへいた》、そなたには負《ま》けぬぞ。」

忠勝《ただかつ》がいうと、康政《やすまさ》もいった。

「それがしこそ、負《ま》けぬぞ、平八郎《へいはちろう》。」

忠勝《ただかつ》と康政《やすまさ》は、競《きそ》いあうように、馬《うま》を早駆《はやが》けさせ、しんがりのもとへひきかえしていった。あとを三河兵《みかわへい》が遅《おく》れまいと走《はし》ってついていった。

「あそこだっ。」

忠勝《ただかつ》がさけんだ。浅井《あざい》・朝倉軍《あさくらぐん》に追《お》いたてられ、必死《ひっし》で撤退《てったい》している木下軍《きのしたぐん》のところへ行《い》くと、忠勝《ただかつ》と康政《やすまさ》は、追《お》っ手《て》に対《たい》して、猛烈《もうれつ》な反撃《はんげき》をくわえはじめた。

「それっ、わが『蜻蛉斬《とんぼぎ》り』を、うけてみよっ。」

忠勝《ただかつ》は長《なが》い槍《やり》をぶんぶんふりまわして、敵《てき》を討《う》ちとっていった。

「うおおおっ。」

ふだんはきりりとした顔《かお》の康政《やすまさ》も、声高《こえたか》らかに、顔《かお》を真《ま》っ赤《か》に染《そ》め、縦横《じゅうおう》に槍《やり》をふるい、敵《てき》をなぎたおしていった。こうして、忠勝《ただかつ》と康政《やすまさ》の徳川《とくがわ》兵《へい》が浅井《あざい》・朝倉《あさくら》の追《お》っ手《て》を追《お》いはらったおかげで、木下軍《きのしたぐん》はあやうく全滅《ぜんめつ》するところをまぬがれた。

このときのできごとを、秀吉《ひでよし》（藤吉郎《とうきちろう》）は終生《しゅうせい》忘《わす》れなかった。そして、ことあるごとに、家康《いえやす》に、そのときのありさまを語《かた》って、感謝《かんしゃ》のことばをのべた。

——いやあ、あのときはありがたかった。家康《いえやす》どのには、わが命《いのち》をすくっていただいた。

それから二か月《げつ》がすぎた。

六月《がつ》、徳川家康《とくがわいえやす》は岡崎城《おかざきじょう》から浜松城《はままつじょう》へうつった。そして岐阜城《ぎふじょう》の信長《のぶなが》から、浜松城《はままつじょう》の家康《いえやす》に、

「浅井《あざい》、朝倉《あさくら》を討《う》つ、出陣《しゅつじん》されたし。」という文《ふみ》がきた。

家康《いえやす》はふたたび五千の兵《へい》をひきいて、信長《のぶなが》のもとへ向《む》かった。

六月二十八日《にち》、浅井《あざい》、朝倉《あさくら》との決戦《けっせん》がはじまった。信長《のぶなが》は二万《まん》四千、家康《いえやす》は五千、対《たい》する浅井《あざい》は八千、朝倉軍《あさくらぐん》は、景健《かげたけ》がひきいる一万《まん》だった。

両軍《りょうぐん》は、近江《おうみ》の姉川《あねがわ》で激突《げきとつ》した。数《かず》こそ勝《まさ》っていたが、織田軍《おだぐん》は、はじめのころ、浅井軍《あざいぐん》に押《お》しまくられて苦戦《くせん》した。一方《いっぽう》、朝倉軍《あさくらぐん》と戦《たたか》っていた家康《いえやす》は声《こえ》をからして命《めい》じた。

「それっ、三河武士《みかわぶし》の強《つよ》さ、見《み》せてやれっ。」

朝倉軍《あさくらぐん》に向《む》かって、本多忠勝《ほんだただかつ》が「蜻蛉斬《とんぼぎ》り」をふりかざし、猛烈《もうれつ》な勢《いきお》いで突進《とっしん》した。さらに榊《さかき》原康政《ばらやすまさ》が朝倉軍《あさくらぐん》の側面《そくめん》をついた。すさまじい攻撃《こうげき》に、朝倉軍《あさくらぐん》が総《そう》くずれになった。これをきっかけに苦戦《くせん》していた織田軍《おだぐん》が息《いき》をふきかえし、浅井軍《あざいぐん》に反撃《はんげき》した。ここにおいて、戦《いくさ》の大勢《たいせい》は決《き》まった。浅井《あざい》、朝倉軍《あさくらぐん》は数千《すうせん》の死者《ししゃ》たちをのこして、小谷城《おだにじょう》へ逃《に》げこんだ。

姉川《あねがわ》の戦《たたか》いからもどったあと、徳川家康《とくがわいえやす》は、越後《えちご》の上杉謙信《うえすぎけんしん》と同盟《どうめい》をむすんだ。

「との、信玄《しんげん》を敵《てき》とされるのですか。」

酒井忠次《さかいただつぐ》は、家康《いえやす》にたずねた。

「うむ。いずれ、信玄《しんげん》と戦《たたか》うことになるゆえにな。」

これまで、つかずはなれずの立場《たちば》をとっていた甲斐《かい》の武田信玄《たけだしんげん》と、はっきり敵対《てきたい》する道《みち》を選《えら》んだことを、忠次《ただつぐ》はあやぶんだ。

（まだ信玄《しんげん》と戦《たたか》って勝《か》てるほどの兵力《へいりょく》は、徳川《とくがわ》にはないように思《おも》われるのに。その道《みち》を選《えら》んで、よいのだろうか……。)

徳川《とくがわ》が上杉《うえすぎ》と同盟《どうめい》をむすんだことを知《し》ると、武田信玄《たけだしんげん》は怒《おこ》った。

「よし、信長《のぶなが》ともども、家康《いえやす》をふみつぶしてやる。」

第七章《だいしょう》　三方《みかた》ヶ原《がはら》の戦《たたか》い

元亀《げんき》二年《ねん》（一五七一年《ねん》）、三月《がつ》。

武田信玄《たけだしんげん》は二万《まん》五千の兵《へい》をひきいて、甲府《こうふ》を出陣《しゅつじん》した。大井川《おおいがわ》をこえ、遠江《とおとうみ》に入《はい》り、山城《やまじろ》の高天神城《たかてんじんじょう》を攻《せ》めたあと、いったん、ひいた。

四月《がつ》、今度《こんど》は、酒井忠次《さかいただつぐ》が守《まも》っている、東三河《ひがしみかわ》の吉田城《よしだじょう》に向《む》かってきた。武田勝頼《たけだかつより》、山県昌景《やまがたまさかげ》らが、八千の兵《へい》で、吉田城《よしだじょう》に押《お》しよせてきたのだ。

「この城《しろ》は、なんとしても守《まも》りぬかねばならぬ。」

忠次《ただつぐ》は、数度《すうど》にわたって、城外《じょうがい》にうって出《で》た。武田《たけだ》の騎馬武者勢《きばむしゃぜい》とはげしく戦《たたか》っては、すぐ城《しろ》にしりぞくという戦法《せんぽう》で、ついに吉田城《よしだじょう》を守《まも》りきった。

あくる元亀《げんき》三年《ねん》（一五七二年《ねん》）、十月三日《がつみっか》。

信玄《しんげん》は三万《まん》の大軍《たいぐん》をひきつれて、ふたたび東三河《ひがしみかわ》に侵入《しんにゅう》してきた。

家康《いえやす》の兵《へい》は、三河《みかわ》、遠江《とおとうみ》あわせて一万《まん》だったが、本多忠勝《ほんだただかつ》らに命《めい》じて、一千の兵《へい》を先発《せんぱつ》させた。そのあと家康《いえやす》は三千をひきいて、浜松城《はままつじょう》から出《で》た。

二俣城《ふたまたじょう》に入《はい》った忠勝《ただかつ》は偵察《ていさつ》に出《で》て、風林火山《ふうりんかざん》の旗印《はたじるし》をなびかせて進《すす》む武田本軍《たけたほんぐん》を観察《かんさつ》した。これは撤退《てったい》するほうがよいと、忠勝《ただかつ》が家康《いえやす》に報告《ほうこく》しようとしたとき、武田軍《たけだぐん》の先鋒《せんぽう》、馬場信春隊《ばばのぶはるたい》が、家康軍《いえやすぐん》めがけて、一言坂《ひとことざか》で急襲《きゅうしゅう》してきた。

「とのっ、いそぎ、浜松城《はままつじょう》まで撤退《てったい》されよっ。」

忠勝《ただかつ》は「蜻蛉斬《とんぼぎ》り」をふりかざし、武田軍《たけだぐん》に突入《とつにゅう》し、進軍《しんぐん》をはばんだ。

「本多平八郎忠勝《ほんだへいはちろうただかつ》なりっ。わが槍《やり》につらぬかれたい者《もの》は、向《む》かってこいっ。」

大音声《だいおんじょう》でさけびながら、忠勝《ただかつ》は「蜻蛉斬《とんぼぎ》り」をふりまわして、つぎつぎと敵《てき》をなぎたおしていった。この忠勝《ただかつ》の活躍《かつやく》により、家康《いえやす》はぶじに浜松城《はままつじょう》へもどることができた。

「やんぬるかな。」

一言坂《ひとことざか》での戦《たたか》いを見《み》ていた信玄《しんげん》の近習《きんじゅ》、小杉左近《こすぎさこん》は、忠勝《ただかつ》の勇猛《ゆうもう》さに感《かん》じいって、落書《らくしょ》をした。

——家康《いえやす》に、すぎたるものがふたつあり。唐《から》の頭《かしら》に、本多平八《ほんだへいはち》。

(家康《いえやす》にとって、もったいないほどのものがふたつある。ひとつは、唐《から》の頭《かしら》——旄牛《からうし》(ヤク)の尾《お》の毛《け》で飾《かざ》ったかぶとであり、もうひとつは、猛将《もうしょう》の本多平八郎《ほんだへいはちろう》である。)

武田軍《たけだぐん》によって、二俣城《ふたまたじょう》が落《お》とされたあと、家臣《かしん》たちは家康《いえやす》にいった。

「まともに戦《たたか》ってはなりませぬ。浜松城《はままつじょう》で籠城《ろうじょう》し、織田軍《おだぐん》の到来《とうらい》を待《ま》ちましょう。」

信長《のぶなが》も援軍《えんぐん》の兵《へい》を三千送《おく》って、家康《いえやす》にいってきた。

――無用《むよう》な戦《いくさ》はさけよ。

家康《いえやす》が浜松城《はままつじょう》を死守《ししゅ》すれば、攻《せ》めあぐねた武田軍《たけだぐん》は城《しろ》を落《お》とすことをあきらめ、尾張《おわり》へ向《む》かう。そのとき織田《おだ》と徳川《とくがわ》ではさみうちにしよう。信長《のぶなが》はそう考《かんが》えていたのだ。

だが、信玄《しんげん》は浜松城《はままつじょう》の前《まえ》を素通《すどお》りして、三方ヶ原《みかたがはら》とよばれる台地《だいち》へ進軍《しんぐん》していった。これを見《み》て、家康《いえやす》はいきどおった。

「うぬっ、信玄《しんげん》め。」

徳川《とくがわ》など相手《あいて》にするまでもない。見下《みくだ》しきったような信玄《しんげん》の態度《たいど》に、家康《いえやす》は、かっとなった。

「お屋形《やかた》さま、ここはごしんぼうくださりませ。」

家臣《かしん》たちは口々《くちぐち》にいさめた。酒井忠次《さかいただつぐ》もいさめたかった。しかし、家康《いえやす》の顔《かお》に、忠次《ただつぐ》は止《と》められないものを感《かん》じた。もともと家康《いえやす》は短気《たんき》な性格《せいかく》だったが、長《なが》い人質暮《ひとじちぐ》らしにより、じっと耐《た》えて、がまんすることを学《まな》んだのだ。ところが、いつもならがまんする家康《いえやす》がこのときばかりはちがった。

「ええい、そなたたちは、わしに嵐《あらし》がすぎ去《さ》るのを、首《くび》をちぢめて待《ま》てというのか。そのようなおくびょうなことを、三河武士《みかわぶし》ができるはずがない。」

家康《いえやす》のことばに、忠次《ただつぐ》はため息《いき》をついた。名《な》にしおう信玄《しんげん》を相手《あいて》に、勝《か》てるだろうか。しかも、武田軍《たけだぐん》は、三万《まん》、われらは一万《まん》三千。これは、容易《ようい》に勝《か》てないぞ……。

三方《みかた》ヶ原《がはら》で、一万《まん》三千の徳川軍《とくがわぐん》は、三万《まん》の武田軍《たけだぐん》にいどんだ。

徳川軍《とくがわぐん》の右翼《うよく》をになった酒井忠次《さかいただつぐ》は、武田軍《たけだぐん》の馬場信春隊《ばばのぶはるたい》と激突《げきとつ》した。

戦局全体《せんきょくぜんたい》では、徳川軍《とくがわぐん》の敗北《はいぼく》だった。本多忠勝《ほんだただかつ》や榊原康政《さかきばらやすまさ》らがけんめいに奮戦《ふんせん》したものの、武《たけ》田騎馬隊《だきばたい》の突進《とっしん》により、本多忠真《ほんだただざね》ら、名《な》のある徳川《とくがわ》の武将《ぶしょう》たちがつぎつぎと戦死《せんし》していった。家《いえ》康自身《やすじしん》も死《し》を覚悟《かくご》した。

「もはや、これまでだっ！」

家康《いえやす》が刀《かたな》をふるって、さけぶと、家臣《かしん》の夏目吉信《なつめよしのぶ》がいさめた。

「なりませぬ、とのっ！　死《し》にいそぐのは、われら家来《けらい》たちのすることでござる。大将《たいしょう》たるものは生《い》きのこって、あとのもりかえしをせねばなりませぬぞっ！」

吉信《よしのぶ》は槍《やり》で、家康《いえやす》の馬《うま》をたたいた。馬《うま》は走《はし》りだした。武田軍《たけだぐん》が家康《いえやす》を追《お》うと、榊原康政《さかきばらやすまさ》が立《た》ちはだかった。康政《やすまさ》は武田軍《たけだぐん》を追《お》いはらい、「無《む》」の旗指《はたさ》し物《もの》を打《う》ち立《た》て、ゆうゆうと走《はし》り去《さ》った。

家康《いえやす》が浜松城《はままつじょう》へもどると、城門《じょうもん》を守《まも》っていた鳥居元忠《とりいもとただ》が門《もん》を閉《と》じようとした。すると、家康《いえやす》はいった。

「門《もん》はあけておけ。あとから味方《みかた》がもどってくる。」

「されど、武田《たけだ》が攻《せ》めてまいりますぞ。門《もん》をしめておかねば、城《しろ》に乱入《らんにゅう》されてしまいます。」

家康《いえやす》は首《くび》をふった。

「いや、門《もん》があけてあると、敵《てき》はかえって警戒《けいかい》するものだ。よいか、あかあかと内《うち》にも外《そと》にもかがり火《び》をたいておけ。」

家康《いえやす》がもどったことを知《し》ると、酒井忠次《さかいただつぐ》は浜松城《はままつじょう》の櫓《やぐら》にのぼり、太鼓《たいこ》を打《う》ち鳴《な》らした。われら、三河武士《みかわぶし》は負《ま》けぬぞっ。そういわんばかりに、太鼓《たいこ》の音《おと》は夜《よる》の空気《くうき》をふるわせ、あたりにひびきわたった。

「われらの城《しろ》から、太鼓《たいこ》が鳴《な》りひびいておるぞっ。」

武田軍《たけだぐん》に追《お》われ、城《しろ》へ逃《に》げのびてくる徳川兵《とくがわへい》は、その太鼓《たいこ》に勇気《ゆうき》づけられた。一方《いっぽう》、浜松城《はままつじょう》まで攻《せ》めよせてきた武田軍《たけだぐん》は、城門《じょうもん》がひらかれ、かがり火《び》がたかれ、太鼓《たいこ》が鳴《な》りひびいているのを、気味悪《きみわる》く思《おも》った。

「なんだ、あの太鼓《たいこ》は？」

武田軍《たけだぐん》は城《しろ》に攻《せ》めいるのをやめて、ひきかえした。こうして信玄《しんげん》は浜松城《はままつじょう》を攻《せ》めることなく、三方ヶ原《みかたがはら》から都《みやこ》へ向《む》かって進軍《しんぐん》していった。だが、信玄《しんげん》が信長《のぶなが》と決戦《けっせん》することはなかった。元亀《げんき》四年《ねん》（一五七三年《ねん》）二月《がつ》十七日《にち》、武田軍《たけだぐん》は三河《みかわ》の野田城《のだじょう》を落《お》としたあと、尾張《おわり》へ向《む》かわず、伊那《いな》街道《かいどう》を通《とお》って、信濃《しなの》へひきかえしていったのだ。

「信玄公《しんげんこう》、病《やまい》にたおれたとのことです。亡《な》くなった、とのうわさもあります。」

酒井忠次《さかいただつぐ》は家康《いえやす》に告《つ》げた。甲府《こうふ》や信濃《しなの》に、はなっていた間者《かんじゃ》たちから、つぎつぎに知《し》らせが届《とど》いたが、家康《いえやす》は信《しん》じようとしなかった。やがて信長《のぶなが》から、知《し》らせがきた。

――信玄坊主《しんげんぼうず》、四月《がつ》に死《し》んだそうだ。

家康《いえやす》はようやく信玄《しんげん》の死《し》を信《しん》じた。

「忠次《ただつぐ》、まことに、信玄《しんげん》は亡《な》くなったようだな。」

「さようでございますな。されど、信長《のぶなが》さまの強運《きょううん》ぶりには、おどろかされますな。武田《たけだ》のあとをついだ勝頼《かつより》は、信玄公《しんげんこう》ほどの器量《きりょう》はないと聞《き》きまするが、油断《ゆだん》はなりませぬ。われら徳川《とくがわ》は、こたびの武田《たけだ》との戦《いくさ》で、うばわれた三河《みかわ》や遠江《とおとうみ》の城《しろ》を、これから、ひとつずつ、とりかえしていかねばなりませぬ。」

「そうじゃ、忠次《ただつぐ》。どの城《しろ》から、はじめようか。」

忠次《ただつぐ》は家康《いえやす》にいった。

「勝頼《かつより》に対抗《たいこう》するためには、まずは奥三河《おくみかわ》の長篠城《ながしのじょう》を確保《かくほ》せねばなりますまい。」

長篠城《ながしのじょう》は、山家三方衆《やまがさんぽうしゅう》のひとり、菅沼正貞《すがぬままささだ》を城主《じょうしゅ》に、武田《たけだ》の家臣《かしん》である小笠原信嶺《おがさわらのぶみね》らが守《まも》っていた。田峯《だみね》の菅沼《すがぬま》、長篠《ながしの》の菅沼《すがぬま》、作手《つくで》の奥平《おくだいら》という三家《さんけ》の土豪《どごう》である山家三方衆《やまがさんぽうしゅう》は、一時《いちじ》は徳川《とくがわ》に味方《みかた》していたが、いまは武田方《たけだがた》になっていた。

「長篠《ながしの》か。わしも、同《おな》じ考《かんが》えだ。」

家康《いえやす》はうなずき、長篠《ながしの》を攻《せ》めるにあたって、酒井忠次《さかいただつぐ》、本多忠勝《ほんだただかつ》、榊原康政《さかきばらやすまさ》らをあつめ、作戦《さくせん》会議《かいぎ》をひらいた。

「作手《つくで》の奥平《おくだいら》を調略《ちょうりゃく》いたしましょう。これには、ご家老《かろう》の忠次《ただつぐ》さまも、賛同《さんどう》しておられます。」

本多忠勝《ほんだただかつ》が口火《くちび》を切《き》った。酒井忠次《さかいただつぐ》はうなずいて、いった。

「まずは、奥平《おくだいら》を味方《みかた》につけましょう。」

家康《いえやす》がたずねた。

「どうやって、奥平《おくだいら》を味方《みかた》につけるのだ？」

「三千貫《がん》の新《あたら》しい領地《りょうち》をあたえると約束《やくそく》するのです。さらに武田《たけだ》をたおしたあとは、三方衆《さんぽうしゅう》の領《りょう》土《ど》すべてをあたえる、と。」

忠勝《ただかつ》のことばに、家康《いえやす》はうなずいた。酒井忠次《さかいただつぐ》がいった。

「奥平《おくだいら》の若君《わかぎみ》、十九歳《さい》の貞昌《さだまさ》どのは勇猛《ゆうもう》な武将《ぶしょう》ですが、まだ婚姻《こんいん》されてはおりませぬ。」

「婚姻《こんいん》？　忠次《ただつぐ》、だれを貞昌《さだまさ》にとつがせようというのか？」

忠次《ただつぐ》は家康《いえやす》の顔《かお》を見《み》ながら、いった。

「奥平家《おくだいらけ》は、ぜひとも味方《みかた》につけねばなりませぬ。そのためには、おそれながら、とのの御息女《ごそくじょ》であられる亀姫《かめひめ》さまを。」

「……亀姫《かめひめ》を、か。」

家康《いえやす》は腕組《うでぐ》みした。

「おいや、でござりまするか？」

忠次《ただつぐ》がたずねると、家康《いえやす》は首《くび》をふった。

「いやではない。奥平貞昌《おくだいらさだまさ》なら、亀姫《かめひめ》のよいむことなるであろう。ただ、奥平《おくだいら》がその策《さく》に応《おう》じるかどうか。」

本多忠勝《ほんだただかつ》がいった。

「それがしが、奥平《おくだいら》に会《あ》って、説得《せっとく》してまいります。」

家康《いえやす》は忠勝《ただかつ》に向《む》かって、いった。

「よいか、忠勝《ただかつ》。もしも、奥平《おくだいら》にことわられても、かならずぶじに帰《かえ》ってくるのだぞ。腹《はら》を切《き》ったりしてはならぬぞ。」

忠勝《ただかつ》がうなずいた。

「かならず、奥平《おくだいら》を味方《みかた》につけてまいります。」


本多忠勝《ほんだただかつ》は作手《つくで》に行《い》き、奥平父子《おくだいらおやこ》と腹《はら》をわって話《はな》しあい、徳川《とくがわ》に味方《みかた》することを約束《やくそく》させた。家康《いえやす》の娘《むすめ》である十四歳《さい》の亀姫《かめひめ》を、十九歳《さい》の奥平貞昌《おくだいらさだまさ》にめあわせ、さらに山家三方衆《やまがさんぽうしゅう》の領地《りょうち》すべてをわたすという証文《しょうもん》をかわしたのだ。

七月《がつ》、酒井忠次《さかいただつぐ》は、本多忠勝《ほんだただかつ》、榊原康政《さかきばらやすまさ》をひきいて、長篠城《ながしのじょう》へ向《む》かった。

忠次《ただつぐ》は二千の兵《へい》で、長篠城《ながしのじょう》の大手門《おおてもん》を夜襲《やしゅう》した。さらに忠勝《ただかつ》、康政隊《やすまさたい》の兵《へい》三百が、からめ手《て》から攻《せ》めた。調略《ちょうりゃく》していた奥平《おくだいら》が味方《みかた》したおかげで、長篠城《ながしのじょう》は落《お》ちた。

「よく、やった。」

家康《いえやす》は、調略《ちょうりゃく》の策《さく》を立《た》てた酒井忠次《さかいただつぐ》、それを成功《せいこう》させた本多忠勝《ほんだただかつ》をほめた。

天正《てんしょう》二年《ねん》（一五七四年《ねん》）、五月《がつ》、武田勝頼《たけだかつより》は二万《まん》五千の大軍《たいぐん》をひきいて、遠江《とおとうみ》に侵攻《しんこう》し、十二日《にち》、父《ちち》の信玄《しんげん》さえ攻《せ》めおとせなかった、難攻不落《なんこうふらく》とうたわれた高天神城《たかてんじんじょう》を攻《せ》めた。城《しろ》はかつて今川方《いまがわがた》で、徳川方《とくがわがた》にくだった小笠原信興《おがさわらのぶおき》が守《まも》っていた。小笠原《おがさわら》はすぐれた武将《ぶしょう》だったが、援軍《えんぐん》がなければもちこたえられないと、家康《いえやす》に使者《ししゃ》を送《おく》った。

「高天神城《たかてんじんじょう》にやってきたか、勝頼《かつより》。」

家康《いえやす》は、京都《きょうと》の織田信長《おだのぶなが》へ、援軍《えんぐん》をたのんだ。そのころ一向一揆《いっこういっき》に手《て》を焼《や》いていた信長《のぶなが》はすぐに動《うご》けず、六月《がつ》十四日《か》、二万《まん》の兵《へい》をひきいて、遠江《とおとうみ》に向《む》かった。

「まだか、まだこぬか。」

小笠原《おがさわら》はいつわりの和議《わぎ》を申《もう》しこんで、援軍《えんぐん》を待《ま》ちつづけたが、勝頼《かつより》の猛攻《もうこう》に耐《た》えきれず、もはや援軍《えんぐん》はこないとあきらめ、六月《がつ》十七日《にち》に城門《じょうもん》をひらいて降伏《こうふく》した。

「なんと、小笠原《おがさわら》ともあろうものが、援軍《えんぐん》を待《ま》ちきれず、開門《かいもん》したのか。」

酒井忠次《さかいただつぐ》は、進軍《しんぐん》してきた信長《のぶなが》を吉田城《よしだじょう》にまねきいれて、あやまった。

「もうしわけございませぬ。織田《おだ》さまじきじきのご出馬《しゅつば》にもかかわらず、ご来援《らいえん》を待《ま》たずに、高《たか》天神城《てんじんじょう》が降伏《こうふく》いたしました。」

信長《のぶなが》はひたいに青《あお》すじを立《た》て、腹立《はらだ》たしげに、いった。

「で、あるか。」

家康《いえやす》も吉田城《よしだじょう》にやってきて、信長《のぶなが》にあやまった。

「わざわざの援軍《えんぐん》、ありがとうございます。されど、このようなことになってしまい、まことにもうしわけありませぬ。」

信長《のぶなが》は切《き》れ長《なが》の目《め》で、深《ふか》く頭《あたま》をさげている家康《いえやす》を見《み》やった。

「ぜひも、ない。」

そのやりとりを見《み》ながら、忠次《ただつぐ》は不安《ふあん》をおぼえた。同盟《どうめい》とはいいながら、まるで徳川《とくがわ》は信長公《のぶながこう》の家臣《かしん》のようではないか。徳川《とくがわ》が役《やく》に立《た》つと思《おも》っている間《あいだ》は、信長公《のぶながこう》は徳川《とくがわ》との同盟《どうめい》を守《まも》ってくれるだろうが、もしも役《やく》に立《た》たぬと思《おも》ったら、どうなるだろう……。

第八章《だいしょう》　第四《だい》の四天王《してんのう》、井伊万千代《いいまんちょ》

天正三年《てんしょうねん》（一五七五年《ねん》）、二月《がつ》。

家康《いえやす》は鷹狩《たかが》りに出《で》て、休息《きゅうそく》をとっていた。そのとき「女地頭《おんなじとう》」とよばれ、井伊谷《いいのや》の領主《りょうしゅ》をつとめていた井伊直虎《いいなおとら》と、松平家臣《まつだいらかしん》の松下源太郎《まつしたげんたろう》につきそわれ、ひとりの少年《しょうねん》がやってきた。

酒井忠次《さかいただつぐ》は、いかにも秀麗《しゅうれい》で、りりしいおもざしの少年《しょうねん》を見《み》やった。

「ご家老《かろう》さま。この若者《わかもの》をご家来衆《けらいしゅう》にくわえていただきたく、つれてまいりました。」

源太郎《げんたろう》はいった。

「その者《もの》、歳《とし》はいくつで、名《な》はなんという。」

忠次《ただつぐ》がたずねると、源太郎《げんたろう》がいった。

「歳《とし》は十五で、名《な》は虎松《とらまつ》と申《もう》しまする。井伊直親《いいなおちか》さまの忘《わす》れがたみにござります。」

忠次《ただつぐ》はうなずいた。この若者《わかもの》が、井伊直親《いいなおちか》どののお子《こ》、虎松《とらまつ》か。

虎松《とらまつ》、のちの『徳川四天王《とくがわしてんのう》』のひとりで、もっとも年《とし》の若《わか》い井伊直政《いいなおまさ》は、永禄四年《えいろくねん》（一五六一年《ねん》）の二月《がつ》十九日《にち》、遠江《とおとうみ》の井伊谷《いいのや》で、井伊直親《いいなおちか》の嫡男《ちゃくなん》として、生《う》まれた。

井伊氏《いいし》は、代々《だいだい》にわたって、井伊谷《いいのや》六万石《まんごく》の国人領主《こくじんりょうしゅ》であり、直親《なおちか》は今川義元《いまがわよしもと》につかえていた。虎松《とらまつ》の生《う》まれる前年《ぜんねん》、永禄《えいろく》三年《ねん》（一五六〇年《ねん》）の桶狭間《おけはざま》の戦《たたか》いで、義元《よしもと》が戦死《せんし》し、今川家《いまがわけ》は息子《むすこ》の氏真《うじざね》があとをついだ。

永禄《えいろく》五年《ねん》（一五六二年《ねん》）、井伊家《いいけ》に悲劇《ひげき》がおとずれた。井伊家《いいけ》の家老《かろう》、小野但馬《おのたじま》が、今川氏真《いまがわうじざね》に讒言《ざんげん》（事実《じじつ》でないことを事実《じじつ》であるように告《つ》げ口《ぐち》すること）したのだ。

「直親《なおちか》は、尾張《おわり》の織田《おだ》と三河《みかわ》の松平《まつだいら》に通《つう》じて、今川家《いまがわけ》にむほんをはたらこうとしています。」

今川家《いまがわけ》の力《ちから》がおとろえ、まわりの豪族《ごうぞく》たちがそむこうとしていることに、あせっていた氏真《うじざね》は怒《おこ》った。

「うぬっ、直親《なおちか》め、ゆるさぬ。」

直親《なおちか》は氏真《うじざね》によびだされ、十二月《がつ》十四日《か》、今川家《いまがわけ》の家臣《かしん》、朝比奈泰朝《あさひなやすとも》により、だまし討《う》ちにされた。そのあと、氏真《うじざね》は命令《めいれい》した。

「井伊家《いいけ》の者《もの》は根絶《ねだ》やしにしろ。ひとりも生《い》かすな。」

生《う》まれたばかりの虎松《とらまつ》も殺《ころ》されるはずだったが、今川《いまがわ》の武将《ぶしょう》、新野親矩《にいのちかのり》が助命《じょめい》を嘆願《たんがん》した。

「なにとぞ、この子《こ》の命《いのち》だけは。」

虎松《とらまつ》の命《いのち》はとりあえずゆるされたが、いつ小野但馬《おのたじま》に殺《ころ》されるかわからなかった。新野《にいの》は母《はは》から虎松《とらまつ》をあずかり、井伊谷城《いいのやじょう》の南《みなみ》、新野屋敷《にいのやしき》に保護《ほご》した。そして小野但馬《おのたじま》にわからないように、虎松《とらまつ》を、母《はは》とともに、引馬《ひくま》の浄土寺《じょうどじ》にかくまった。それでも虎松《とらまつ》の命《いのち》は安全《あんぜん》ではなかった。小野《おの》但馬《たじま》の刺客《しかく》がうろついていて、虎松《とらまつ》を見《み》つけしだい、殺《ころ》そうとしていたのだ。

「虎松《とらまつ》を死《し》なせてはならぬ。」

そういって虎松《とらまつ》を保護《ほご》したのは、井伊一門《いいいちもん》の男《おとこ》たちがつぎつぎと戦死《せんし》したため、女性《じょせい》ながら井《い》伊家《いけ》をつぐ「女地頭《おんなじとう》」とよばれた、井伊直虎《いいなおとら》だった。

直虎《なおとら》は、かつて一度《いちど》は出家《しゅっけ》して、尼僧《にそう》の「次郎法師《じろうほうし》」と名《な》のっていた。

「次郎法師《じろうほうし》よ、そなたは男《おとこ》になれ。」

永禄八年《えいろくねん》（一五六五年《ねん》）、龍潭寺《りょうたんじ》の南渓和尚《なんけいおしょう》に、次郎法師《じろうほうし》は説得《せっとく》された。

「井伊家《いいけ》のただひとりの男子《だんし》である虎松《とらまつ》はまだおさなく、いつ殺《ころ》されるかもしれぬ。そなたが男《おとこ》となり、井伊谷《いいのや》の『地頭《じとう》』となって、虎松《とらまつ》を守《まも》れ。」

「わかりました。」

次郎法師《じろうほうし》は還俗《げんぞく》（僧《そう》でなくなること）し、男《おとこ》をよそおうために、名《な》を「直虎《なおとら》」と変《か》えた。そして今川家《いまがわけ》への軍役《ぐんえき》をはたす「地頭《じとう》」にして、井伊谷《いいのや》の領主《りょうしゅ》となったのである。直虎《なおとら》は、女《おんな》とさとられないように、りりしい男《おとこ》の身《み》なりで、腰《こし》には二本差《にほんざ》しをして、たえず刀《かたな》やなぎなたの鍛錬《たんれん》をおこたらなかった。

虎松《とらまつ》は、八歳《さい》になるまで、直虎《なおとら》に保護《ほご》されるかたちで、育《そだ》てられた。

「よいか、虎松《とらまつ》。そなたには敵《てき》が多《おお》い。つねにそなたを殺《ころ》そうと、ねらっておる。それゆえ、そなたはだれよりも強《つよ》くならねばならぬぞ。」

そういって直虎《なおとら》は、虎松《とらまつ》に、刀《かたな》、弓《ゆみ》、槍《やり》などの武芸《ぶげい》を教《おし》えこんだ。とりわけ直虎《なおとら》が熱心《ねっしん》に教《おし》えたのは、「中心斬《ちゅうしんぎ》り」という剣技《けんぎ》だった。

「敵《てき》の中心《ちゅうしん》を斬《き》れ。敵《てき》と対《たい》したときは、まよわず敵《てき》の体《からだ》の真《ま》ん中《なか》を、真上《まうえ》から真下《ました》に、斬《き》りおろせ。それがもっとも男《おとこ》らしい戦《たたか》い方《かた》だ。」

おさないながら、虎松《とらまつ》は竹刀《しない》で、ひたすら敵《てき》の中心《ちゅうしん》を斬《き》る稽古《けいこ》をつづけた。

「そうじゃ、虎松《とらまつ》。敵《てき》をまっぷたつに斬《き》れ。同時《どうじ》にみずからの弱《よわ》い心《こころ》をも断《た》ち斬《き》るのじゃ。」

武芸《ぶげい》のあとは、学問《がくもん》を教《おし》えた。

「わたしは、もともとそなたの父《ちち》、直親《なおちか》どのの許嫁《いいなずけ》であった。ゆくゆくは直親《なおちか》どのとむすばれるはずだった。しかし、あの小野但馬《おのたじま》の策謀《さくぼう》により、それはかなわなかった。」

それから、直虎《なおとら》はしみじみといった。

「いずれ、そなたが井伊谷《いいのや》のあるじとなる日《ひ》がくる。そなたは井伊谷六万石《いいのやまんごく》のあとつぎなのだ。その日《ひ》はかならずくる。よいか、その日《ひ》まで、わたしがこの谷《たに》を守《まも》っていよう。」

しかし、井伊家《いいけ》の敵《てき》である小野但馬《おのたじま》は策謀《さくぼう》をめぐらし、永禄十一年《えいろくじゅういちねん》（一五六八年《ねん》）、今川氏真《いまがわうじざね》からの命《めい》をうけたとして、直虎《なおとら》から、井伊谷《いいのや》の地頭《じとう》の地位《ちい》をうばってしまった。

「虎松《とらまつ》があぶない。小野但馬《おのたじま》は八歳《さい》の虎松《とらまつ》を殺《ころ》そうとするだろう。」

直虎《なおとら》は、虎松《とらまつ》を龍潭寺《りょうたんじ》の松岳院《しょうがくいん》に母《はは》とともに逃《に》がした。そして南渓和尚《なんけいおしょう》に虎松《とらまつ》を助《たす》けてくれるようにたのんだ。

「虎松《とらまつ》を、安全《あんぜん》なところへお願《ねが》いします。」

南渓和尚《なんけいおしょう》は、虎松《とらまつ》に僧衣《そうい》を着《き》せて、奥三河《おくみかわ》の鳳来寺《ほうらいじ》へ逃《に》がした。

「どうだ、ついに、おれが井伊谷《いいのや》のあるじとなったぞ。」

小野但馬《おのたじま》はとくいの絶頂《ぜっちょう》にあった。井伊家《いいけ》のじゃま者《もの》たちは、みな殺《ころ》したり、追《お》いはらったりした。「女地頭《おんなじとう》」の直虎《なおとら》から、領主《りょうしゅ》の地位《ちい》もうばいとった。井伊家《いいけ》に支配《しはい》されていた井伊谷《いいのや》を小野家《おのけ》のものとしたのだ。だが、小野但馬《おのたじま》の運命《うんめい》も、風前《ふうぜん》のともしびだった。

小野但馬《おのたじま》を地頭《じとう》に指名《しめい》した今川氏真《いまがわうじざね》が、家康《いえやす》によって、おびやかされていたのだ。

永禄《えいろく》十一年《ねん》（一五六八年《ねん》）、家康《いえやす》は遠江《とおとうみ》を手《て》に入《い》れようと、八千の兵《へい》をひきいて、井伊谷《いいのや》へやってきた。このとき家康《いえやす》を案内《あんない》していたのは、井伊谷三人衆《いいのやさんにんしゅう》とよばれた菅沼忠久《すがぬまただひさ》、鈴木重時《すずきしげとき》、近藤康用《こんどうやすもち》ら、井伊谷《いいのや》の豪族《ごうぞく》たちだった。

家康《いえやす》が兵《へい》を進《すす》め、方広寺《ほうこうじ》へやってきたとき、直虎《なおとら》は甲冑《かっちゅう》に身《み》をかため、家康《いえやす》の前《まえ》にあらわれて、ひれふした。

「井伊直虎《いいなおとら》でございます。」

美《うつく》しい若者《わかもの》とも思《おも》える、直虎《なおとら》のりりしい姿《すがた》に、家康《いえやす》はおどろいた。

「そなたが、井伊直虎《いいなおとら》どのか。」

「はい。家康《いえやす》さまの、井伊谷《いいのや》への道案内《みちあんない》をいたしまする。」

直虎《なおとら》はいった。

「うむ。たのむぞ。」

家康《いえやす》は、直虎《なおとら》と井伊谷三人衆《いいのやさんにんしゅう》の道案内《みちあんない》により、井伊谷城《いいのやじょう》を攻《せ》めた。

「なんと、家康《いえやす》が攻《せ》めてくるのか。」

小野但馬《おのたじま》は家康《いえやす》と戦《たたか》うことなく、井伊谷《いいのや》の城《しろ》からぬけだし、山中《さんちゅう》に逃《に》げこんだ。追《お》っ手《て》から逃《のが》れ、身《み》を隠《かく》しつづけたが、あくる永禄《えいろく》十二年《ねん》（一五六九年《ねん》）、井伊谷三人衆《いいのやさんにんしゅう》につかまった。そして家康《いえやす》の命令《めいれい》により、但馬《たじま》は井伊谷川《いいのやがわ》のふちで首《くび》をはねられた。

一方《いっぽう》、虎松《とらまつ》は、母《はは》が松下源太郎《まつしたげんたろう》と再婚《さいこん》したとき、松下家《まつしたけ》の養子《ようし》となった。あえて井伊《いい》の姓《せい》を名《な》のらないことが、刺客《しかく》から逃《のが》れる方法《ほうほう》だったからだ。しかし、松下虎松《まつしたとらまつ》となってからも、虎松《とらまつ》は、父《ちち》の姓《せい》である井伊《いい》を、いつか名《な》のりたいと願《ねが》っていた。

そのときがきっとくる。虎松《とらまつ》は待《ま》った。浜松《はままつ》の松下家《まつしたけ》に住《す》み、浄土寺《じょうどじ》に通《かよ》い、僧侶《そうりょ》の守源《しゅげん》から学問《がくもん》を学《まな》びながらも、「中心斬《ちゅうしんぎ》り」の稽古《けいこ》を欠《か》かさなかった。

――いつか、自分《じぶん》は井伊直親《いいなおちか》の子《こ》、井伊虎松《いいとらまつ》だと、名《な》のりをあげる日《ひ》がくる。

そう信《しん》じて、そのときを待《ま》ちのぞみつづけたのである。

天正《てんしょう》二年《ねん》（一五七四年《ねん》）、直虎《なおとら》と南渓和尚《なんけいおしょう》、松下源太郎《まつしたげんたろう》は相談《そうだん》した。

「虎松《とらまつ》も大《おお》きゅうなった。虎松《とらまつ》の身《み》を、どうすればよいであろうか。」

南渓和尚《なんけいおしょう》がいうと、直虎《なおとら》はいった。

「直親《なおちか》さまが組《くみ》しようとされていた徳川家康《とくがわいえやす》さまにおつかえさせるのが、いちばんよいかと思《おも》いまする。」

「それが、もっともよいだろう。」

相談《そうだん》がまとまり、三人《にん》は、虎松《とらまつ》を家康《いえやす》に対面《たいめん》させるための準備《じゅんび》をはじめた。

「よき印象《いんしょう》をあたえねばならぬ。」

養母《ようぼ》の直虎《なおとら》は、家康《いえやす》と対面《たいめん》するときの虎松《とらまつ》の晴《は》れ着《ぎ》を、みずから縫《ぬ》った。

そして、天正《てんしょう》三年《ねん》（一五七五年《ねん》）、二月《がつ》。直虎《なおとら》は虎松《とらまつ》にいった。

「明日《あした》、そなたは徳川家康《とくがわいえやす》さまにお会《あ》いすることになる。」

「ありがとうございます。」

おさないころに父《ちち》を殺《ころ》され、たえず命《いのち》をねらわれ、養母《ようぼ》の直虎《なおとら》に育《そだ》てられてきた自分《じぶん》が、いよいよ、あるじとなる人《ひと》と面会《めんかい》するのだ。虎松《とらまつ》の心《こころ》は高鳴《たかな》った。父《ちち》がお味方《みかた》しようとしていた徳川《とくがわ》家康《いえやす》さまとは、どのようなお方《かた》なのだろう。


その日《ひ》がきた。

酒井忠次《さかいただつぐ》は、直虎《なおとら》が仕立《したて》てたあざやかな色合《いろあ》いの小袖《こそで》をまとった虎松《とらまつ》をともなって、家康《いえやす》に、目通《めどお》りさせた。

「との。これなるは、井伊直親《いいなおちか》どのの忘《わす》れがたみで、いまは松下源太郎《まつしたげんたろう》どののお子《こ》となった、虎《とら》松《まつ》でございます。」

家康《いえやす》は、ひと目《め》で、虎松《とらまつ》が気《き》に入《い》った。きりりとした侍眉《さむらいまゆ》と、ととのった上品《じょうひん》なおもざしが、心《こころ》にかなったのだ。家康《いえやす》はやさしい声《こえ》でいった。

「そなたが虎松《とらまつ》か。よい顔《かお》をしておる。そのほうの父《ちち》、井伊肥後守《いいひごのかみ》とわしは、よしみを通《つう》じていた。にもかかわらず、むざむざ死《し》なせてしまった。井伊家《いいけ》の没落《ぼつらく》には、わしにも責任《せきにん》の一半《いっぱん》がある。」

なんという、やさしいお声《こえ》であろう。この方《かた》こそ、わたしがあるじとするのに、ふさわしいお方《かた》なのだ。虎松《とらまつ》は胸《むね》にこみあげてくる熱《あつ》い思《おも》いのままに、ひれふした。

「そのほうの境遇《きょうぐう》はわしと似《に》ておる。今川《いまがわ》に命《いのち》をねらわれながら、よくぞ、これまで、たくましゅう生《い》きてきたのう。これからは万千代《まんちよ》と名《な》のれ。」

「万千代《まんちよ》、でございますか。」

「そうじゃ。今日《きょう》よりは、松下《まつした》から井伊《いい》にもどれ。井伊万千代《いいまんちよ》と名《な》のり、そなたの父《ちち》や祖父《そふ》が代々守《だいだいまも》ってきた井伊家《いいけ》を再興《さいこう》させるがよい。」

井伊万千代《いいまんちよ》か。もはや松下《まつした》ではないのだ。これまでのつらい日々《ひび》が虎松《とらまつ》の胸《むね》をよぎった。もう、あの日々《ひび》は終《お》わったのだ。これからは、この方《かた》につかえて、失《うしな》われた井伊家《いいけ》を再興《さいこう》させるぞ。かならず、どんなことがあろうとも、井伊家《いいけ》の栄光《えいこう》を取《と》りもどすぞ。

「とのの、ありがたいおことば、万千代《まんちよ》、生涯忘《しょうがいわす》れませぬ。とののために、命《いのち》をかけてはたらきまする……。」

あとは、涙《なみだ》が目《め》から流《なが》れだして、声《こえ》にならなかった。

「うむ、うむ。」

家康《いえやす》も目《め》をうるませた。鷹狩《たかが》りの衣装《いしょう》のまま、家康《いえやす》は万千代《まんちよ》を浜松城《はままつじょう》へつれかえった。姿《すがた》かたちにすぐれ、はげしい気性《きしょう》を秘《ひ》めた万千代《まんちよ》を、家康《いえやす》は小姓《こしょう》にとりたて、三百石《こく》をあたえた。ついにみずからの居場所《いばしょ》を見《み》つけた井伊万千代《いいまんちよ》は寝食《しんしょく》を忘《わす》れるようにして、家康《いえやす》への忠勤《ちゅうきん》にはげむことになった。

「よかったのう、直虎《なおとら》。」

南渓和尚《なんけいおしょう》は、龍潭寺《りょうたんじ》で、井伊直虎《いいなおとら》にいった。

「はい。ようやく、虎松《とらまつ》の身《み》がおちつくべきところにおちつきました。」

南渓和尚《なんけいおしょう》はうなずいた。

「そなたが『女地頭《おんなじとう》』となって、井伊家《いいけ》を守《まも》ってきた努力《どりょく》がむくわれたのじゃ。」

直虎《なおとら》は目《め》に涙《なみだ》をたたえて、深《ふか》くうなずいた。

第九章《だいしょう》　うしろに目《め》がある

天正三年《てんしょうねん》（一五七五年《ねん》）、四月《がつ》。武田勝頼《たけだかつより》は一万《まん》四千の兵《へい》で、三河《みかわ》に侵入《しんにゅう》し、長篠城《ながしのじょう》をとりかこんだ。

「徳川《とくがわ》に寝返《ねがえ》った奥平《おくだいら》はゆるさぬ。」

昨年《さくねん》、父《ちち》の信玄《しんげん》も落《お》とせなかった高天神城《たかてんじんじょう》を攻《せ》めおとしたことで、勝頼《かつより》は自信《じしん》にみちていた。長篠《ながしの》にたてこもる奥平貞昌《おくだいらさだまさ》の兵《へい》は五百しかいなかったが、けんめいに戦《たたか》い、武田軍《たけだぐん》の攻撃《こうげき》に耐《た》えた。

信長《のぶなが》は三万《まん》の大軍《たいぐん》で岐阜城《ぎふじょう》を出陣《しゅつじん》した。鉄砲《てっぽう》を三千挺《ちょう》もたせたうえ、足軽《あしがる》から騎兵《きへい》にまで、柵《さく》木《ぎ》と縄《なわ》をもたせていた。家康《いえやす》は八千の兵《へい》をひきいて、信長軍《のぶながぐん》と合流《ごうりゅう》した。五月《がつ》十八日《にち》、織田《おだ》・徳《とく》川《がわ》連合軍《れんごうぐん》は、設楽原《したらがはら》に布陣《ふじん》した。

「なにゆえ、柵木《さくぎ》と縄《なわ》を？」

家康《いえやす》がたずねると、信長《のぶなが》は笑《わら》った。

「武田《たけだ》の騎馬軍団《きばぐんだん》を、一頭《いっとう》のこらず、退治《たいじ》するためよ。」

信玄《しんげん》の育《そだ》てた武田《たけだ》の騎馬軍団《きばぐんだん》は、すさまじい突進力《とっしんりょく》と破壊力《はかいりょく》とで知《し》られ、家康《いえやす》も三方ヶ原《みかたがはら》で大《たい》敗《はい》をきっしていた。この無敵軍団《むてきぐんだん》をむかえうつため、信長《のぶなが》は新《あたら》しい戦法《せんぽう》を編《あ》みだしていた。鉄砲《てっぽう》は一度《いちど》撃《う》つと、弾《たま》ごめに時間《じかん》がかかる。そのあいだに騎馬軍団《きばぐんだん》に突破《とっぱ》されないよう、三段《だん》がまえの鉄砲隊《てっぽうたい》を用意《ようい》した。さらにかんたんには突破《とっぱ》できないように、柵木《さくぎ》と縄《なわ》で、全長《ぜんちょう》二キロにおよぶ、長《なが》い馬防柵《ばぼうさく》を三段《だん》こしらえたのだ。

五月《がつ》十九日《にち》、勝頼《かつより》は、長篠城《ながしのじょう》に兵《へい》二千をのこし、設楽原《したらがはら》へ向《む》かった。

五月《がつ》二十日《はつか》の夜《よる》に、織田《おだ》・徳川軍《とくがわぐん》の作戦会議《さくせんかいぎ》がひらかれた。酒井忠次《さかいただつぐ》は進言《しんげん》した。

「それがし、秘策《ひさく》がございます。今夜《こんや》、ひそかに出《で》て、武田方《たけだがた》の鳶《とび》ノ巣山砦《すやまとりで》をうばうというのは、いかがでしょうか。ここをうばえば、長篠城《ながしのじょう》へ兵糧《ひょうろう》をはこび入《い》れることができます。さらに、設楽原《したらがはら》に布陣《ふじん》する武田軍《たけだぐん》の背後《はいご》をつくこともできます。」

信長《のぶなが》はひたいに青《あお》い筋《すじ》を立《た》て、はげしく怒《おこ》った。

「おろか者《もの》めっ。そのような、おろかな作戦《さくせん》は、織田《おだ》はとらぬっ。」

忠次《ただつぐ》はひれふした。

「出《で》すぎたことを申《もう》しました。」

しかし、軍議《ぐんぎ》のあとで、信長《のぶなが》はひそかに忠次《ただつぐ》をよんでいった。

「忠次《ただつぐ》よ。すまなかった。あの場《ば》で、ああいったのは、そなたの秘策《ひさく》が、勝頼《かつより》にもれないようにしたかったからだ。忠次《ただつぐ》、今夜《こんや》、すぐに鳶ノ巣山《とびすやま》に発《た》て。」

忠次《ただつぐ》はよろこんだ。自分《じぶん》の策《さく》を、信長《のぶなが》が高《たか》く評価《ひょうか》していたことがわかったからだ。徳川《とくがわ》の陣《じん》にもどると、忠次《ただつぐ》は家康《いえやす》にいった。

「信長《のぶなが》さまに命《めい》じられました。これより鳶ノ巣山《とびすやま》に向《む》かいまする。」

家康《いえやす》はうなずいた。

「ああいう方《かた》なのだ、信長《のぶなが》さまは。味方《みかた》さえ、完全《かんぜん》には信用《しんよう》されておらぬのじゃ。」

その夜《よる》、酒井忠次《さかいただつぐ》は兵《へい》四千、鉄砲《てっぽう》五百挺《ちょう》で、長篠城《ながしのじょう》をかこむ鳶ノ巣山《とびすやま》に向《む》かい、明《あ》け方《がた》、砦《とりで》に攻《せ》めこんだ。砦《とりで》は、信玄《しんげん》の弟《おとうと》の武田信実《たけだのぶざね》らが守《まも》っていた。

「それっ、ひるまず、進《すす》めっ。」

忠次《ただつぐ》は白地《しろじ》に朱《しゅ》の丸《まる》の旗《はた》をかかげ、突撃《とつげき》をくりかえし、激闘《げきとう》のすえ、信実《のぶざね》を討《う》ちとり、鳶ノ巣《とびす》山《やま》をうばった。さらに長篠城《ながしのじょう》をとりかこんでいた小山田昌行《おやまだまさゆき》らの武田軍《たけだぐん》を敗走《はいそう》させた。

同《おな》じころ、設楽原《したらがはら》では、武田《たけだ》の騎馬軍団《きばぐんだん》と、織田《おだ》の三千挺《ちょう》の鉄砲《てっぽう》との戦《たたか》いがくりひろげられていた。

「ひともみに、もみつぶせっ。」

勝頼《かつより》の下知《げじ》に、最初《さいしょ》の騎馬武者《きばむしゃ》たちが突進《とっしん》した。しかし、高《たか》い柵《さく》にはばまれ、馬《うま》がいななき立《た》ち往生《おうじょう》するところを、千挺《ちょう》の鉄砲《てっぽう》がねらい撃《う》ちした。武田《たけだ》の名高《なだか》い武者《むしゃ》たちが、足軽《あしがる》の撃《う》つ鉄砲《てっぽう》で、ばたばたと討《う》ちとられた。

「ええいっ、突破《とっぱ》せよ。」

勝頼《かつより》はかっとなって、さらに命《めい》じた。つぎの騎馬隊《きばたい》が突入《とつにゅう》したが、柵《さく》にはばまれたところを、二番《ばん》めの鉄砲隊《てっぽうたい》がねらい撃《う》ちした。騎馬兵《きばへい》たちはむなしく、馬《うま》もろとも、撃《う》ち落《お》とされていった。さらにつぎの騎馬軍団《きばぐんだん》も、三番《ばん》めの鉄砲隊《てっぽうたい》に討《う》ちとられた。こうして、八時間《じかん》の戦《たたか》いで、真田信綱《さなだのぶつな》・昌輝《まさてる》、山県昌景《やまがたまさかげ》、馬場信春《ばばのぶはる》ら、武田《たけだ》の騎馬武者《きばむしゃ》たちは一万《まん》二千もの死者《ししゃ》を出《だ》して壊滅《かいめつ》し、勝頼《かつより》は甲府《こうふ》に逃《に》げ帰《かえ》った。

激戦《げきせん》のあと、信長《のぶなが》は馬《うま》にのって設楽原《したらがはら》に横《よこ》たわる死者《ししゃ》たちを見《み》おろし、家康《いえやす》にいった。

「古《ふる》きものはほろびる。そうであろう、家康《いえやす》どの。」

家康《いえやす》は「戦《いくさ》の鬼《おに》」と化《か》した信長《のぶなが》の顔《かお》を、おそれをいだきながら、見《み》やった。

この年《とし》の六月《がつ》、酒井忠次《さかいただつぐ》と奥平貞昌《おくだいらさだまさ》は、長篠《ながしの》の大勝《たいしょう》のお礼《れい》に、岐阜城《ぎふじょう》へ出《で》かけた。

「おう、忠次《ただつぐ》に、貞昌《さだまさ》か。」

ふたりをむかえて、信長《のぶなが》はすこぶる機嫌《きげん》がよかった。

「こたびの勝利《しょうり》は、貞昌《さだまさ》のしぶとき籠城《ろうじょう》と、忠次《ただつぐ》の鳶《とび》ノ巣夜討《すようう》ちのおかげじゃ。」

信長《のぶなが》は手《て》ばなしで、ふたりをほめた。

「ほうびをとらすぞ。」

太刀《たち》やなぎなたをふたりにあたえたあと、信長《のぶなが》は忠次《ただつぐ》に向《む》かっていった。

「そなたの策《さく》、よいものであったぞ。」

忠次《ただつぐ》は頭《あたま》をさげた。

「おほめのことば、ありがとうございます。」

信長《のぶなが》はめずらしく、ひょうきんな声《こえ》でいった。

「そなたは前《まえ》に目《め》があるのみならず、うしろにも目《め》があるようじゃのう。」

そのことばに、忠次《ただつぐ》は首《くび》をふっていった。

「おそれながら、それがし、うしろに目《め》はついておりませぬが……。」

信長《のぶなが》はからからと笑《わら》った。

「いや、ついておる。そうでなければ、前後《ぜんご》のはかりごとを、よくすることはできぬ。」

忠次《ただつぐ》は、面《おも》はゆそうに、いった。

「おそれいって、ござりまする。」

信長《のぶなが》は家臣《かしん》たちにいった。

「よいか、みなのもの。徳川家《とくがわけ》の家老《かろう》、酒井忠次《さかいただつぐ》は、うしろにも目《め》があるのじゃ。」

第十章《だいじっしょう》　初陣《ういじん》の万千代《まんちよ》、鬼《おに》の信長《のぶなが》

天正四年《てんしょうねん》（一五七六年《ねん》）の正月《しょうがつ》、信長《のぶなが》は自《みずか》らの印章《いんしょう》にしたためた「天下布武《てんかふぶ》（日本全国《にっぽんぜんこく》を武力《ぶりょく》で統一《とういつ》するという意志《いし》）」のもと、安土城《あづちじょう》をきずきはじめた。

同年《どうねん》、十七歳《さい》の井伊万千代《いいまんちよ》は、家康《いえやす》にしたがい、遠江芝原《とおとうみしばはら》で、武田勝頼軍《たけだかつよりぐん》との戦《いくさ》に出《で》た。万千《まんち》代《よ》にとって、本格的《ほんかくてき》な初陣《ういじん》だった。

かならず先陣《せんじん》を切《き》るぞ。万千代《まんちよ》は気《き》がはやってならなかった。両軍《りょうぐん》が芝原《しばはら》の地《ち》でにらみあったとき、万千代《まんちよ》は太鼓《たいこ》の音《おと》も待《ま》たず、槍《やり》をかかげて、真《ま》っさきに馬《うま》でかけだした。

「井伊万千代《いいまんちよ》であるぞっ。」

十七歳《さい》の若武者《わかむしゃ》が、りんとした声《こえ》をあげて、ただ一騎《いっき》、敵陣《てきじん》に突撃《とつげき》していくさまに、まわりはおどろいた。

「やるのう、万千代《まんちよ》。」

本多忠勝《ほんだただかつ》が「蜻蛉斬《とんぼぎ》り」をかかげて、つづいた。

「康政《やすまさ》、われらも遅《おく》れまいぞ。」

榊原康政《さかきばらやすまさ》も、忠勝《ただかつ》につづいて、馬《うま》を走《はし》らせた。

「うむ、たのもしい若武者《わかむしゃ》だ。われらも、うかうかとはできぬぞ。」

万千代《まんちよ》、忠勝《ただかつ》、康政《やすまさ》につづいて、徳川軍《とくがわぐん》はきりをもみこむように敵陣《てきじん》に突撃《とつげき》していった。その勢《いきお》いに押《お》され、武田軍《たけだぐん》はしりぞいた。勝《か》ち戦《いくさ》のあと、吉田城《よしだじょう》にひきあげた家康《いえやす》は、家臣《かしん》をあつめていった。

「みな、よくはたらいた。とりわけ、万千代《まんちよ》のはたらきがよかったぞ。」

家康《いえやす》にほめられ、万千代《まんちよ》は白《しろ》い顔《かお》を染《そ》めて、よろこんだ。

その夜《よる》のことだった。武田軍《たけだぐん》の刺客《しかく》である近藤武介《こんどうむかい》がひそかに吉田城《よしだじょう》に侵入《しんにゅう》し、家康《いえやす》の寝所《しんじょ》をねらったのだ。このとき異変《いへん》を察知《さっち》したのは、つぎの間《ま》にひかえていた万千代《まんちよ》だった。とぎすまされた五感《ごかん》が、万千代《まんちよ》にそれを告《つ》げたのだ。

——とのがあぶない。

刺客《しかく》が寝所《しんじょ》にふみこんで、刀《かたな》をふりあげたとき、万千代《まんちよ》がさけんだ。

「刺客《しかく》でござるっ。」

万千代《まんちよ》は刺客《しかく》に体当《たいあ》たりし、「中心斬《ちゅうしんぎ》り」の剣技《けんぎ》で、一刀《いっとう》のもとに、刺客《しかく》を斬《き》り捨《す》てた。「女地頭《おんなじとう》」である井伊直虎《いいなおとら》にきたえられた剣技《けんぎ》が、あざやかに生《い》かされたのだ。

「おう、万千代《まんちよ》、わたしをすくってくれたか。」

家康《いえやす》は万千代《まんちよ》のはたらきに感謝《かんしゃ》し、井伊谷《いいのや》の三千石《ごく》をあたえた。その三千石《ごく》を、万千代《まんちよ》は直虎《なおとら》にあずけた。


天正《てんしょう》六年《ねん》（一五七八年《ねん》）、万千代《まんちよ》は十八歳《さい》になった。

三月《がつ》、家康《いえやす》は、武田方《たけだがた》の遠江《とおとうみ》の拠点《きょてん》、田中城《たなかじょう》を攻《せ》めた。このときも、万千代《まんちよ》はすばらしいてがらをあげた。

「井伊万千代《いいまんちよ》なるぞっ。」

大音声《だいおんじょう》でさけびつつ、槍《やり》をふりまわし、武田方《たけだがた》を追《お》いちらした。家康《いえやす》は万千代《まんちよ》をほめ、一万石《まんごく》を加増《かぞう》させた。ここに万千代《まんちよ》は、十八歳《さい》ながら、一万《まん》三千石《ごく》を領《りょう》する身《み》となった。

同《おな》じ天正《てんしょう》六年《ねん》（一五七八年《ねん》）、信長《のぶなが》に対《たい》して、ただひとり対抗《たいこう》できるかと思《おも》われた越後《えちご》の上杉《うえすぎ》謙信《けんしん》が、病《やまい》で死《し》んだ。あくる天正《てんしょう》七年《ねん》（一五七九年《ねん》）の五月《がつ》、安土城《あづちじょう》の壮麗《そうれい》な天守閣《てんしゅかく》が完成《かんせい》し、信長《のぶなが》の天下《てんか》はゆるぎないものに思《おも》われた。

そして、同《おな》じ年《とし》の七月《がつ》。安土城《あづちじょう》におもむいた酒井忠次《さかいただつぐ》は、ぞっとした。信長《のぶなが》はこれまで見《み》たことのない冷《つめ》たい目《め》で忠次《ただつぐ》を見《み》やって、いった。

「そなたをよびつけたのは、ほかでもない。徳姫《とくひめ》より、文《ふみ》がきておる。」

忠次《ただつぐ》は不安《ふあん》をおぼえた。徳姫《とくひめ》さまから、文《ふみ》が？　それが、どうして信長《のぶなが》さまを怒《おこ》らせているのか？

信長《のぶなが》は、かん高《だか》い声《こえ》で、十二か条《じょう》をよみあげはじめた。そこには徳姫《とくひめ》の侍女《じじょ》の口《くち》をひきさいたとか、罪《つみ》もない僧侶《そうりょ》を殺《ころ》したとか、信康《のぶやす》の残虐《ざんぎゃく》なふるまいがしるされていた。

「どうだ、徳姫《とくひめ》のうったえは、まちがっておるか。」

忠次《ただつぐ》は背中《せなか》に冷《つめ》たい汗《あせ》を流《なが》しながら、そのうちの十か条《じょう》まではみとめた。

「若君《わかぎみ》は、武将《ぶしょう》として猛々《たけだけ》しいお心《こころ》をもっておられますので、それがすぎて、荒々《あらあら》しいふるまいになったことも、ままあるかと……。」

けんめいに、いいわけをしながら、忠次《ただつぐ》は、しかし、十一と十二か条《じょう》は、きっぱりと否定《ひてい》した。それは信康《のぶやす》が、母《はは》の築山《つきやま》（瀬名姫《せなひめ》）とともに、甲斐《かい》の武田勝頼《たけだかつより》と通《つう》じているという知《し》らせだった。

「そのようなことは、けっして、ありえませぬ。けっして、けっして、信康《のぶやす》さまは勝頼《かつより》などと通《つう》じてはおられませぬ。」

信長《のぶなが》は忠次《ただつぐ》を見《み》すえた。

「築山《つきやま》も、そうか。」

「そ、それは……。」

忠次《ただつぐ》は口《くち》ごもった。今川義元《いまがわよしもと》のめいである築山《つきやま》は、家康《いえやす》が信長《のぶなが》と同盟《どうめい》しているのをこころよく思《おも》っていなかった。武田勝頼《たけだかつより》はそこにつけこみ、築山《つきやま》を武田方《たけだがた》にひきいれてしまったのだ。

どう、いいひらきをするべきか、忠次《ただつぐ》が口《くち》ごもっていると、信長《のぶなが》は命《めい》じた。

「家康《いえやす》に告《つ》げよ。妻《つま》と子《こ》を殺《ころ》せと。」

うむをいわせぬ声《こえ》だった。

「なんだとっ。信康《のぶやす》が勝頼《かつより》と通《つう》じているなど、ありえないではないかっ。」

家康《いえやす》はさけんだ。

「はっ。それがしも、いくどもそう申《もう》しましたが、信長《のぶなが》さまは……。」

酒井忠次《さかいただつぐ》はひれふし、身《み》をもんで、おえつした。

「それがし、腹《はら》を切《き》りまするっ。」

忠次《ただつぐ》が血《ち》を吐《は》くような声《こえ》でいうと、家康《いえやす》が声《こえ》を荒《あら》らげた。

「よせっ、腹《はら》を切《き》るなど。そなたのせいではないっ。」

家康《いえやす》は血《ち》がにじむまで、くちびるを噛《か》んだ。

「もうしわけございませぬ。もうしわけございませぬ。」

忠次《ただつぐ》はひれふして、慟哭《どうこく》した。


「ご家老《かろう》さま、織田《おだ》のいいなりになっても、よいのですかっ。」

本多忠勝《ほんだただかつ》は、はげしくいきどおって、酒井忠次《さかいただつぐ》につめよった。

「信康《のぶやす》さまが武田《たけだ》と通《つう》じたなど、織田《おだ》がまちがっておりまするっ。」

忠次《ただつぐ》はくるしげに、つぶやいた。

「そのようなこと、わかっておる……。」

「もしも聞《き》き入《い》れられぬのなら、織田《おだ》と戦《たたか》うべきで、ございましょうっ。」

忠勝《ただかつ》が怒《おこ》っていうと、榊原康政《さかきばらやすまさ》がしずかにいった。

「平八郎《へいはちろう》よ。織田《おだ》と戦《たたか》って、徳川《とくがわ》が勝《か》てるのか？」

忠勝《ただかつ》が大声《おおごえ》でいった。

「小平太《こへいた》よ。勝《か》てる勝《か》てないではない。筋《すじ》の通《とお》らぬことに対《たい》しては、断固《だんこ》、戦《たたか》うのが、武士《ぶし》の意《い》地《じ》というものだっ。」

酒井忠次《さかいただつぐ》がいった。

「武士《ぶし》の意地《いじ》でお家《いえ》をほろぼしてはならぬのだ、忠勝《ただかつ》。」

このとき、榊原康政《さかきばらやすまさ》がいった。

「信長《のぶなが》さまは、とのをためしておられるのでしょう。」

本多忠勝《ほんだただかつ》が猛《たけ》り立《た》った。

「織田《おだ》との同盟《どうめい》を律儀《りちぎ》に守《まも》られてきたとのを、信長《のぶなが》め、ためしているというのかっ。」

康政《やすまさ》はうなずいた。

「信長《のぶなが》さまは、とのがどれほど忠実《ちゅうじつ》なのか、ためしておられるのだ。もしも、こばんだら、ほろぼしてもよい。そう思《おも》っておられるのではないのか。かつて同盟《どうめい》していた浅井《あざい》を攻《せ》めほろぼしたように。」

まさしく康政《やすまさ》のいっているとおりかもしれない。酒井忠次《さかいただつぐ》は思《おも》った。いまや全国《ぜんこく》の十九か国《こく》をたいらげ、天下《てんか》を手中《しゅちゅう》におさめようとしている信長《のぶなが》にとって、三河《みかわ》と遠江《とおとうみ》を領地《りょうち》とする家康《いえやす》は、同盟者《どうめいしゃ》というより、家臣《かしん》にひとしい大名《だいみょう》だった。とのが、どれほど忠実《ちゅうじつ》なのか。それを、このことで、ためそうとしているのだ、信長《のぶなが》さまは……。

やがて、知《し》らせを聞《き》いた重臣《じゅうしん》たちが、各地《かくち》の城《しろ》から、家康《いえやす》のもとへかけつけてきた。酒井忠次《さかいただつぐ》と本多忠勝《ほんだただかつ》、榊原康政《さかきばらやすまさ》も、家康《いえやす》のもとへ行《い》った。重臣《じゅうしん》たちは口々《くちぐち》にいった。

「ご嫡男《ちゃくなん》を殺《ころ》せなど、無体《むたい》なことを。」

「なんの、信長《のぶなが》など、おそるるにたりませぬ。一戦《いっせん》まじえましょうぞ。」

「とのっ。三河武士《みかわぶし》の意地《いじ》を見《み》せつけてやりましょうぞ。なにとぞ、ご決断《けつだん》をっ。」

家康《いえやす》は指《ゆび》のつめを血《ち》がにじむまで噛《か》んだあと、よろめき立《た》ちあがった。忠勝《ただかつ》や康政《やすまさ》、重臣《じゅうしん》たちを見回《みまわ》して、いった。

「天方山城守《あまがたやましろのかみ》と服部半蔵《はっとりはんぞう》をよべ。」

天方山城守《あまがたやましろのかみ》と服部半蔵《はっとりはんぞう》の立《た》ち会《あ》いのもと、信康《のぶやす》は、二十一歳《さい》の若《わか》さで切腹《せっぷく》した。

酒井忠次《さかいただつぐ》は、天《てん》を仰《あお》いだ。徳川《とくがわ》はいつまで信長《のぶなが》のいうなりにならねばならないのか。戦《いくさ》の鬼《おに》の信長《のぶなが》からはなれ、独立《どくりつ》した大名《だいみょう》となる日《ひ》が、いつかくるのであろうか……。

第《だい》十一章《しょう》　信長《のぶなが》の死《し》と伊賀《いが》ごえ

天正八年《てんしょうねん》（一五八〇年《ねん》）、家康《いえやす》は、武田勝頼《たけだかつより》が死守《ししゅ》してきた高天神城《たかてんじんじょう》を攻《せ》めおとすことにした。高天神城《たかてんじんじょう》は、いまや、ほとんどが家康《いえやす》の領土《りょうど》となっている遠江《とおとうみ》にあって、ただひとつ、武田《たけだ》が支配《しはい》している城《しろ》だった。遠江《とおとうみ》に打《う》ちこまれた、くさびのようなこの城《しろ》をうばいかえさなくては、遠江《とおとうみ》を完全《かんぜん》に手《て》に入《い》れたことにはならなかった。

城《しろ》を守《まも》っていたのは、武田家《たけだけ》の名将《めいしょう》、岡部真幸《おかべまさゆき》だった。

十月《がつ》、家康《いえやす》は小笠山《おがさやま》や火ヶ峰《ひがみね》、獅子ヶ鼻《ししがはな》など、六か所《しょ》に砦《とりで》をきずき、高天神城《たかてんじんじょう》をとりかこんで、兵糧攻《ひょうろうぜ》めをはじめた。

「家康《いえやす》め、高天神城《たかてんじんじょう》をうばおうというのか。」

勝頼《かつより》は穴山信君《あなやまのぶきみ》を援軍《えんぐん》に送《おく》った。しかし、本多忠勝《ほんだただかつ》、榊原康政《さかきばらやすまさ》らが、武田軍《たけだぐん》をむかえうったので、援軍《えんぐん》は城《しろ》に近《ちか》づけないまま、しりぞくしかなかった。

「城《しろ》の水《みず》を断《た》とう。」

二十歳《はたち》の井伊《いい》万千代《まんちよ》は考《かんが》えた。万千代《まんちよ》は高天神城《たかてんじんじょう》に流《なが》れこんでいる水《みず》をつきとめようと、数名《すうめい》の兵《へい》をつれて探索《たんさく》した。山《やま》から里《さと》に流《なが》れている川《かわ》がふたまたに分《わ》かれ、一方《いっぽう》が草《くさ》や土《つち》、岩《いわ》で入念《にゅうねん》に隠《かく》されているのを発見《はっけん》した。偽装《ぎそう》された川《かわ》を探《さぐ》っていくと、城《しろ》の石垣《いしがき》の下《した》に流《なが》れているのをつきとめた。

よし、これだ。万千代《まんちよ》がよろこんだとき、城《しろ》から矢《や》が飛《と》んできた。さらに武田兵《たけだへい》が数名《すうめい》、襲《おそ》ってきた。万千代《まんちよ》はただちに兵《へい》を斬《き》り捨《す》てた。

「城《しろ》に流《なが》れこんでいる水《みず》を見《み》つけました。」

万千代《まんちよ》は酒井忠次《さかいただつぐ》に報告《ほうこく》した。

「でかしたぞ、万千代《まんちよ》。」

忠次《ただつぐ》は、家康《いえやす》に報告《ほうこく》した。

「城《しろ》の水《みず》を断《た》ち、われらが水《みず》とせよ。」

家康《いえやす》に命《めい》じられ、忠次《ただつぐ》は万千代《まんちよ》に兵《へい》をあたえ、城《しろ》に流《なが》れる川《かわ》をせきとめさせた。城内《じょうない》は水《みず》が涸《か》れ、逃亡《とうぼう》する者《もの》があいついだ。ころあいをみはからって、家康《いえやす》が命《めい》じた。

「攻《せ》めよ。」

天正九年《てんしょうねん》（一五八一年《ねん》）、三月《がつ》二十二日《にち》。本多忠勝《ほんだただかつ》、榊原康政《さかきばらやすまさ》らが、城攻《しろぜ》めをはじめた。激戦《げきせん》のすえ、敵将《てきしょう》の岡部真幸《おかべまさゆき》は、忠勝《ただかつ》の「蜻蛉斬《とんぼぎ》り」に討《う》たれた。高天神城《たかてんじんじょう》は、ついに落《お》ちた。

「第一《だいいち》の功《こう》は、万千代《まんちよ》じゃ。」

家康《いえやす》は、高天神城《たかてんじんじょう》の水源《すいげん》を断《た》った万千代《まんちよ》を、第一《だいいち》の功《こう》として、万千代《まんちよ》は二万石《まんごく》を領《りょう》する身《み》となった。


天正十年《てんしょうねん》(一五八二年《ねん》)、二月《がつ》。

「いよいよ武田《たけだ》をほろぼすか。」

信長《のぶなが》は、家康《いえやす》とともに、甲斐《かい》を攻《せ》めることにした。このとき信長《のぶなが》は、北条氏政《ほうじょううじまさ》にも、武田《たけだ》を東《ひがし》から攻《せ》めるように、すすめた。信長側《のぶながかわ》の先手《さきて》は、長男《ちょうなん》の信忠《のぶただ》で、木曾路《きそじ》から武田《たけだ》を攻《せ》めた。北条《ほうじょう》は相模《さがみ》・上野《こうずけ》から攻《せ》め、家康《いえやす》は富士山《ふじさん》のふもとから甲府盆地《こうふぼんち》を攻《せ》めた。

三方向《ほうこう》から攻《せ》められ、武田側《たけだがわ》の武将《ぶしょう》たちはほとんど戦《たたか》わず、降伏《こうふく》した。信長《のぶなが》と家康《いえやす》の連合軍《れんごうぐん》は、甲斐《かい》に攻《せ》めこんだ。家臣《かしん》にそむかれた勝頼《かつより》は天目山《てんもくざん》にたてこもったあと、自刃《じじん》した。

甲斐源氏《かいげんじ》の流《なが》れをくんだ名門《めいもん》、武田家《たけだけ》はここに滅亡《めつぼう》した。

武田《たけだ》をほろぼしたあと、雪《ゆき》の富士山《ふじさん》をのぞむ大井川《おおいがわ》のほとりで、うたげがおこなわれたとき、上機嫌《じょうきげん》の信長《のぶなが》は、家康《いえやす》にいった。

「本多忠勝《ほんだただかつ》をこれへよべ。」

忠勝《ただかつ》は信長《のぶなが》の前《まえ》に出《で》て、片膝《かたひざ》をついて、こうべを垂《た》れた。

「そなた、八歳《さい》の嫡男《ちゃくなん》に、はやばやと嫁《よめ》を決《き》めたそうじゃな。」

信長《のぶなが》のことばに、忠勝《ただかつ》ははっとした。切腹《せっぷく》させられた信康《のぶやす》の次女《じじょ》、熊姫《くまひめ》を、嫡男《ちゃくなん》の平八郎《へいはちろう》（のちの忠政《ただまさ》）の嫁《よめ》としたことをとがめられていると思《おも》ったのだ。切腹《せっぷく》を命《めい》じられる。そう思《おも》ったとき、信長《のぶなが》がいった。

「本多忠勝《ほんだただかつ》よ。いくたの戦《たたか》いにのぞみながら、そなたはいまだ一度《いちど》も傷《きず》を負《お》ったことがないと聞《き》く。そなたこそは花《はな》も実《み》もある勇士《ゆうし》じゃな。」

徳川《とくがわ》も、織田《おだ》も、どよめいた。家臣《かしん》にきびしい信長《のぶなが》が、めずらしく他家《たけ》の家臣《かしん》をほめたからだ。酒井忠次《さかいただつぐ》は内心《ないしん》ほっとしながら、思《おも》った。もしかしたら、信長《のぶなが》さまは忠勝《ただかつ》をほめることで、家康《いえやす》さまの心《こころ》をやわらげようとされているのかもしれない。信康《のぶやす》を殺《ころ》させて、すまなかった、といわれているのかもしれない……。

よくとおる声《こえ》で、忠勝《ただかつ》はこたえた。

「もったいないおことば、痛《いた》みいりまする。」

このとき家康《いえやす》は忠勝《ただかつ》を見《み》やって、微笑《びしょう》していたが、その目《め》はかすかにうるんでいた。

信長《のぶなが》は、甲斐《かい》と信濃《しなの》を、織田《おだ》の家臣《かしん》に分《わ》けあたえた。

家康《いえやす》には、駿河《するが》をあたえた。家康《いえやす》は三河《みかわ》・遠江《とおとうみ》・駿河《するが》の三国《さんごく》を支配《しはい》する七十万石《まんごく》の大大名《だいだいみょう》になった。家老《かろう》の酒井忠次《さかいただつぐ》にはひとしおの思《おも》いがあった。かつて家康《いえやす》を人質《ひとじち》にしていた今川義元《いまがわよしもと》の領土《りょうど》が、そっくり徳川《とくがわ》のものとなったからだ。

五月十五日《がつにち》、家康《いえやす》は酒井忠次《さかいただつぐ》、本多忠勝《ほんだただかつ》、榊原康政《さかきばらやすまさ》、井伊万千代《いいまんちよ》らをしたがえ、安土城《あづちじょう》へおもむいた。駿河一国《するがいっこく》をもらった礼《れい》をのべるためだった。

「よくぞ、こられた。家康《いえやす》どの。」

信長《のぶなが》は家康《いえやす》をていちょうにもてなした。十五、十六、十七日《にち》と、家康《いえやす》の接待《せったい》をつとめたのは、織田家《おだけ》で一、二の武将《ぶしょう》、明智光秀《あけちみつひで》だった。しかし、光秀《みつひで》は中国出陣《ちゅうごくしゅつじん》を命《めい》じられ、つぎの日《ひ》からは、接待役《せったいやく》が丹羽長秀《にわながひで》に変《か》わった。信長《のぶなが》は猿楽《さるがく》や能《のう》を上演《じょうえん》して、家康《いえやす》をもてなした。

「家康《いえやす》どの、わしは近《ちか》いうちに毛利《もうり》攻めの指揮《しき》をするため、中国《ちゅうごく》へ出《で》かける。」

信長《のぶなが》は家康《いえやす》にいった。

「右大臣《うだいじん》さま（信長《のぶなが》）みずからが、毛利《もうり》を攻略《こうりゃく》されるのですか。」

「筑前《ちくぜん》（秀吉《ひでよし》）がの、どうしてもご出馬《しゅつば》を乞《こ》い願《ねが》いたいと、こう、いってきておるのでな。」

信長《のぶなが》は、なかばこまったような、なかばうれしそうな笑《え》みをうかべた。

ひょうきんな猿《さる》に似《に》ている秀吉《ひでよし》の顔《かお》を思《おも》い、酒井忠次《さかいただつぐ》は考《かんが》えた。

(戦《いくさ》がどれほどうまくいっても、ここぞというときになったら、あるじの信長《のぶなが》さまにてがらをゆずるというのか。おそろしく、知恵《ちえ》のまわる武将《ぶしょう》だ。)

信長《のぶなが》は家康《いえやす》にいった。

「わしは中国《ちゅうごく》へ行《い》くとちゅう、京都《きょうと》へ寄《よ》るつもりだ。家康《いえやす》どのも、堺《さかい》を見物《けんぶつ》して、そのあと京都《きょうと》へこられたら、いかがかな。」

家康《いえやす》はうなずいた。

「では、堺《さかい》へ行《い》き、そのあと京都《きょうと》で合流《ごうりゅう》いたしましょう。」

信長《のぶなが》は微笑《びしょう》した。

「うむ。では、京都《きょうと》でお会《あ》いいたそう。」

しかし、このときの信長《のぶなが》の顔《かお》が、この世《よ》で最後《さいご》に見《み》る信長《のぶなが》の顔《かお》になるとは、家康《いえやす》も、忠次《ただつぐ》も、夢《ゆめ》にも思《おも》わなかった。

五月《がつ》二十一日《にち》、家康《いえやす》は上洛《じょうらく》した。清水寺《きよみずでら》で能《のう》などを見《み》たあと、二十九日《にち》に堺《さかい》へくだった。そして今井宗久《いまいそうきゅう》らの堺商人《さかいしょうにん》や長谷川秀一《はせがわひでかず》たちと、茶《ちゃ》の湯《ゆ》の会《かい》で親《した》しくまじわった。

六月二日《がつふつか》の朝《あさ》、家康《いえやす》は信長《のぶなが》に会《あ》うため、京都《きょうと》の本能寺《ほんのうじ》へ向《む》かおうとしたが、そのとき、京都《きょうと》の豪商《ごうしょう》、茶屋四郎次郎《ちゃやしろじろう》が馬《うま》でかけつけて、おどろくべき知《し》らせを告《つ》げた。

「信長《のぶなが》さまが、明智光秀《あけちみつひで》のむほんにより、今朝《けさ》、本能寺《ほんのうじ》で亡《な》くなられましたぞ。」

「なにっ、信長《のぶなが》どのがっ。」

家康《いえやす》の顔《かお》が凍《こお》りついた。酒井忠次《さかいただつぐ》は本多忠勝《ほんだただかつ》や榊原康政《さかきばらやすまさ》、井伊万千代《いいまんちよ》らと顔《かお》を見《み》あわせた。

「との、いかがいたしましょう。」

忠勝《ただかつ》が家康《いえやす》にいった。忠次《ただつぐ》は忠勝《ただかつ》や康政《やすまさ》にいった。

「このようなとき、あわててはならぬ。もっともよい手立《てだ》てを考《かんが》えねばならぬ。」

いま、家康一行《いえやすいっこう》は三十名《めい》そこそこしかいなかった。まわりは敵《てき》だらけと考《かんが》えなくてはならなかった。これまで信長《のぶなが》にしたがっていた武将《ぶしょう》たちも、どう動《うご》くかわからなかった。下手《へた》をすれば、「落《お》ち武者狩《むしゃが》り」に襲《おそ》われ、家康一行《いえやすいっこう》は全滅《ぜんめつ》させられてしまうかもしれなかった。

「これまで信長公《のぶながこう》には深《ふか》い御恩《ごおん》をこうむってきた。それゆえ、わしは知恩院《ちおんいん》で追《お》い腹《ばら》を切《き》る。」

家康《いえやす》がとつぜん口走《くちばし》った。あわてて酒井忠次《さかいただつぐ》がいさめた。

「いけませぬ。名誉《めいよ》の死《し》など、無用《むよう》でござる。」

したがってきた本多忠勝《ほんだただかつ》や榊原康政《さかきばらやすまさ》らが口々《くちぐち》にいった。

「とのっ、早《はや》まってはなりませぬっ。」

「敵《てき》をひとりも斬《き》らずに死《し》ぬのは、あまりにも無念《むねん》でござる。」

「徳川家《とくがわけ》の行《ゆ》く末《すえ》をお思《おも》いくだされっ。」

このとき、井伊万千代《いいまんちよ》がいった。

「追《お》っ手《て》がきたら、それがしがひとりでふみとどまりまする。」

すると、忠勝《ただかつ》と康政《やすまさ》がいった。

「万千代《まんちよ》ひとりには、まかせられぬ。それがしも、のこる。」

「いや、それがしも。」

長谷川秀一《はせがわひでかず》がいった。

「まずは、ここを逃《に》げましょう。わたくしが道案内《みちあんない》をいたしまする。」

家臣《かしん》にいさめられ、家康《いえやす》は気《き》をとりなおした。このときから、堺《さかい》から三河《みかわ》へいたる、一行《いっこう》の苦難《くなん》の道行《みちゆ》きがはじまった。いつ敵《てき》に襲《おそ》われるかわからない危険《きけん》な山道《やまみち》を、一行《いっこう》は進《すす》んでいった。

数百《すうひゃく》の野武士《のぶし》たちがつぎつぎと襲《おそ》ってきた。

「とのを守《まも》れっ。」

本多忠勝《ほんだただかつ》や榊原康政《さかきばらやすまさ》、井伊万千代《いいまんちよ》らが猛然《もうぜん》と槍《やり》や刀《かたな》をふるい、そのつど撃退《げきたい》した。

伊賀《いが》ごえでは、そこの忍者《にんじゃ》であった服部半蔵《はっとりはんぞう》が先導《せんどう》し、道《みち》を切《き》りひらいた。茶屋四郎次郎《ちゃやしろじろう》は、ここぞというときに金子《きんす》をばらまき、血路《けつろ》をひらいた。

木津川《きづがわ》で船《ふね》にのったときには、わたり終《お》わったあとの船底《ふなぞこ》を、本多忠勝《ほんだただかつ》が「蜻蛉斬《とんぼぎ》り」の石突《いしづ》きで、突《つ》き破《やぶ》った。

「これで、追《お》っ手《て》はこの船《ふね》を使《つか》えませぬ。」

忠勝《ただかつ》はいった。こうして家康一行《いえやすいっこう》は伊勢《いせ》の海岸《かいがん》までたどりつき、そこから船《ふね》をやとって、堺《さかい》を出《で》てから二日後《ふつかご》の六月四日《がつよっか》に、三河《みかわ》へ帰《かえ》ることができた。

第《だい》十二章《しょう》　赤備《あかぞな》え軍団《ぐんだん》

「よし、とむらい合戦《がっせん》だ。」

家康《いえやす》は、五日《いつか》、明智光秀《あけちみつひで》を討伐《とうばつ》する命令《めいれい》を発《はっ》し、徳川軍《とくがわぐん》をあつめた。そして十四日《か》、岡崎城《おかざきじょう》を出陣《しゅつじん》した。本多忠勝《ほんだただかつ》も、榊原康政《さかきばらやすまさ》も、井伊万千代《いいまんちよ》も色《いろ》めきたっていた。

「敵《てき》は、光秀《みつひで》。いよいよ、とのが天下《てんか》をおさめられるぞ。」

「信長《のぶなが》さまのかたきを討《う》てば、天下《てんか》はとののもとへやってくるぞ。」

「ご家老《かろう》、との天下《てんか》は近《ちこ》うございますな。」

日《ひ》ごろ冷静《れいせい》な康政《やすまさ》も、声《こえ》を高《たか》ぶらせて、忠次《ただつぐ》にいった。忠次《ただつぐ》はうなずいた。織田家《おだけ》の長男《ちょうなん》の信《のぶ》忠《ただ》も、二条城《にじょうじょう》で光秀《みつひで》に自刃《じじん》させられてしまったいま、信長《のぶなが》のあとめは容易《ようい》には決《き》まらないにちがいなかった。酒井忠次《さかいただつぐ》は家康《いえやす》にいった。

「むほん者《もの》の光秀《みつひで》をとのが討《う》ちとれば、おのずと天下《てんか》はとののものとなりまする。」

「うむ。」

家康《いえやす》は深《ふか》くうなずいた。

しかし、十九日《にち》、名古屋《なごや》の近《ちか》くの家康《いえやす》の陣《じん》に、秀吉《ひでよし》からの使者《ししゃ》がやってきた。使者《ししゃ》はおどろくべき知《し》らせをつたえた。

——光秀《みつひで》はわたくしが十三日《にち》に山崎《やまざき》にて討《う》ちとりました。もはや徳川《とくがわ》どのが出陣《しゅつじん》されることはありません。

その口上《こうじょう》を聞《き》いて、家康《いえやす》も家臣《かしん》たちも、がくぜんとした。

「まさか、そのようなことがっ。」

本多忠勝《ほんだただかつ》がさけんだ。

「信《しん》じられぬな。」

榊原康政《さかきばらやすまさ》が低《ひく》くつぶやいた。

「六月二日《がつふつか》に信長《のぶなが》さまが討《う》たれてから、たった十一日《にち》しか、たっていないではないか。」

酒井忠次《さかいただつぐ》が首《くび》をひねって、いった。

「秀吉《ひでよし》は、中国攻《ちゅうごくぜ》めで、備中高松《びっちゅうたかまつ》にいたのではなかったか。いかなる手立《てだ》てで、これほどにも素早《すばや》くひきかえして、光秀《みつひで》を討《う》ちとったのか。」

忠次《ただつぐ》が見《み》やると、家康《いえやす》は口《くち》をひきむすんで、だまっていた。

「との、いかがなされますか。」

忠次《ただつぐ》はたずねた。

「ここは、しばし様子《ようす》を見《み》まもるしかあるまい。」

家康《いえやす》はしずかにこたえた。それから、ずっと考《かんが》えていたのか、こういった。

「忠次《ただつぐ》、甲斐《かい》と信濃《しなの》を手《て》に入《い》れるぞ。」

忠次《ただつぐ》はうなずいた。

「甲斐《かい》と信濃《しなの》でございますか。それは、よいところに目《め》をつけられましたな。」

光秀《みつひで》が死《し》んだことで、家康《いえやす》はすぐ頭《あたま》を切《き》りかえた。かたき討《う》ちができなかったかわりに、信長《のぶなが》の家臣《かしん》たちにまかされていた甲斐《かい》と信濃《しなの》をとろうと、心《こころ》を決《き》めたのだ。しかし、甲斐《かい》と信濃《しなの》に目《め》をつけたのは徳川《とくがわ》だけではなかった。関東《かんとう》の北条《ほうじょう》もその二国《こく》にねらいをつけた。

武田《たけだ》をほろぼしたあと、信長《のぶなが》は、信濃《しなの》を滝川一益《たきがわかずます》に、甲斐《かい》を河尻秀隆《かわじりひでたか》に統治《とうち》させていた。信長《のぶなが》が死《し》んだあと、滝川《たきがわ》は北条氏直《ほうじょううじなお》に攻《せ》められ、伊勢《いせ》に脱出《だっしゅつ》した。河尻《かわじり》は蜂起《ほうき》した農民《のうみん》に殺《ころ》され、信《しな》濃《の》と甲斐《かい》はいまや大混乱《だいこんらん》していた。

「まずは、甲府《こうふ》を攻《せ》めとる。」

家康《いえやす》は命《めい》じた。徳川《とくがわ》と北条《ほうじょう》のあいだで、甲斐《かい》と信濃《しなの》の領土《りょうど》をめぐっての戦《いくさ》がはじまった。

「甲斐《かい》も、信濃《しなの》も、わが北条《ほうじょう》がとるのだ。徳川《とくがわ》など、ふみつぶせ。」

北条氏直《ほうじょううじなお》は大軍《たいぐん》をひきいて、甲斐《かい》に攻《せ》めこんだ。しかし、本多忠勝《ほんだただかつ》、榊原康政《さかきばらやすまさ》、井伊万千代《いいまんちよ》らの奮戦《ふんせん》により、北条軍《ほうじょうぐん》はじりじりと徳川軍《とくがわぐん》に押《お》しもどされていった。

「やむをえぬ。」

氏直《うじなお》は戦況《せんきょう》がかんばしくないことから、十月《がつ》、徳川《とくがわ》に和議《わぎ》を申《もう》し出《で》た。

「和議《わぎ》か。」

家康《いえやす》は和議《わぎ》に応《おう》じることにして、忠次《ただつぐ》、忠勝《ただかつ》、康政《やすまさ》らと相談《そうだん》し、和議《わぎ》の条件《じょうけん》を決《き》めた。正使《せいし》には、二十二歳《さい》の井伊万千代《いいまんちよ》が命《めい》じられた。

「よいか、万千代《まんちよ》。われらは北条《ほうじょう》に勝《か》ったのだ。和議《わぎ》の条件《じょうけん》をゆずるでないぞ。」

家康《いえやす》はいった。

万千代《まんちよ》は、北条《ほうじょう》との和議《わぎ》で、一歩《いっぽ》もゆずらなかった。結局《けっきょく》、徳川《とくがわ》の出《だ》した条件《じょうけん》どおりになった。甲州《こうしゅう》（甲斐《かい》）・信州《しんしゅう》（信濃《しなの》）は徳川家《とくがわけ》の所領《しょりょう》とし、北条《ほうじょう》は上州《じょうしゅう》（上野《こうずけ》）を所領《しょりょう》とし、家康《いえやす》の次女《じじょ》である督姫《とくひめ》を、氏直《うじなお》にとつがせるというものだった。こうして家康《いえやす》は、三河《みかわ》・遠江《とおとうみ》・駿河《するが》・甲斐《かい》・信濃《しなの》という五か国《こく》、百三十万石《まんごく》を領地《りょうち》とする大大名《だいだいみょう》になった。

北条《ほうじょう》とのむずかしい交渉《こうしょう》を成功《せいこう》させたことで、家康《いえやす》は万千代《まんちよ》に駿河《するが》の地《ち》二万石《まんごく》を加増《かぞう》した。かつての井伊家《いいけ》六万石《まんごく》にはおよばないものの、万千代《まんちよ》は四万石《まんごく》の領地《りょうち》をえたのだ。

「もはや、元服《げんぷく》されるがよい。」

酒井忠次《さかいただつぐ》は万千代《まんちよ》にいった。万千代《まんちよ》が、井伊家《いいけ》を再興《さいこう》させるまで元服《げんぷく》しないと決《き》めていたのを、忠次《ただつぐ》は知《し》っていたのだ。万千代《まんちよ》は、忠次《ただつぐ》のことばに、うなずいた。

「では、そういたしまする。」

天正《てんしょう》十年《ねん》（一五八二年《ねん》）十一月《がつ》。万千代《まんちよ》は元服《げんぷく》し、井伊兵部少輔直政《いいひょうぶしょうゆうなおまさ》と名《な》のることになった。

「養母《ようぼ》に、この晴《は》れ姿《すがた》、見《み》せたかった。」

直政《なおまさ》は、自分《じぶん》を守《まも》り育《そだ》ててくれた養母《ようぼ》、井伊直虎《いいなおとら》を思《おも》ったが、それはかなわぬことだった。その年《とし》の八月二十六日《がつにち》、井伊直虎《いいなおとら》は、龍潭寺《りょうたんじ》で、しずかに息《いき》をひきとっていたからである。

さらに直政《なおまさ》は、家康《いえやす》から、武田《たけだ》の遺臣《いしん》七十四騎《き》と、坂東武者《ばんどうむしゃ》四十三騎《き》をあずけられた。

「そなた、『赤備《あかぞな》え』をうけつぐがよい。」

武田《たけだ》二十四将《しょう》の一《いち》として名高《なだか》い、山県昌景《やまがたまさかげ》の「赤備《あかぞな》え」は、甲冑《かっちゅう》から、具足《ぐそく》、指《さ》し物《もの》、旗《はた》、鞍《くら》にいたるまで、赤一色《あかいっしょく》に統一《とういつ》され、武田軍《たけだぐん》最強《さいきょう》の部隊《ぶたい》として勇猛《ゆうもう》さをおそれられていた。

「ははっ。もったいのうござりまする。」

直政《なおまさ》はうれしさに顔《かお》を染《そ》め、ひれふした。

「これより、そなたはわが徳川《とくがわ》の先鋒《せんぽう》となれ。」

家康《いえやす》のことばに、直政《なおまさ》は感激《かんげき》した。

「ありがたき、おおせ。直政《なおまさ》、命《いのち》をかけて、徳《とく》川軍《がわぐん》の先鋒《せんぽう》をつとめまする。」

このときより井伊直政《いいなおまさ》のひきいる「赤備《あかぞな》え」徳川家《とくがわけ》軍《ぐん》は、戦《いくさ》の場《ば》において先鋒《せんぽう》をつとめる、の勇猛《ゆうもう》きわまりない騎馬軍団《きばぐんだん》となった。

第《だい》十三章《しょう》　秀吉《ひでよし》との対決《たいけつ》

家康《いえやす》が五か国《こく》を支配《しはい》する「海道一《かいどういち》の弓《ゆみ》とり」となったとき、織田家《おだけ》では、のっぴきならない戦《たたか》いがはじまっていた。織田家《おだけ》のあとめに、三男《さんなん》の信孝《のぶたか》を推《お》す筆頭家老《ひっとうがろう》の柴田勝家《しばたかついえ》と、信忠《のぶただ》の遺《い》児《じ》、三歳《さい》の三法師《さんぼうし》を推《お》す羽柴秀吉《はしばひでよし》が、対決《たいけつ》していたのだ。

天正《てんしょう》十一年《ねん》（一五八三年《ねん》）、四月二十日《がつはつか》、秀吉《ひでよし》と勝家《かついえ》は激突《げきとつ》した。秀吉《ひでよし》は、賤ケ岳《しずがたけ》の戦《たたか》いで、勝家《かついえ》を打《う》ちやぶった。勝家《かついえ》は北《きた》の庄城《しょうじょう》へ逃《のが》れ、自害《じがい》した。さらに勝家《かついえ》に加担《かたん》した信孝《のぶたか》は、秀吉《ひでよし》により、切腹《せっぷく》させられた。

きたるべき秀吉《ひでよし》との戦《いくさ》にそなえ、家康《いえやす》は、酒井忠次《さかいただつぐ》と石川数正《いしかわかずまさ》のふたりの家老《かろう》を中軸《ちゅうじく》にすえ、五か国《こく》の領地《りょうち》の整備《せいび》につとめた。

同《おな》じ年《とし》の暮《く》れ、秀吉《ひでよし》は朝廷《ちょうてい》に奏上《そうじょう》して、家康《いえやす》に、正四位下左近衛権中将《しょうしいのげさこんえごんのちゅうじょう》という位《くらい》をあたえた。さらに天正《てんしょう》十二年《ねん》（一五八四年《ねん》）の二月《がつ》には、従三位参議《じゅさんみさんぎ》に押《お》しあげた。

「みずからは四位《しい》なのに、とのに三位《さんみ》の位《くらい》をよこすとは、秀吉《ひでよし》はなにを考《かんが》えておるのでしょうか。」

本多忠勝《ほんだただかつ》がいうと、家康《いえやす》はいった。

「上洛《じょうらく》せよ、ということじゃ。京都《きょうと》へきて、自分《じぶん》に臣下《しんか》の礼《れい》をとれ。秀吉《ひでよし》はそういっているのだ。」

「とのは行《い》かれるのでございますか？」

家康《いえやす》は首《くび》をふった。

「行《い》くものか。秀吉《ひでよし》の思《おも》いどおりにはならぬ。」


そのころ尾張《おわり》の織田信雄《おだのぶかつ》から、ぜひ会《あ》ってお話《はなし》をしたいという文《ふみ》が、家康《いえやす》に届《とど》いた。信雄《のぶかつ》は尾《お》張清洲城《わりきよすじょう》をぬけだし、三河《みかわ》の岡崎城《おかざきじょう》にやってきた。家康《いえやす》は、酒井忠次《さかいただつぐ》らとともに、ていちょうに信雄《のぶかつ》をむかえいれた。

「秀吉《ひでよし》めは、織田家《おだけ》の領地《りょうち》をことごとくわがものにしようとしております。もはや、がまんなりませぬ。さいわい、当家《とうけ》と三河《みかわ》どのには、二十年《ねん》におよぶ、かたい同盟《どうめい》がござる。秀吉《ひでよし》をたおすために、ぜひ三河《みかわ》どのに助《たす》けていただきたい。」

信雄《のぶかつ》はいった。酒井忠次《さかいただつぐ》も、本多忠勝《ほんだただかつ》も、榊原康政《さかきばらやすまさ》も、あるじの家康《いえやす》がなんというか、うかがった。家康《いえやす》は腕組《うでぐ》みをして、しばらく考《かんが》えてから、ゆっくりとうなずいた。

「ご加勢《かせい》いたしましょう。」

信雄《のぶかつ》は手《て》を打《う》って、よろこんだ。

「三河《みかわ》どのが味方《みかた》になってくれたら、もはや秀吉《ひでよし》との戦《いくさ》は勝《か》ったようなものでござる。」


信雄《のぶかつ》が去《さ》ったあと、本多忠勝《ほんだただかつ》が家康《いえやす》にたずねた。

「もしや、とのは本気《ほんき》で信雄《のぶかつ》どのを天下人《てんかびと》におしたてようとお考《かんが》えなのですか？」

家康《いえやす》は首《くび》をふって、ひややかにいった。

「あの方《かた》は、英明《えいめい》な父君《ちちぎみ》とは似《に》ても似《に》つかぬ。」

「と、申《もう》されますと……。」

「天下人《てんかびと》の器《うつわ》ではない。されど、秀吉《ひでよし》とことをかまえるのには、うってつけの男《おとこ》だ。なによりも、織田家《おだけ》を守《まも》るという大義名分《たいぎめいぶん》がある。」

忠勝《ただかつ》はたずねた。

「されど、いまや飛《と》ぶ鳥《とり》を落《お》とす勢《いきお》いの秀吉《ひでよし》と戦《いくさ》をして、勝《か》てるでありましょうか。」

酒井忠次《さかいただつぐ》も、同《おな》じ疑問《ぎもん》をいだいた。秀吉《ひでよし》とことをかまえて、勝算《しょうさん》はあるだろうか？

家康《いえやす》は、本多忠勝《ほんだただかつ》にたずねた。

「そなたは、どう思《おも》う？」

「とのならば、秀吉《ひでよし》に勝《か》てるとは思《おも》いまする。されど、その戦《いくさ》は、かんたんに終《お》わるものではない、かと……。」

このころ秀吉《ひでよし》は、天下《てんか》六十余国《よこく》のうち、山城《やましろ》、大和《やまと》、河内《かわち》、摂津《せっつ》、近江《おうみ》、美濃《みの》、越前《えちぜん》などの二十四国《ごく》を手中《しゅちゅう》におさめ、六百数十万石《すうじゅうまんごく》の領地《りょうち》をもっていた。家康《いえやす》は三河《みかわ》、遠江《とおとうみ》、駿河《するが》、甲斐《かい》、信濃《しな》の五か国《こく》、百三十万石《まんごく》であった。領国《りょうごく》と動員兵力《どういんへいりょく》の差《さ》はかなりひらいていた。

「かんたんではない。されどな、忠勝《ただかつ》。わしには自信《じしん》がある。秀吉《ひでよし》をやりこめる策《さく》がある。」

家康《いえやす》はしずかに笑《わら》った。


（さすがは、との。これなら、秀吉《ひでよし》に勝《か》てるかもしれぬ。）

家老《かろう》の酒井忠次《さかいただつぐ》は、家康《いえやす》の策《さく》に感心《かんしん》した。関東《かんとう》六か国《こく》二百四十万石《まんごく》の北条家《ほうじょうけ》と四国全土《しこくぜんど》を支配《しはい》する長宗我部《ちょうそかべ》家《け》に、家康《いえやす》は文《ふみ》を送《おく》って味方《みかた》につけたのだ。この二家《け》に、尾張《おわり》と伊勢《いせ》を支配《しはい》する織《お》田家《だけ》、そして徳川家《とくがわけ》が手《て》を組《く》めば、負《ま》け知《し》らずの秀吉《ひでよし》も手《て》こずるにちがいなかった。

天正《てんしょう》十二年《ねん》（一五八四年《ねん》）、三月七日《がつなのか》、家康《いえやす》は浜松城《はままつじょう》を出陣《しゅつじん》した。

その前《まえ》の六日《むいか》、信雄《のぶかつ》は、秀吉《ひでよし》と通《つう》じていたことを理由《りゆう》に、三人《にん》の家老《かろう》の城《しろ》を攻《せ》めほろぼした。

このときの軍勢《ぐんぜい》には、家康《いえやす》の兵《へい》もくわわっていた。八日《ようか》、家康《いえやす》は岡崎城《おかざきじょう》で軍勢《ぐんぜい》があつまってくるのを待《ま》ち、十三日《にち》、三河兵《みかわへい》と甲州兵《こうしゅうへい》でなる八千の軍団《ぐんだん》をひきいて、尾張《おわり》の清洲城《きよすじょう》へ入《はい》った。

「よくぞ、こられた。三河《みかわ》どの。」

信雄《のぶかつ》は家康《いえやす》をむかえた。清洲城《きよすじょう》で軍議《ぐんぎ》がひらかれたとき、榊原康政《さかきばらやすまさ》がいった。

「ここより一里半《りはん》(約《やく》六キロ)にある、いまは見捨《みす》てられている小牧山城《こまきやまじょう》は、四方《しほう》を見《み》わたす要《よう》地《ち》です。ここをわが徳川軍《とくがわぐん》が占拠《せんきょ》いたしましょう。」

酒井忠次《さかいただつぐ》はうなずいた。

「それはよい考《かんが》えだ。」

康政《やすまさ》はただちに小牧山城《こまきやまじょう》に入《はい》り、城《しろ》を補修《ほしゅう》した。ここが戦《いくさ》のかなめの地《ち》となると、堀《ほり》をととのえ、守備《しゅび》をかためた。

美濃大垣城主《みのおおがきじょうしゅ》の池田恒興《いけだつねおき》は、織田信雄《おだのぶかつ》に味方《みかた》すると思《おも》われていたが、秀吉方《ひでよしがた》につき、十三日《にち》に、信雄方《のぶかつがた》の城《しろ》である犬山城《いぬやまじょう》を急襲《きゅうしゅう》し、攻《せ》めおとした。この勝利《しょうり》に気《き》をよくして、秀吉方《ひでよしがた》の森長《もりなが》可《よし》が、小牧山城《こまきやまじょう》を襲《おそ》おうと、三千の兵《へい》をひきいて出撃《しゅつげき》してきた。

酒井忠次《さかいただつぐ》は物見《ものみ》に行《い》ったあと、家康《いえやす》にいった。

「森長可《もりながよし》は八幡林《やはたばやし》で恒興《つねおき》と合流《ごうりゅう》しようとしています。その前《まえ》にそれがしが打《う》ちやぶります。」

家康《いえやす》はいった。

「忠次《ただつぐ》が先鋒《せんぽう》となるというのか。」

「はっ。」

三十七歳《さい》の本多忠勝《ほんだただかつ》が、五十八歳《さい》になる忠次《ただつぐ》をおもんぱかって、いった。

「ご家老《かろう》をわずらわせるまでもありませぬ。先鋒《せんぽう》は、この忠勝《ただかつ》におまかせくだされ。」

忠次《ただつぐ》は笑《わら》って、首《くび》をふった。

「なんの、秀吉《ひでよし》との戦《いくさ》のはじまり、ぜひにそれがしがたまわりたい。との、忠次《ただつぐ》に先鋒《せんぽう》をおまかせくだされ。」

忠次《ただつぐ》の顔《かお》は真剣《しんけん》だった。なんとしても秀吉《ひでよし》に勝《か》ち、とのを天下人《てんかびと》にせねばならぬ。そう思《おも》いつめている忠次《ただつぐ》の表情《ひょうじょう》を見《み》て、家康《いえやす》はうなずいた。

「よかろう。忠次《ただつぐ》、先鋒《せんぽう》となるがよい。」

酒井忠次《さかいただつぐ》は、榊原康政《さかきばらやすまさ》ら五千の兵《へい》をひきいて、小牧山城《こまきやまじょう》を出《で》た。

十七日《にち》の明《あ》け方《がた》、忠次《ただつぐ》は八幡林《やはたばやし》に布陣《ふじん》する森隊《もりたい》に近《ちか》づき、突撃《とつげき》を命《めい》じた。

「それっ。徳川《とくがわ》の強《つよ》さ、見《み》せてやれっ。」

康政《やすまさ》ら徳川兵《とくがわへい》の勢《いきお》いに、森隊《もりたい》はたじたじとなり、犬山城《いぬやまじょう》へ逃《に》げた。

「よし、初戦《しょせん》は勝《か》ったぞ。」

忠次《ただつぐ》はよろこんだ。

(小《ちい》さな勝《か》ちだが、効果《こうか》は大《おお》きい。負《ま》け知《し》らずの秀吉軍《ひでよしぐん》が、徳川軍《とくがわぐん》に負《ま》けたという知《し》らせは、全《ぜん》国《こく》につたわるだろう。)

第十四章《だいじゅうよんしょう》　小牧《こまき》・長久手《ながくて》の戦《たたか》い

天正十二年《てんしょうじゅうにねん》（一五八四年《ねん》）、三月二十一日《がつにじゅういちにち》。

秀吉《ひでよし》は三万《まん》の大軍《たいぐん》をひきいて、大坂城《おおざかじょう》を出陣《しゅつじん》した。犬山城《いぬやまじょう》に入《はい》って、そこを本拠地《ほんきょち》とした。

一方《いっぽう》、家康《いえやす》は、榊原康政《さかきばらやすまさ》が占拠《せんきょ》した小牧山《こまきやま》に陣《じん》をしいた。その一里半《りはん》うしろには、百万石《まんごく》を領《りょう》する織田信雄《おだのぶかつ》の清洲城《きよすじょう》がひかえていた。

「との、秀吉《ひでよし》めは三万《まん》の兵《へい》をひきいているとのことでございます。」

本多忠勝《ほんだただかつ》が報告《ほうこく》した。

「わがほうは、八千。数《かず》だけで負《ま》けると思《おも》うか、忠勝《ただかつ》。」

家康《いえやす》のことばに、忠勝《ただかつ》は強《つよ》く首《くび》をふった。

「いえ、そのようなことはありませぬ。わが徳川軍《とくがわぐん》は強《つよ》うござる。とのが丹精《たんせい》こめて育《そだ》てられた無敵《むてき》の三河兵《みかわへい》に、信玄公《しんげんこう》ゆかりの勇猛《ゆうもう》な甲州兵《こうしゅうへい》でござりますれば、寄《よ》せあつめの秀吉軍《ひでよしぐん》など、相手《あいて》になりませせぬ。」

「そうだ。秀吉《ひでよし》の兵《へい》は、そなたのいうように、寄《よ》せあつめの三万《まん》だ。」

忠勝《ただかつ》や康政《やすまさ》らの武将《ぶしょう》たちを見《み》やって、家康《いえやす》はいった。

「数《かず》は多《おお》いが、しっかりとまとまってはいない。それにくらべて、われらの兵《へい》は精鋭《せいえい》ぞろいだ。秀吉《ひでよし》も、明智光秀《あけちみつひで》や柴田勝家《しばたかついえ》のときのようにはいかぬと感《かん》じておろう。」

森《もり》の敗戦《はいせん》に慎重《しんちょう》になった秀吉《ひでよし》は、すぐに大軍《たいぐん》を動《うご》かそうとはしなかった。かわりに小牧山《こまきやま》の前方《ぜんぽう》に、長大《ちょうだい》な柵《さく》をつくりはじめた。数万《すうまん》の人夫《にんぷ》たちが、まるで土木工事《どぼくこうじ》のように、柵《さく》をつくりあげていった。

「あれが秀吉《ひでよし》の戦《いくさ》か。」

家康《いえやす》はなかばあきれ、なかば感心《かんしん》したように、秀吉軍《ひでよしぐん》の様子《ようす》を見《み》まもった。

「さきに動《うご》いたほうが負《ま》けるな。」

それを感《かん》じてか、家康《いえやす》も、秀吉《ひでよし》も、動《うご》かなかった。たがいに陣《じん》をはったまま、戦《いくさ》は持久戦《じきゅうせん》の様子《ようす》となってきた。雨《あめ》が二日降《ふつかふ》った。ついで霧《きり》の日《ひ》があった。それでも双方《そうほう》は動《うご》かなかった。

「との、このまま待《ま》つのでございますか。」

本多忠勝《ほんだただかつ》がたずねた。

「うむ。敵《てき》が動《うご》くのを待《ま》つ。」

家康《いえやす》はずっと待《ま》ちつづけるつもりだった。このまま時間《じかん》がすぎていけば、戦《いくさ》は有利《ゆうり》になると見《み》ぬいていたからだ。忠次《ただつぐ》は思《おも》った。

(秀吉《ひでよし》は、四国《しこく》や九州《きゅうしゅう》の状勢《じょうせい》が気《き》になってならないだろう……。)

榊原康政《さかきばらやすまさ》は、小牧山《こまきやま》の陣《じん》で、家康《いえやす》にいった。

「との、秀吉《ひでよし》めを誹謗《ひぼう》(非難《ひなん》)する檄文《げきぶん》をつづり、落書《らくしょ》を立《た》てましょう。」

「落書《らくしょ》?」

「はい。」

「いかなる落書《らくしょ》を立《た》てるのだ。」

「それは……。」

落書《らくしょ》の内容《ないよう》を聞《き》いて、家康《いえやす》はふふっと笑《わら》って、うなずいた。

「康政《やすまさ》にまかせる。」

康政《やすまさ》は、とくいの達筆《たっぴつ》で、檄文《げきぶん》を書《か》いた。

――信長公《のぶながこう》たおれるや、秀吉《ひでよし》、高恩《こうおん》を忘《わす》れ、さきに信孝《のぶたか》(信長《のぶなが》の三男《さんなん》)をほろぼし、いままた信雄《のぶかつ》を討《う》ち、主家《しゅけ》を横領《おうりょう》せんとしている。大逆無道《たいぎゃくむどう》のふるまいである。家康公《いえやすこう》、信長公《のぶながこう》との親交《しんこう》を想《おも》い、憤激《ふんげき》に堪《た》えず、大義《たいぎ》のため、秀吉《ひでよし》を討《う》たんとす。天下《てんか》の諸侯《しょこう》よ。非道逆賊《ひどうぎゃくぞく》の秀吉《ひでよし》に組《くみ》して、千歳《ちとせ》にうらみをのこすより、わが義軍《ぎぐん》に合力《ごうりき》し、令名《れいめい》（名声《めいせい》）を後世《こうせい》につたえられよ……。

康政《やすまさ》は、その檄文《げきぶん》を全国《ぜんこく》の諸侯《しょこう》に送《おく》りつけた。そして同《おな》じ内容《ないよう》を書《か》いた立《た》て札《ふだ》を、小牧《こまき》、長久手《ながくて》の地《ち》に、何本《なんぼん》も立《た》てさせた。

「うぬっ。」

秀吉《ひでよし》は檄文《げきぶん》を見《み》て、歯嚙《はが》みした。織田信長《おだのぶなが》の息子《むすこ》たちを敵《てき》にまわして、織田家《おだけ》のあとめをつごうとしている秀吉《ひでよし》には、痛《いた》い指摘《してき》だったからだ。

「これを書《か》いたのは、だれだ。」

秀吉《ひでよし》は怒《おこ》ってたずねた。

「はっ。おそらくは榊原康政《さかきばらやすまさ》ではないかと思《おも》われまする。」

家臣《かしん》がこたえた。

「榊原康政《さかきばらやすまさ》か。そやつ、いかなる者《もの》だ。」

「康政《やすまさ》は徳川《とくがわ》家中《かちゅう》でもっとも達筆《たっぴつ》なことで知《し》られており、その旗印《はたじるし》は『無《む》』という一字《じ》で、無《む》心《しん》・無欲《むよく》の武将《ぶしょう》といわれておりまする。」

「なにが、『無《む》』じゃ。わしをこれほどにも侮辱《ぶじょく》しおって、ゆるさぬ。」

秀吉《ひでよし》は声《こえ》をふるわせた。

「よいか、ものども。榊原康政《さかきばらやすまさ》の首《くび》をとった者《もの》には、十万石《まんごく》をあたえてつかわすぞ。」

家臣《かしん》たちは色《いろ》めきたった。

「康政《やすまさ》の首《くび》が、十万石《まんごく》となるのだ。」


小牧山《こまきやま》で、両軍《りょうぐん》はにらみあったまま、ときがすぎていったが、ついに秀吉《ひでよし》がしびれを切《き》らして動《うご》いた。

「家康《いえやす》のいない三河《みかわ》の岡崎城《おかざきじょう》を攻《せ》めましょう。ぜひ、われらに申《もう》しつけくだされ。」

森長可《もりながよし》と池田恒興《いけだつねおき》にせまられ、秀吉《ひでよし》は、甥《おい》の秀次《ひでつぐ》を大将《たいしょう》として、一万《まん》六千の兵《へい》で別動隊《べつどうたい》をつくらせた。四月七日《がつなのか》、別動隊《べつどうたい》はひそかに南下《なんか》し、三河《みかわ》へ向《む》かった。だが、一万《まん》六千もの兵《へい》が動《うご》いたことで、その動《うご》きはすぐ徳川《とくがわ》につたわった。

「秀吉《ひでよし》め、作戦《さくせん》をあやまったな。」

家康《いえやす》は榊原康政《さかきばらやすまさ》ら四千の兵《へい》をさきに行《い》かせた。井伊直政《いいなおまさ》を先鋒《せんぽう》として「赤備《あかぞな》え」軍団《ぐんだん》をひきいさせ、家康《いえやす》みずから兵《へい》をひきいて、あわせて六千の兵《へい》で小牧山《こまきやま》を出《で》た。康政《やすまさ》の先発隊《せんぱつたい》と連絡《れんらく》をとりながら、長久手《ながくて》という地《ち》で、秀吉《ひでよし》の別動隊《べつどうたい》をはさみうちにすることにした。

「それ、生《い》きて帰《かえ》すな。」

家康《いえやす》は別動隊《べつどうたい》を見《み》つけると、ただちに下知《げじ》した。

「うおおおっ。」

「無《む》」の旗印《はたじるし》をかかげる榊原康政《さかきばらやすまさ》や、「赤備《あかぞな》え」の軍団《ぐんだん》をひきいる井伊直政《いいなおまさ》ら、勇猛《ゆうもう》な徳川軍《とくがわぐん》が、どうの勢《いきお》いで、突撃《とつげき》した。寄《よ》せあつめの別動隊《べつどうたい》はさんざんに打《う》ちやぶられ、池田恒興《いけだつねおき》や森《もり》長可《ながよし》はあえなく討《う》ち死《じ》にし、大将《たいしょう》の秀次《ひでつぐ》は命《いのち》からがら逃《に》げ帰《かえ》った。

別動隊《べつどうたい》の武将《ぶしょう》たちの首《くび》をもっとも多《おお》くあげたのが、直政《なおまさ》の「赤備《あかぞな》え」隊《たい》だった。このときから、直政《なおまさ》は「井伊《いい》の赤鬼《あかおに》」とおそれられ、天下《てんか》に名《な》をとどろかせることになった。

家康《いえやす》は満足《まんぞく》だった。明智光秀《あけちみつひで》との「山崎《やまざき》の戦《たたか》い」、柴田勝家《しばたかついえ》との「賤ケ岳《しずがたけ》の戦《たたか》い」と、ここぞという戦《たたか》いにはかならず勝《か》ってきた、戦《いくさ》じょうずの秀吉《ひでよし》が、徳川軍《とくがわぐん》に敗《やぶ》れたのだ。

酒井忠次《さかいただつぐ》は思《おも》った。

「小牧《こまき》・長久手《ながくて》の戦《いくさ》は、天下《てんか》に知《し》れわたる。このことで、秀吉《ひでよし》のめざす天下人《てんかびと》としての地位《ちい》がぐらつくだろう。」

長久手《ながくて》の戦《たたか》いから、二十日間《はつかかん》、秀吉軍《ひでよしぐん》と家康軍《いえやすぐん》は動《うご》かなかった。そして五月一日《がつついたち》、秀吉《ひでよし》は全軍《ぜんぐん》をひきあげさせた。

「との、秀吉《ひでよし》めが逃《に》げていきます。追撃《ついげき》いたしましょう。」

井伊直政《いいなおまさ》がいった。

「直政《なおまさ》のいうとおり、いまこそ秀吉《ひでよし》をたたきふせるときでござる。」

本多忠勝《ほんだただかつ》も、追撃《ついげき》を主張《しゅちょう》した。しかし、家康《いえやす》は首《くび》をたてにふらなかった。忠次《ただつぐ》は思《おも》った。

(さすがは、との。慎重《しんちょう》すぎるほどに慎重《しんちょう》だ。あの秀吉《ひでよし》が、なんの用意《ようい》もなしに、ひきあげるわけはない。いかなる作戦《さくせん》で待《ま》ちかまえているか、それを知《し》らずに、下手《へた》に追《お》えば、大軍《たいぐん》で反撃《はんげき》されかねない。)

第《だい》十五章《しょう》　秀吉《ひでよし》との和議《わぎ》

「さて、秀吉《ひでよし》めは、いかなる手《て》を打《う》ってきますかな。」

酒井忠次《さかいただつぐ》は家康《いえやす》にいった。

「うむ。いまは様子《ようす》を見《み》まもるしかあるまい。」

家康《いえやす》はこたえた。ところが、秀吉《ひでよし》は家康《いえやす》との決戦《けっせん》をせずに、織田信雄《おだのぶかつ》の城《しろ》を攻《せ》めはじめた。本《ほん》城《じょう》の尾張清洲城《おわりきよすじょう》をのぞく、まわりの城《しろ》をつぎつぎと攻《せ》めおとし、信雄《のぶかつ》の領地《りょうち》である伊勢《いせ》と伊賀《いが》の地《ち》をうばった。さらに、信雄《のぶかつ》の家老《かろう》たちを調略《ちょうりゃく》した。

「との、ここは秀吉《ひでよし》どのと和睦《わぼく》を。」

家老《かろう》たちにすすめられ、信雄《のぶかつ》は折《お》れた。

「やむをえぬか。」

和睦《わぼく》を約束《やくそく》すると、秀吉《ひでよし》は信雄《のぶかつ》に伊賀《いが》の地《ち》を返《かえ》したうえ、信雄《のぶかつ》に大納言《だいなごん》の位《くらい》がさずけられるよう、朝廷《ちょうてい》を動《うご》かした。天正《てんしょう》十二年《ねん》（一五八四年《ねん》）十一月《がつ》十五日《にち》、秀吉《ひでよし》と信雄《のぶかつ》は和睦《わぼく》した。

「まことか、それは。」

尾張《おわり》の清洲城《きよすじょう》に向《む》かって進軍《しんぐん》していた家康《いえやす》は、がくぜんとした。信雄《のぶかつ》をすくおうと、浜松城《はままつじょう》から大軍《たいぐん》をひきいてやってきたのに、信雄《のぶかつ》が秀吉《ひでよし》と和睦《わぼく》してしまったというのだ。

本多忠勝《ほんだただかつ》はいった。

「そもそも、信雄《のぶかつ》さまがたのんでこられたから、とのは秀吉《ひでよし》と戦《いくさ》をはじめられたのではありませぬか。いまも信雄《のぶかつ》さまをすくおうと出陣《しゅつじん》されているのに、とのになんの報告《ほうこく》もなく、勝手《かって》に秀吉《ひでよし》と和睦《わぼく》してしまうとは、なんたることでありましょう。」

家康《いえやす》は口《くち》をひきむすんだまま、だまっていた。

「との、いかがなされまするか？」

忠勝《ただかつ》がたずねると、家康《いえやす》はぽつりといった。

「苦労知《くろうし》らずのお子《こ》は、どうにもならぬ。ここは、ひきあげるまでよ。」

家康《いえやす》が浜松城《はままつじょう》にもどったあと、二十一日《にち》に、信雄《のぶかつ》と秀吉両方《ひでよしりょうほう》の使者《ししゃ》がやってきて、和睦《わぼく》を告《つ》げた。家康《いえやす》はいった。

「それはなにより。天下万民《てんかばんみん》のよろこびでござる。」

家康《いえやす》は筆頭《ひっとう》家老《がろう》の石川数正《いしかわかずまさ》をつかわして、清洲城《きよすじょう》の信雄《のぶかつ》と大坂城《おおざかじょう》の秀吉《ひでよし》に、祝《いわ》いのことばをつたえさせた。しかし、大坂城《おおざかじょう》の広間《ひろま》で、秀吉《ひでよし》は意外《いがい》なことをいった。

「信雄《のぶかつ》どのからは、娘《むすめ》ごを人質《ひとじち》に出《だ》してもらった。徳川《とくがわ》どのにも、しかとつたえてもらいたい。当方《とうほう》に、人質《ひとじち》を出《だ》していただけるかどうか、とな。」

数正《かずまさ》が返答《へんとう》につまっていると、秀吉《ひでよし》はだめおしをした。

「徳川《とくがわ》どのに、よしなにつたえてくれ。和睦《わぼく》を天下万民《てんかばんみん》に知《し》らせるためにも、徳川家《とくがわけ》より人質《ひとじち》をさしだすことをおこたらぬように、とな。」

数正《かずまさ》の報告《ほうこく》に、家康《いえやす》は苦《にが》い顔《かお》をした。

「秀吉《ひでよし》め。人質《ひとじち》をさしだせと、申《もう》したのか。」

「はっ。」

数正《かずまさ》はひれふして、こたえた。そばにいた本多忠勝《ほんだただかつ》が、家康《いえやす》にたずねた。

「との、いかがなされるおつもりですか？」

家康《いえやす》は腕《うで》を組《く》み、うなずいた。

「人質《ひとじち》を出《だ》そう。」

忠勝《ただかつ》はおどろいた。家康《いえやす》は目《め》をつぶり、しばらく考《かんが》えてから、目《め》をひらいた。

「忠勝《ただかつ》、於義丸《おぎまる》を大坂《おおざか》へ送《おく》れ。」

「いけませぬ。次男《じなん》の於義丸《おぎまる》さまは、長男《ちょうなん》の信康《のぶやす》さまなきあと、徳川家《とくがわけ》のあとつぎとされている方《かた》ではありませぬか。」

反対《はんたい》する忠勝《ただかつ》に、家康《いえやす》はいった。

「ただちに於義丸《おぎまる》に告《つ》げよ。大坂行《おおざかゆ》きのしたくをせよ、とな。」


別《べつ》の間《ま》で、井伊直政《いいなおまさ》は怒《いか》りをおさえきれず、本多忠勝《ほんだただかつ》に向《む》かっていった。

「於義丸《おぎまる》さまは、たいせつな徳川家《とくがわけ》のあとつぎではございませぬか。」

忠勝《ただかつ》もくやしさを隠《かく》しきれない口調《くちょう》でいった。

「わしも、そういった。されど、とのはがまんされたのだ。」

「がまんを?」

「もしも人質《ひとじち》をことわったなら、秀吉《ひでよし》は今度《こんど》こそ、本気《ほんき》で攻《せ》めてくるだろう。おそらく和睦《わぼく》したばかりの信雄《のぶかつ》さまを先鋒《せんぽう》にして、一気《いっき》に攻《せ》めよせてくるにちがいない。」

直政《なおまさ》は声《こえ》を強《つよ》くして、忠勝《ただかつ》にいった。

「のぞむところではありませぬか。それこそ、秀吉《ひでよし》を打《う》ちやぶるよい機会《きかい》ではありませぬか。」

するとそれまでだまっていた榊原康政《さかきばらやすまさ》がしずかにいった。

「とのは苦渋《くじゅう》の決断《けつだん》をされたのだ。その前《まえ》の秀吉《ひでよし》との戦《いくさ》においては、信雄《のぶかつ》さまにたのまれ、織田《おだ》家《け》を守《まも》るためという大義名分《たいぎめいぶん》があった。しかし、信雄《のぶかつ》さまが秀吉《ひでよし》と和睦《わぼく》したいま、その大義名分《たいぎめいぶん》は失《うしな》われてしまった。」

直政《なおまさ》は反発《はんぱつ》した。

「そのような大義名分《たいぎめいぶん》などいりませぬ。われらが一丸《いちがん》となって戦《たたか》えば、秀吉《ひでよし》ごときに敗《やぶ》れはいたしませぬ。」

康政《やすまさ》が直政《なおまさ》を見《み》やって、冷静《れいせい》な声《こえ》でいった。

「勇《いさ》ましいな、直政《なおまさ》。たしかに、われらは一丸《いちがん》となって戦《たたか》うだろう。だが、二十五か国《こく》を支配《しはい》する秀吉《ひでよし》と、五か国《こく》を支配《しはい》する徳川家《とくがわけ》との戦《たたか》いは、どうなるか。いかに三河武士《みかわぶし》と甲州武士《こうしゅうぶし》が強《つよ》いといっても、限界《げんかい》がある。下手《へた》をすれば、徳川家《とくがわけ》はほろぼされるかもしれない。」

康政《やすまさ》のことばに、井伊直政《いいなおまさ》はくちびるを噛《か》んだ。

「とのは、さぞ苦《くる》しかったにちがいない。一度《ど》めは信長《のぶなが》さまに、二度《ど》めは秀吉《ひでよし》に、たいせつなあとつぎを……。」

そういうと忠勝《ただかつ》は、こぶしで、目頭《めがしら》をおさえた。こうして、のちに秀吉《ひでよし》の養子《ようし》となって羽柴秀《はしばひで》康《やす》と名《な》のることになる於義丸《おぎまる》は、徳川家《とくがわけ》の人質《ひとじち》として、秀吉《ひでよし》のもとへ送《おく》られた。

天正十三年《てんしょうねん》（一五八五年《ねん》）、秀吉《ひでよし》は、家康《いえやす》に組《くみ》しようとした大名《だいみょう》をつぎつぎと攻《せ》めつぶしていった。三月《がつ》、十万《まん》の大軍《たいぐん》で根来衆《ねごろしゅう》を制圧《せいあつ》した。八月《がつ》、弟《おとうと》の秀長《ひでなが》を大将《たいしょう》にして、四国《しこく》の長宗我《ちょうそか》部元親《べもとちか》を攻《せ》めおとした。そのあとは北陸《ほくりく》の佐々成政《さっさなりまさ》を攻《せ》めくだした。

秀吉《ひでよし》は、七月《がつ》十一日《にち》、関白《かんぱく》となった。農民出身《のうみんしゅっしん》の秀吉《ひでよし》が、天皇《てんのう》のつぎに貴人《きじん》とされる関白《かんぱく》へのぼりつめたのだ。そのあと、秀吉《ひでよし》は家康《いえやす》にいってきた。

――関白《かんぱく》になった祝《いわ》いをのべに、上洛《じょうらく》せよ。

家康《いえやす》は無視《むし》した。しかし、上洛《じょうらく》しなかった家康《いえやす》に、衝撃《しょうげき》をあたえる事件《じけん》がおきた。

十一月《がつ》十三日《にち》、岡崎城《おかざきじょう》をまかされていた筆頭家老《ひっとうがろう》の石川数正《いしかわかずまさ》が妻子《さいし》をひきつれ、秀吉《ひでよし》のもとへ行《い》ってしまったのだ。

「なんとしたことだ。ご家老《かろう》さまともあろうお方《かた》が。」

本多忠勝《ほんだただかつ》は憤慨《ふんがい》した。石川数正《いしかわかずまさ》は、酒井忠次《さかいただつぐ》とならぶ、徳川家《とくがわけ》の筆頭家老《ひっとうがろう》で、今川義元《いまがわよしもと》や北条《ほうじょう》氏直《うじなお》、織田信長《おだのぶなが》との交渉《こうしょう》を一手《いって》にひきうけ、家康《いえやす》のために成果《せいか》をあげてきた。秀吉《ひでよし》との交渉《こうしょう》も数《かず》正《まさ》にまかされていた。家康《いえやす》の名代《みょうだい》として、数正《かずまさ》はいくども大坂《おおざか》に行《ゆ》き来《き》して、秀吉《ひでよし》と向《む》きあってきた。そのあいだに、秀吉《ひでよし》にたらしこまれてしまったのだ。

「数正《かずまさ》が秀吉《ひでよし》のもとへ行《い》ってしまったからには、徳川家《とくがわけ》の軍略《ぐんりゃく》や戦法《せんぽう》は、秀吉《ひでよし》に、つつぬけになりまする。このさい、これまでの軍法《ぐんぽう》を、すべて変《か》えなければなりませぬな。」

忠次《ただつぐ》のことばに、家康《いえやす》はうなずいた。

「武田《たけだ》の軍法《ぐんぽう》をとりいれるといたそう。」

もともと武田信玄《たけだしんげん》を尊敬《そんけい》していたこともあり、家康《いえやす》は信玄《しんげん》の戦法《せんぽう》を参考《さんこう》にして陣形《じんけい》や連絡方法《れんらくほう》、行動隊形《こうどうたいけい》など、すべてをつくりかえた。

天正《てんしょう》十四年《ねん》（一五八六年《ねん》）、正月《しょうがつ》。家康《いえやす》のもとへ、秀吉《ひでよし》の文《ふみ》をたずさえた使者《ししゃ》がきた。

「ぜひ、徳川《とくがわ》どのにおいては、大坂《おおざか》にきて、関白秀吉《かんぱくひでよし》さまに臣下《しんか》の礼《れい》をとっていただきたい。どうか、そのことをお願《ねが》いいたしまする。」

しかし、家康《いえやす》は聞《き》こうとしなかった。

「関白殿下《かんぱくでんか》がお怒《いか》りになって大軍《たいぐん》をさしむけられたなら、なんとされるのでございますか。」

おどかすように使者《ししゃ》がいうと、家康《いえやす》は使者《ししゃ》をにらみつけた。

「秀吉《ひでよし》どのに、告《つ》げよ。長久手《ながくて》の戦《たたか》いを忘《わす》れたか、とな。たとえいかなる大軍《たいぐん》で攻《せ》めよせようとも、徳川家《とくがわけ》は逃《に》げはせぬ。うけて立《た》つ。」

使者《ししゃ》が帰《かえ》ったあと、本多忠勝《ほんだただかつ》がいった。

「との、秀吉《ひでよし》は動《うご》くでありましょうか。」

家康《いえやす》は腕《うで》を組《く》んだ。

「わからぬ。だが、わしは秀吉《ひでよし》が戦《いくさ》をしかけてくることはないと思《おも》う。」

「それは、とのをおそれてのことでございますか？」

家康《いえやす》はふっと笑《わら》った。

「それもある。しかし、いま秀吉《ひでよし》は天下《てんか》を平定《へいてい》するのに、やっきになっておる。たしかに、四国《しこく》の長宗我部《ちょうそかべ》や北陸《ほくりく》の佐々成政《さっさなりまさ》は秀吉《ひでよし》に屈《くっ》し、いまや臣下《しんか》になっている。だが、まだ九州《きゅうしゅう》があり、この東海《とうかい》の地《ち》と関東《かんとう》、奥州《おうしゅう》がのこっている。まだまだ天下《てんか》はさだまってはいないのだ。そのようなときに、わしと戦《たたか》えばどうなるか。」

家康《いえやす》は、秀吉《ひでよし》との戦《いくさ》の行《ゆ》く末《すえ》を思《おも》うように、目《め》をつぶった。

「われら徳川《とくがわ》の家臣《かしん》は、とのにしたがいまする。いかなることになろうとも、とのとともに生《い》き、とのとともに死《し》にまする。」

忠勝《ただかつ》のことばに、家康《いえやす》は深《ふか》くうなずいた。

「そうじゃ、忠勝《ただかつ》。わしには、そなたら忠実《ちゅうじつ》無比《むひ》の三河武士《みかわぶし》がついておる。そなたらさえいれば、秀吉《ひでよし》との戦《いくさ》も、おそれることはない。」

第《だい》十六章《しょう》　秀吉《ひでよし》の臣下《しんか》になる

天正《てんしょう》十四年《ねん》（一五八六年《ねん》）、四月《がつ》。家康《いえやす》は絶句《ぜっく》した。

秀吉《ひでよし》からの文《ふみ》はおどろくべき内容《ないよう》だった。秀吉《ひでよし》の妹《いもうと》、朝日姫《あさひひめ》を、家康《いえやす》の正妻《せいさい》にしてくれという申《もう》しこみだったのだ。たしかに家康《いえやす》には正妻《せいさい》がいなかった。築山《つきやま》のあと、側室《そくしつ》はいても、正室《せいしつ》はいなかったのだ。

「妻《つま》というのは名《な》ばかりで、人質《ひとじち》ではありませぬか。」

本多忠勝《ほんだただかつ》はあきれたようにいった。家康《いえやす》は苦《にが》い顔《かお》でうなずいた。

「そのかわりに、大坂城《おおざかじょう》へこいというのであろう。」

朝日姫《あさひひめ》は四十四歳《さい》で、人《ひと》の妻《つま》だった。それを離縁《りえん》させ、家康《いえやす》のもとへ送《おく》ろうとしているのだ。家康《いえやす》をなんとしても上洛《じょうらく》させたいという、秀吉《ひでよし》の執念《しゅうねん》だった。

「いかがなされるのですか、とのは。むろん、おことわりになるのですな。」

忠勝《ただかつ》のことばに、家康《いえやす》は首《くび》をふった。

「いや、わしはうけようと思《おも》う。もし朝日姫《あさひひめ》に子《こ》ができても、その子《こ》を徳川《とくがわ》の世《よ》つぎにはしないという条件《じょうけん》もついておるゆえ。」

家康《いえやす》と朝日姫《あさひひめ》との婚姻《こんいん》が決《き》まると、結納《ゆいのう》をかわすことになったが、秀吉《ひでよし》は、徳川方《とくがわがた》の結納役《ゆいのうやく》に、榊原康政《さかきばらやすまさ》を指名《しめい》してきた。

「康政《やすまさ》を、か。」

家康《いえやす》も、本多忠勝《ほんだただかつ》も、井伊直政《いいなおまさ》も、おどろいた。

なぜ、康政《やすまさ》を？　長久手《ながくて》の戦《いくさ》のとき、康政《やすまさ》が書《か》いた檄文《げきぶん》で、秀吉《ひでよし》ははげしく怒《おこ》り、康政《やすまさ》の首《くび》を討《う》ちとった者《もの》には十万石《まんごく》をあたえる、とまでいっていたのではなかったのか。

「ご心配《しんぱい》なされますな、との。関白《かんぱく》に名指《なざ》しされたのですから、わたくしめが結納《ゆいのう》をもって、大《おお》坂《ざか》へまいります。」

そういいながら、康政《やすまさ》は、遠《とお》い日《ひ》に師《し》の良円《りょうえん》がいったことを思《おも》いだしていた。

――よいか。そなたは達筆《たっぴつ》に書《か》くときと、わざと下手《へた》に書《か》くときとを、そのときどきに応《おう》じて使《つか》いわけるがよいぞ。

康政《やすまさ》は、いまは亡《な》くなった師《し》に向《む》かって、つぶやいていた。

「良円《りょうえん》さま。わたしが書《か》いたと知《し》られないように、あの檄文《げきぶん》は、わざと下手《へた》に書《か》くべきだったのでしょうか……。」

榊原康政《さかきばらやすまさ》は結納《ゆいのう》の品《しな》をたずさえ、大坂城《おおざかじょう》へ行《い》った。

「おう、そちが『無《む》』の旗印《はたじるし》をかかげておるという、榊原康政《さかきばらやすまさ》か。」

秀吉《ひでよし》は顔《かお》をくしゃくしゃにして笑《わら》いながら、歓迎《かんげい》した。康政《やすまさ》は、ほっとした。

「ははっ。榊原康政《さかきばらやすまさ》でござります。」

「そなたの達筆《たっぴつ》、ほとほと感心《かんしん》いたした。家康《いえやす》どのは文武《ぶんぶ》にすぐれたご家来《けらい》をお持《も》ちじゃと、うらやましゅうなったぞ。」

「もったいないおことば、それがし、面《おも》はゆうござります。」

康政《やすまさ》がいうと、秀吉《ひでよし》は目《め》を細《ほそ》めてうなずいた。

「のう、康政《やすまさ》。そなたのような文武《ぶんぶ》にひいでた達筆《たっぴつ》の家臣《かしん》が、わしもほしいものじゃ。」

秀吉《ひでよし》は本気《ほんき》で康政《やすまさ》をさそっているようだった。

――わたしは石川数正《いしかわかずまさ》ではありませぬ。

康政《やすまさ》は心《こころ》のなかでそうつぶやきながら、やんわりとことわった。

「ありがたき関白《かんぱく》さまのおことば、康政《やすまさ》、深《ふか》く感謝《かんしゃ》いたしまする。されど、それがし、わがとのに、いまだ返《かえ》せぬほどの大恩《たいおん》がござりますれば……。」

秀吉《ひでよし》は笑《わら》った。

「さもあらん。それでこそ、『無《む》』の康政《やすまさ》じゃ。」

五月《がつ》十四日《か》、朝日姫《あさひひめ》が浜松《はままつ》にきた。親代《おやが》わりをつとめた榊原康政《さかきばらやすまさ》の家《いえ》で、したくをととのえると、朝日姫《あさひひめ》は婚儀《こんぎ》に向《む》かった。四十五歳《さい》の家康《いえやす》と四十四歳《さい》の朝日姫《あさひひめ》との婚儀《こんぎ》は盛大《せいだい》におこなわれた。これによって朝日姫《あさひひめ》は、名目上《めいもくじょう》とはいえ、家康《いえやす》の正室《せいしつ》となった。

「とのは、どうなされるおつもりなのでしょう。」

井伊直政《いいなおまさ》は本多忠勝《ほんだただかつ》にいった。

「さて、どうなされるか。」

忠勝《ただかつ》はひげをひねりながら、いった。

「秀吉《ひでよし》は、妹《いもうと》をわたしたのだから、上洛《じょうらく》せよといってくるだろうな。」

しばらくして、上洛《じょうらく》をうながす、秀吉《ひでよし》からの文《ふみ》が届《とど》いたが、家康《いえやす》は無視《むし》した。

「よろしいのでございますか。」

本多忠勝《ほんだただかつ》がたずねた。

「よいのだ。」

縁側《えんがわ》で種々《しゅじゅ》の薬草《やくそう》をすりつぶして、自前《じまえ》の滋養薬《じようやく》をつくりながら、家康《いえやす》はいった。

「ほうっておけ。」


そのまま時《とき》がすぎた。秀吉《ひでよし》の使者《ししゃ》が浜松《はままつ》にやってきて、秀吉《ひでよし》の文《ふみ》を届《とど》けた。

――九州征伐《きゅうしゅうせいばつ》について、相談《そうだん》したいことがあるので、ぜひ上洛《じょうらく》されよ。また、わが母《はは》が朝日《あさひ》に会《あ》いたがっているので、その願《ねが》い、ぜひに聞《き》き入《い》れていただきたい。

家臣《かしん》たちはあきれた。

「秀吉《ひでよし》の母《はは》が、朝日《あさひ》さまに会《あ》いにこられるというのでございますか。」

井伊直政《いいなおまさ》がいうと、榊原康政《さかきばらやすまさ》がいった。

「それは実母《じつぼ》を人質《ひとじち》によこすということではありませぬか。」

本多忠勝《ほんだただかつ》が家康《いえやす》にいった。

「もしや、これは秀吉《ひでよし》のわなではありませぬか。」

康政《やすまさ》も、直政《なおまさ》も、上洛《じょうらく》に反対《はんたい》した。

「との、上洛《じょうらく》してはなりませぬ。」

「油断《ゆだん》させて、とのを殺《ころ》す所存《しょぞん》にちがいありませぬ。」

「きっと、母《はは》のにせものを送《おく》ってよこすつもりなのでしょう。秀吉《ひでよし》など、信用《しんよう》できませせぬ。」

腕組《うでぐ》みをして考《かんが》えこんでいる家康《いえやす》に、本多忠勝《ほんだただかつ》はたずねた。

「とのは、いかがなされるおつもりなのでござりますか？」

家康《いえやす》はゆっくりと首《くび》をふって、いった。

「もしも大政所《おおまんどころ》がにせものであるとわかったら、むろん、上洛《じょうらく》はせぬ。しかし、それがほんとうに朝日《あさひ》の母《はは》であるとわかったなら……。」

忠勝《ただかつ》は、家康《いえやす》の顔《かお》を見《み》つめた。

「上洛《じょうらく》いたす。」

家康《いえやす》はきっぱりといった。

「えっ。」

忠勝《ただかつ》や直政《なおまさ》たちが反対《はんたい》しようとすると、家康《いえやす》がいった。

「いまが、しおどきじゃ。こばめば、戦《いくさ》になる。秀吉《ひでよし》と戦《いくさ》をすれば、かつての長久手《ながくて》とはちがい、いまは負《ま》ける。長期戦《ちょうきせん》になるであろうが、負《ま》ける。徳川家《とくがわけ》はほろびよう。」

忠勝《ただかつ》も、直政《なおまさ》も、康政《やすまさ》も、家康《いえやす》のことばに、息《いき》をのんだ。

「ただし、上洛《じょうらく》すれば、秀吉《ひでよし》はわしを殺《ころ》そうとするかもしれぬ。」

家康《いえやす》はしずかにいった。

そのおそれがあるゆえ、上洛《じょうらく》してはなりませぬと、忠勝《ただかつ》は強《つよ》く反対《はんたい》しようとした。

「しかし、わしはかんたんには殺《ころ》されたりはせぬ。かならず逃《のが》れ、京都《きょうと》の東寺《とうじ》にたてこもる。そのときは直政《なおまさ》を大将《たいしょう》として、一万《まん》の兵《へい》で、都《みやこ》へ攻《せ》めのぼれ。さらに忠次《ただつぐ》も、別《べつ》に一万《まん》の兵《へい》をひきつれ、叡山《えいざん》へ登《のぼ》れ。」

そういうと家康《いえやす》は忠勝《ただかつ》らをのこして、奥《おく》の間《ま》に入《はい》っていった。

天正《てんしょう》十四年《ねん》（一五八六年《ねん》）、十月《がつ》十八日《にち》。秀吉《ひでよし》の母《はは》、大政所《おおまんどころ》が三河岡崎《みかわおかざき》にやってきた。

「ほんものでございます。」

本多重次《ほんだしげつぐ》が家康《いえやす》に報告《ほうこく》してきた。ほんとうに秀吉《ひでよし》の母《はは》であるか、さまざまな方法《ほうほう》で、たしかめさせた家康《いえやす》は、うなずいた。

「重次《しげつぐ》、大政所《おおまんどころ》のことは、そなたにまかせる。」

重次《しげつぐ》は、家康《いえやす》のことばにふくまれたものをさとって、ひれふした。

「ははっ。それがしが、大政所《おおまんどころ》さまのこと、よきようにいたしまする。」

本多重次《ほんだしげつぐ》は大政所《おおまんどころ》を岡崎城《おかざきじょう》の宿舎《しゅくしゃ》に案内《あんない》して、まわりにたきぎを山《やま》のように積《つ》み上《あ》げた。もしも、上洛《じょうらく》した家康《いえやす》になにかおこれば、ただちに火《ひ》をつけて、大政所《おおまんどころ》を焼《や》き殺《ころ》す手《て》はずをととのえたのだ。家康《いえやす》は井伊直政《いいなおまさ》に命《めい》じた。

「大政所《おおまんどころ》の世話《せわ》は、そなたにまかせる。ていちょうにもてなせ。たのんだぞ。」

直政《なおまさ》がさっそく大政所《おおまんどころ》のもとへ行《い》くと、朝日姫《あさひひめ》と会《あ》っていた大政所《おおまんどころ》は、二十六歳《さい》の直政《なおまさ》を見《み》て、いった。

「そなたが『井伊《いい》の赤鬼《あかおに》』か。なにやら、かわいらしい鬼《おに》じゃな。」

直政《なおまさ》は赤面《せきめん》した。

「まだ若《わか》いのに、『人斬《ひとき》り兵部《ひょうぶ》』ともいわれて、粗相《そそう》をした部下《ぶか》をすぐ手討《てう》ちにすると、おそれられている。そう、聞《き》いたぞ。」

朝日姫《あさひひめ》がたしなめた。

「まあ、大政所《おおまんどころ》さま。直政《なおまさ》どのをからかってはなりませぬ。」

直政《なおまさ》はひれふして、いった。

「そのようなうわさがあるのは、それがしの不徳《ふとく》のいたすところでございます。」

大政所《おおまんどころ》はほがらかに笑《わら》った。

「よい、よい。直政《なおまさ》どのはたいした荒武者《あらむしゃ》でありながら、なによりも素直《すなお》なお人《ひと》がらのようじゃ。わたしの世話《せわ》を直政《なおまさ》どのにまかせられるとは、家康《いえやす》どのも粋《いき》なおはからいをされるのう。」

朝日姫《あさひひめ》がくすっと笑《わら》っていった。

「大政所《おおまんどころ》さまは、直政《なおまさ》どのの眉目秀麗《びもくしゅうれい》なお姿《すがた》が、さぞ気《き》に入《い》られたようですね。」

「これ、朝日《あさひ》。年寄《としよ》りのわたしを、その気《き》にさせてはなりませぬぞ。」

直政《なおまさ》は、朝夕《あさゆう》、大政所《おおまんどころ》のもとをおとずれ、なにくれとなく世話《せわ》をした。


一方《いっぽう》、家康《いえやす》は、まるで大坂方《おおざかがた》と合戦《かっせん》でもするかのように、一万《まん》の精鋭《せいえい》をひきつれ、浜松《はままつ》を出立《しゅったつ》した。二十四日《か》、京《きょう》に入《はい》り、二十六日《にち》、大坂城《おおざかじょう》についた。藤堂高虎《とうどうたかとら》が出《で》むかえ、家康《いえやす》を、城内《じょうない》でもっとも大《おお》きい秀長《ひでなが》の邸宅《ていたく》へ案内《あんない》した。

「関白《かんぱく》さまは、明日《あした》の朝《あさ》、城《しろ》でお会《あ》いになられまする。」

藤堂高虎《とうどうたかとら》が去《さ》ったあと、家康《いえやす》は本多忠勝《ほんだただかつ》に命《めい》じた。

「兵《へい》は交代《こうたい》でねむらせよ。」

「はっ。あかりをたいて、いつ攻《せ》めてこられても戦《たたか》えるようにいたしまする。」

忠勝《ただかつ》がいうと、家康《いえやす》はいった。

「忠勝《ただかつ》と康政《やすまさ》も、交代《こうたい》でねむるがいい。」

ところが、その夜《よる》、秀吉《ひでよし》が三人《にん》の小姓《こしょう》しかつれず、家康《いえやす》のもとへやってきた。

「関白《かんぱく》がきたぞ。関白《かんぱく》じゃ。三河中納言《みかわちゅうなごん》どのはおられるか。」

大声《おおごえ》でさけぶ秀吉《ひでよし》に、本多忠勝《ほんだただかつ》はおどろいた。なんという、大胆《だいたん》な。飛《と》んで火《ひ》にいる夏《なつ》の虫《むし》ではないか。

「なに、秀吉《ひでよし》が、たった三人《にん》のともをつれて、きたとな?」

家康《いえやす》に、家臣《かしん》のひとりがそっと耳打《みみう》ちした。

「いまこそ、好機《こうき》でござりますぞ。こちらは、一万《まん》。あちらは、三人《にん》。このような機会《きかい》は、二度《にど》とありませぬ。」

家康《いえやす》は、一瞬《いっしゅん》、顔《かお》をこわばらせてから、家臣《かしん》をしかりつけた。

「おろかなことをいうな。関白《かんぱく》どのはわしを信用《しんよう》して、たった三人《にん》でやってこられたのだ。それをだまし討《う》ちになど、できるものか。信義《しんぎ》にもとることなど、ぜったいにできぬ。」

家康《いえやす》は身《み》じたくをして、秀吉《ひでよし》をむかえた。

「これはこれは、関白《かんぱく》さま。」

「おう、三河《みかわ》どの。」

秀吉《ひでよし》は顔《かお》をくしゃくしゃっとさせて笑《わら》った。まるで、ずっと仲《なか》のよかった友《とも》にひさしぶりに会《あ》ったというような、笑《わら》い顔《がお》だった。

「長篠《ながしの》以来《いらい》でござるな。あれから、十一年《ねん》、いろいろなことがござったな。」

そういいながら、秀吉《ひでよし》は、小姓《こしょう》のたずさえてきた酒《さけ》をさしだした。

「まずは、それがしが毒見《どくみ》を。」

自分《じぶん》からさきに、何杯《なんばい》か、たてつづけにのんだあと、家康《いえやす》にすすめた。

「さ、さ。三河《みかわ》どのも。」

家康《いえやす》はぐっとのみほした。こうして何杯《なんばい》か酒《さけ》をくみかわしていると、秀吉《ひでよし》がいった。

「じつは、お願《ねが》いがござる。」

「と、申《もう》されますと?」

家康《いえやす》は、酒《さけ》に染《そ》まった秀吉《ひでよし》の顔《かお》を見《み》つめた。

秀吉《ひでよし》が帰《かえ》ったあと、本多忠勝《ほんだただかつ》が家康《いえやす》にたずねた。

「関白《かんぱく》は、いかなる用《よう》で、とのに会《あ》いにこられたのですか。」

家康《いえやす》は苦笑《くしょう》した。

「狂言《きょうげん》じゃ。わしに、ひと芝居《しばい》うってくれと、たのみにきたのじゃ。」

秀吉《ひでよし》のたのみごとを聞《き》くと、忠勝《ただかつ》は顔色《かおいろ》を変《か》えた。

「そのような無礼《ぶれい》なことを、秀吉《ひでよし》はたのんだのですか。なりませぬぞ、そのようなこと。」

「よいのじゃ、忠勝《ただかつ》。それで徳川家《とくがわけ》が安泰《あんたい》なら、わしはひと芝居《しばい》でもふた芝居《しばい》でも、うとう。」


あくる十月二十七日《がつ にち》の朝《あさ》、家康《いえやす》は大坂城《おおざかじょう》の大広間《おおひろま》に向《む》かった。

大広間《おおひろま》には、大納言《だいなごん》となった織田信雄《おだのぶかつ》や、丹羽長秀《にわながひで》、前田利家《まえだとしいえ》、蒲生氏郷《がもううじさと》、宇喜多秀家《うきたひでいえ》、長宗我部元親《ちょうそかべもとちか》らの大名《だいみょう》たちがすわっていた。家康《いえやす》の次男《じなん》の於義丸《おぎまる》、いまは名《な》を変《か》えた結城秀康《ゆうきひでやす》もいた。家康《いえやす》はいならぶ大名《だいみょう》たちの筆頭《ひっとう》の座《ざ》にすわった。

やがて真《ま》っ赤《か》な陣羽織《じんばおり》を着《き》た秀吉《ひでよし》があらわれた。あるじの座《ざ》にすわると、秀吉《ひでよし》ははじめて気《き》づいたように、家康《いえやす》に目《め》を留《と》めた。

「おう、徳川《とくがわ》どの。よくぞ、まいられた。」

「ははっ。」

家康《いえやす》は頭《あたま》を床《ゆか》にすりつけるようにして、ひれふした。そして顔《かお》をあげると、あたりにひびきわたる声《こえ》で、秀吉《ひでよし》にいった。

「関白《かんぱく》さまにおかれましては、ご機嫌《きげん》うるわしゅう、まことにめでたきことでござりまする。それがし、お願《ねが》いしたきことがひとつござりまする。」

秀吉《ひでよし》はそっくりかえるようにして、たずねた。

「うむ。なんであるかな、徳川《とくがわ》どの。」

「関白《かんぱく》さまの、その陣羽織《じんばおり》を、ぜひともちょうだいしたく思《おも》いまする。」

「いや、これはやれぬ。わが軍用《ぐんよう》の羽織《はおり》ゆえな。」

家康《いえやす》は声《こえ》を大《おお》きくしていった。

「関白《かんぱく》さまは、もはや陣羽織《じんばおり》など着《き》る必要《ひつよう》はありませぬ。この家康《いえやす》が、関白《かんぱく》さまにかわりて、兵《へい》馬《ば》の労《ろう》をとりまする。」

秀吉《ひでよし》は立《た》ちあがり、陣羽織《じんばおり》をぬぐと、家康《いえやす》のもとへ近《ちか》づき、陣羽織《じんばおり》を家康《いえやす》の肩《かた》にかけた。

「わしはよき妹《いもうと》むこをもらったことよ。もう戦《いくさ》の苦労《くろう》はさせぬと、いわれるとはな。」

「もったいのうござります。関白《かんぱく》さまの陣羽織《じんばおり》、たいせつにさせていただきまする。」

大名《だいみょう》たちのあいだから、ため息《いき》が流《なが》れた。秀吉《ひでよし》はあるじの座《ざ》にもどって、満足《まんぞく》そうにすわった。このときに天下人《てんかびと》の順番《じゅんばん》がはっきりと決《き》まったのだ。一番《ばん》めの天下人《てんかびと》が、豊臣秀吉《とよとみひでよし》。二番《ばん》め

の天下人《てんかびと》が、徳川家康《とくがわいえやす》、と。

家康《いえやす》は浜松《はままつ》にもどると、秀吉《ひでよし》の実母《じつぼ》である大政所《おおまんどころ》を、ていちょうに大坂城《おおざかじょう》へ帰《かえ》すことにした。もはや人質《ひとじち》など必要《ひつよう》なかったからだ。

「大坂《おおざか》までの警護役《けいごやく》は、直政《なおまさ》どのにお願《ねが》いいたしまする。」

すっかり直政《なおまさ》のことが気《き》に入《い》っていた大政所《おおまんどころ》は、家康《いえやす》にいった。

大政所《おおまんどころ》が大坂城《おおざかじょう》にもどると、秀吉《ひでよし》は顔《かお》をくしゃくしゃにして、よろこんだ。

「おっかあ。すまんかったのう。」

井伊直政《いいなおまさ》は、関白《かんぱく》とは思《おも》えないような秀吉《ひでよし》のことばづかいに、おどろいた。

(これが、天下人《てんかびと》か。)

大政所《おおまんどころ》は笑《わら》っていった。

「いいんじゃ、秀吉《ひでよし》。それより、この直政《なおまさ》どのにお礼《れい》をいっておくれ。わたしのことを、それはそれは、ていちょうにもてなしてくれたからのう。」

秀吉《ひでよし》は直政《なおまさ》を見《み》た。

「おう、そなたが『井伊《いい》の赤鬼《あかおに》』どのか。長久手《ながくて》では、ずいぶんと、わが軍《ぐん》を痛《いた》めつけてくれたのう。」

そういいながらも、秀吉《ひでよし》の顔《かお》はにこやかだった。

「わが母《はは》をたいせつにもてなしてくれたこと、感謝《かんしゃ》いたすぞ、直政《なおまさ》。」

秀吉《ひでよし》は関白《かんぱく》の威厳《いげん》を見《み》せていった。直政《なおまさ》はひれふした。

「それがしごときに、もったいなき関白《かんぱく》さまのおことば、ありがとうございまする。」

大政所同様《おおまんどころどうよう》に、直政《なおまさ》が気《き》に入《い》った秀吉《ひでよし》は、大坂城《おおざかじょう》で茶会《ちゃかい》をひらいて、直政《なおまさ》を接待《せったい》しようとした。しかし、その席《せき》に、かつての徳川家《とくがわけ》の家老《かろう》、石川数正《いしかわかずまさ》がいることに、直政《なおまさ》はかっとなった。

その一年前《ねんまえ》、数正《かずまさ》は秀吉《ひでよし》のもとへ走《はし》り、いまは和泉《いずみ》十万石《まんごく》をあたえられていた。

うぬっ。不忠者《ふちゅうもの》めっ。直政《なおまさ》は、数正《かずまさ》をにらみつけた。とのを、うらぎりおって。

秀吉《ひでよし》が手《て》ずから茶《ちゃ》をたてているとき、直政《なおまさ》は声高《こわだか》にいった。

「それがし、この場《ば》に、同席《どうせき》できませせぬ。」

秀吉《ひでよし》がおどろいたように、直政《なおまさ》を見《み》やった。

「先祖《せんぞ》よりつかえた主君《しゅくん》にそむいて、殿下《でんか》にしたがう臆病者《おくびょうもの》と同席《どうせき》することなど、かたくおことわりもうす。」

その場《ば》にいた大名《だいみょう》たちの顔《かお》が、凍《こお》りついた。

——関白《かんぱく》のたてる茶《ちゃ》をことわって、ぶじにはすむまい。

——手討《てう》ちにされるぞ。

まわりはそう思《おも》ったが、直政《なおまさ》はまったくおそれていない顔《かお》で、秀吉《ひでよし》を見《み》やった。あくまでも、家康《いえやす》に忠義《ちゅうぎ》をつくそうとする直政《なおまさ》の勢《いきお》いに押《お》されたように、秀吉《ひでよし》は苦笑《にがわら》いをうかべて、直政《なおまさ》の気《き》持《も》ちをなだめるように、いった。

「のみたくなければ、のまなくともよいぞ。されど、わしは天下《てんか》の忠義者《ちゅうぎもの》、井伊《いい》直政《なおまさ》に、わしのたてた茶《ちゃ》を、ぜひとものんでもらいたい。」

そして、こうつけくわえた。

「直政《なおまさ》を茶《ちゃ》でもてなしたことを聞《き》けば、わが母《はは》も、よろこぶであろうゆえにな。」

直政《なおまさ》の怒《いか》っていた肩《かた》が、落《お》ちた。大政所《おおまんどころ》のことをもちだされては、怒《いか》りをしずめるしかなかったのだ。直政《なおまさ》はうなずき、秀吉《ひでよし》の茶《ちゃ》をうやうやしくうけとり、しずかにのみほした。

この年《とし》、家康《いえやす》はみずからの居城《きょじょう》を、浜松城《はままつじょう》から、駿府城《すんぷじょう》にうつした。

三河《みかわ》・遠江《とおとうみ》・駿河《するが》・甲斐《かい》・信濃《しなの》と、五か国《こく》の大大名《だいだいみょう》となった徳川《とくがわ》家《け》の拠点《きょてん》を、甲斐《かい》と信濃《しなの》に近《ちか》いところにさだめたのだ。

同《おな》じ年《とし》、豊臣《とよとみ》の姓《せい》をたまわった秀吉《ひでよし》は、徳川家《とくがわけ》を手《て》なずけようと、家康《いえやす》だけでなく、徳川《とくがわ》の重臣《じゅうしん》たちにも官位《かんい》がさずけられるように、朝廷《ちょうてい》にはたらきかけた。

十一月《がつ》、家康《いえやす》は、正三位権中納言《しょうさんみごんちゅうなごん》に任《にん》じられた。

「との、おめでとうございまする。」

酒井忠次《さかいただつぐ》と本多忠勝《ほんだただかつ》、榊原康政《さかきばらやすまさ》、井伊直政《いいなおまさ》らは、家康《いえやす》の叙任祝《じょにんいわ》いをのべた。家康《いえやす》は苦笑《にがわら》いをうかべて、四人《にん》にいった。

「うむ。どうやら、わしばかりではないらしいぞ。秀吉《ひでよし》は、そなたたちにも、官位《かんい》をさずけようとしておる。」

「まさか、そのような。」

忠次《ただつぐ》はいったが、家康《いえやす》のことばどおりになった。酒井忠次《さかいただつぐ》は従四位下左衛門督《じゅしいのげさえもんのかみ》に任《にん》じられたうえ、京都《きょうと》に屋敷《やしき》と、近江《おうみ》の地《ち》に一千石《ごく》をあたえられた。

「それがしが従四位《じゅしい》でござるか。」

忠次《ただつぐ》は面《おも》はゆそうな表情《ひょうじょう》をうかべながら、秀吉《ひでよし》の「人《ひと》たらし術《じゅつ》」にかからぬように、みずからをいましめた。本多忠勝《ほんだただかつ》は、従五位下中務大輔《じゅごいのげなかつかさのたいふ》に任《にん》じられた。

「それがしのような無作法者《ぶさほうもの》が殿上人《てんじょうびと》になるとは、なんとも似《に》つかわしくない。」

忠勝《ただかつ》は笑《わら》って、榊原康政《さかきばらやすまさ》にいった。

「わたしにも、官位《かんい》をくださるとか。おことわりしたかったが、関白《かんぱく》さまのご推挙《すいきょ》とのことゆえ、そうもできまい。」

康政《やすまさ》もいった。忠勝《ただかつ》と同《おな》じく、康政《やすまさ》も従五位下式部大輔《じゅごいのげしきぶのたいふ》に任《にん》じられたのだ。

「直政《なおまさ》もいただきました。」

従五位下《じゅごいのげ》がさずけられた井伊直政《いいなおまさ》は、素直《すなお》によろこんだ。由緒《ゆいしょ》ある井伊家《いいけ》にとって、官位《かんい》は名誉《めいよ》なことに思《おも》われたからだ。

それはまさしく、『徳川四天王《とくがわしてんのう》』に対《たい》する、秀吉《ひでよし》からのおくりものだった。そして、あわよくば、石川数正《いしかわかずまさ》のように、臣下《しんか》にしたいという気持《きも》ちのあらわれだった。

——酒井忠次《さかいただつぐ》よ、本多忠勝《ほんだただかつ》よ、榊原康政《さかきばらやすまさ》よ、井伊直政《いいなおまさ》よ。いつでも、わがもとへくるがよい。待《ま》っておるぞ。

秀吉《ひでよし》のことばが聞《き》こえてきそうだった。

第《だい》十七章《しょう》　酒井忠次《さかいただつぐ》、隠居《いんきょ》する

天正十五年《てんしょうねん》（一五八七年《ねん》）、五月《がつ》、秀吉《ひでよし》は二十万《まん》の大軍《たいぐん》をひきいて、九州《きゅうしゅう》を平定《へいてい》した。

八月五日《がついつか》、家康《いえやす》は都《みやこ》へのぼり、秀吉《ひでよし》に祝《いわ》いのことばをのべた。

「このたびは、つつがなく九州《きゅうしゅう》を制覇《せいは》されたこと、まことにめでたきことにぞんじまする。」

秀吉《ひでよし》はにこやかに笑《わら》いながら、家康《いえやす》にいった。

「あとは、関東《かんとう》と奥州《おうしゅう》じゃな。」

家康《いえやす》は顔《かお》をくもらせた。

八月八日《がつようか》。家康《いえやす》は従二位権大納言《じゅにいごんだいなごん》に任《にん》じられた。

「とのが大納言《だいなごん》となられたか。」

本多忠勝《ほんだただかつ》がいうと、榊原康政《さかきばらやすまさ》がうなずいた。

「関白《かんぱく》が朝廷《ちょうてい》にはたらきかけたのだ。そのかわりに、大変《たいへん》な仕事《しごと》をまかされた。」

井伊直政《いいなおまさ》が康政《やすまさ》にたずねた。

「大変《たいへん》な仕事《しごと》とは、北条《ほうじょう》さまのことですか？」

康政《やすまさ》はうなずいた。

「そうだ。北条父子《ほうじょうおやこ》のうち、どちらかが上洛《じょうらく》して、関白《かんぱく》に臣下《しんか》の礼《れい》をとる。それをうながすように、関白《かんぱく》はとのにお命《めい》じになった。」

「督姫《とくひめ》さまは北条氏直《ほうじょううじなお》どののご正室《せいしつ》。いわば、とのは、氏直《うじなお》どのの義理《ぎり》の御父君《おちちぎみ》にあたられる。氏直《うじなお》どのも、とののおことばを聞《き》きわけられよう。」

忠勝《ただかつ》がいうと、康政《やすまさ》は首《くび》をひねった。

「さて、そうなるかどうか。北条家《ほうじょうけ》は代々《だいだい》百年《ねん》もつづいた名家中《めいかちゅう》の名家《めいか》。たった一代《いちだい》でのぼりつめられた関白《かんぱく》にしたがうかどうか。」

井伊直政《いいなおまさ》は案《あん》ずるように、いった。

「とのは、北条《ほうじょう》さまをどうときふせられるのでござりましょうか？」

康政《やすまさ》はきびしい顔《かお》でいった。

「上洛《じょうらく》せねば、北条《ほうじょう》はほろびる。そう告《つ》げられよう。されど、ほこりたかい北条《ほうじょう》は、かんたんには上洛《じょうらく》するまい……。」

康政《やすまさ》が考《かんが》えたとおり、小田原城《おだわらじょう》の北条父子《ほうじょうおやこ》は、かたくなだった。

「上洛《じょうらく》など、できぬ。あやつめはいやしい農民《のうみん》の出《で》ではないか。わが北条家《ほうじょうけ》は、早雲《そううん》さま以来《いらい》、百年《ねん》つづいた家《いえ》じゃ。信長《のぶなが》の死《し》をさいわい、一代《いちだい》でなりあがった草履《ぞうり》とりの猿《さる》めに、臣下《しんか》の礼《れい》など、できるものか。」

そういって上洛《じょうらく》をこばむ北条父子《ほうじょうおやこ》を、説得《せっとく》できないまま、家康《いえやす》は小田原《おだわら》を去《さ》った。

天正《てんしょう》十六年《ねん》(一五八八年《ねん》)、五月《がつ》二十一日《にち》。家康《いえやす》は、北条《ほうじょう》へ、文《ふみ》を送《おく》りつけた。

――ぜひとも、上洛《じょうらく》してほしい。氏政《うじまさ》どのが行《い》けないのであれば、兄弟《きょうだい》のだれかを関白《かんぱく》のもとへつかわして、あいさつをしてほしい。もしも、それができないのなら、わが娘督姫《むすめとくひめ》を離縁《りえん》していただきたい。

氏政《うじまさ》は、弟《おとうと》の氏規《うじのり》を八月《がつ》二十二日《にち》に上洛《じょうらく》させたが、一方《いっぽう》で秀吉《ひでよし》との戦《いくさ》を考《かんが》え、小田原城《おだわらじょう》を修《しゅう》理《り》し、長期戦《ちょうきせん》の兵糧《ひょうろう》を用意《ようい》した。

天正《てんしょう》十七年《ねん》(一五八九年《ねん》)、十一月《がつ》二十四日《か》、秀吉《ひでよし》は、五か条《じょう》からなる宣戦布告《せんせんふこく》の文《ふみ》を、北条《ほうじょう》に送《おく》りつけた。家康《いえやす》は十二月十日《がつとおか》、上洛《じょうらく》して、聚楽第《じゅらくだい》で秀吉《ひでよし》に会《あ》った。

「徳川《とくがわ》どの。いよいよ小田原《おだわら》攻《ぜ》めでござるぞ。」

秀吉《ひでよし》は自慢《じまん》の茶《ちゃ》をふるまいながら、家康《いえやす》にいった。

「はっ。それがし、先鋒《せんぽう》として、出陣《しゅつじん》いたしまする。」

秀吉《ひでよし》はよろこんだ。

「おう、関東《かんとう》の地《ち》をよく知《し》っておられる徳川《とくがわ》どのが、先鋒《せんぽう》となっていただけるとは、うれしいかぎりでござる。」

「もったいないおことば、ありがたきしあわせにございます。」


前《まえ》の年《とし》の十月《がつ》。長《なが》いあいだ、吉田城《よしだじょう》をまかされ、東三河《ひがしみかわ》の「旗頭《はたがしら》」で、徳川家《とくがわけ》の筆頭家老《ひっとうがろう》だった六十二歳《さい》の酒井忠次《さかいただつぐ》は、駿府城《すんぷじょう》へ行《い》って、家康《いえやす》に告《つ》げた。

「との、それがしに、隠居《いんきょ》をたまわりたくぞんじまする。」

家康《いえやす》はおどろいた。

「忠次《ただつぐ》、まだ早《はや》い。」

しかし、忠次《ただつぐ》の気持《きも》ちは、もう決《き》まっていた。

「それがしは、もったいなくも、清康《きよやす》さま、広忠《ひろただ》さま、そしてとのと、三代《だい》にわたって、松平家《まつだいらけ》および徳川家《とくがわけ》におつかえしてまいりました。されど、いまや目《め》が不自由《ふじゆう》になり、もはや、つつがなく、おつかえすることがかないませぬ。あとは、わが子《こ》、家次《いえつぐ》に、酒井《さかい》の家《いえ》をまかせたく思《おも》いまする。」

家康《いえやす》はため息《いき》をついた。

「さようか。」

家康《いえやす》にとって、十五歳年上《さいとしうえ》の忠次《ただつぐ》は、徳川家《とくがわけ》をささえた第一《だいいち》の功臣《こうしん》であり、まだ隠居《いんきょ》させたくはなかった。しかし、本人《ほんにん》の意思《いし》がかたいことを感《かん》じたのだ。

「そなたがそう申《もう》すのなら、しかたあるまい。」

それに、そのころ家康《いえやす》には、「知恵《ちえ》ぶくろ」ともいうべき存在《そんざい》がいた。かつては一向一揆《いっこういっき》で敵《てき》となっていた、家康《いえやす》よりも四歳年上《さいとしうえ》の本多正信《ほんだまさのぶ》だった。二十年《ねん》ぶりに徳川《とくがわ》にもどってきた正信《まさのぶ》は、全国《ぜんこく》をまわってきた、えがたい経験《けいけん》とひろい知識《ちしき》をもち、いわば家康《いえやす》の「相談役《そうだんやく》」となり、「参謀《さんぼう》」となっていた。この正信《まさのぶ》の存在《そんざい》により、かつては家康《いえやす》のそばで相談相手《そうだんあいて》となっていた忠《ただ》次《つぐ》の立場《たちば》は大《おお》きく変《か》わっていたのである。

「忠次《ただつぐ》、目《め》の養生《ようじょう》をいたせ。」

家康《いえやす》はいたわるようにいった。

「ははっ。ありがたきおことば、忠次《ただつぐ》、深《ふか》く感謝《かんしゃ》いたしまする。」

忠次《ただつぐ》は目頭《めがしら》をおさえ、家康《いえやす》の前《まえ》を辞《じ》した。

駿府城《すんぷじょう》の一室《いっしつ》で、「四天王《してんのう》」の三人《にん》が酒井忠次《さかいただつぐ》をかこんだ。このころ本多忠勝《ほんだただかつ》、榊原康政《さかきばらやすまさ》、井伊直政《いいなおまさ》の三人《にん》は、徳川《とくがわ》の「三傑《さんけつ》」とよばれるようになっていた。

「なにゆえ、隠居《いんきょ》などされるのですか。」

本多忠勝《ほんだただかつ》は声《こえ》を強《つよ》くして、忠次《ただつぐ》にいった。

「まだまだ、ご家老《かろう》さまは、徳川家《とくがわけ》にとって、欠《か》かせぬお方《かた》ですぞ。」

榊原康政《さかきばらやすまさ》もいった。

「隠居《いんきょ》など、してはなりませぬ、ご家老《かろう》。これまでの徳川家《とくがわけ》にとって、ご家老《かろう》は第一《だいいち》の功臣《こうしん》ではございませぬか。」

井伊直政《いいなおまさ》も目《め》を赤《あか》くしていった。

「ご家老《かろう》は、これからの徳川家《とくがわけ》を力強《ちからづよ》くひっぱっていかれるべきお方《かた》ではございませぬか。ご家老《ろう》の隠居《いんきょ》には、直政《なおまさ》、反対《はんたい》でございます。」

忠勝《ただかつ》、康政《やすまさ》、直政《なおまさ》にひきとめられて、酒井忠次《さかいただつぐ》はいった。

「そなたたちが、そういってくれるのは、ありがたい。だが、もはや、わしはとのの役《やく》には立《た》たぬ。とののそばには、とのの役《やく》に立《た》つ、別《べつ》の者《もの》がひかえておる。」

本多忠勝《ほんだただかつ》が声《こえ》を荒《あら》らげた。

「役《やく》に立《た》たぬなど、そのような、さびしいことをいわれてはなりませぬ。それに、別《べつ》の者《もの》とは、もしや正信《まさのぶ》のことでござるか。」

忠次《ただつぐ》はうなずいた。

このところ、家康《いえやす》は本多正信《ほんだまさのぶ》をつねにそばにおいて相談《そうだん》していた。正信《まさのぶ》は戦《いくさ》には向《む》かなかった。しかし、異様《いよう》に頭《あたま》が切《き》れて、智謀《ちぼう》にたけていた。いわば「四天王《してんのう》」である酒井忠次《さかいただつぐ》や本多忠《ほんだただ》勝《かつ》、榊原康政《さかきばらやすまさ》、井伊直政《いいなおまさ》ら「武闘派《ぶとうは》」とことなり、「文治派《ぶんちは》」ともいうべき存在《そんざい》で、内政《ないせい》・外交《がいこう》に向《む》いていた。康政《やすまさ》がにがにがしげにいった。

「徳川《とくがわ》が大国《たいこく》になってから、帰参《きさん》した『鷹匠《たかじょう》』でござるか。」

本多正信《ほんだまさのぶ》は、かつては鷹匠《たかじょう》という、武士《ぶし》としては低《ひく》い身分《みぶん》だった。一向一揆《いっこういっき》に敗《やぶ》れたあと、正《まさ》信《のぶ》は三河《みかわ》をはなれ、一時《いちじ》、松永久秀《まつながひさひで》のもとで、つかえていた。

——徳川家《とくがわけ》の侍《さむらい》は、多《おお》くは武勇一辺倒《ぶゆういっぺんとう》だが、本多正信《ほんだまさのぶ》は、強《つよ》からず、柔《やわ》らかからず、またいやしからず、ただ者《もの》ではない。

こう評《ひょう》して、久秀《ひさひで》は、正信《まさのぶ》の能力《のうりょく》を高《たか》く買《か》っていた。

「もとはといえば、徳川《とくがわ》をうらぎった者《もの》では、ござらぬか。それが二十年後《ねんご》にもどってきて、いかにして、とののお心《こころ》をつかんだのやら。」

直政《なおまさ》はなげいた。忠次《ただつぐ》はしずかにいった。

「徳川《とくがわ》は三河一国《みかわいっこく》ではなくなった。三河《みかわ》、遠江《とおとうみ》、駿河《するが》、甲斐《かい》、信濃《しなの》と五か国《こく》におよぶ大国《たいこく》になった。戦《いくさ》をするだけでなく、行政《ぎょうせい》をたくみにおこなう者《もの》が必要《ひつよう》になったのじゃ。」

「されど、それがあの正信《まさのぶ》とは。」

本多忠勝《ほんだただかつ》は不満《ふまん》をあらわにしていった。「武闘派《ぶとうは》」の代表《だいひょう》ともいうべき忠勝《ただかつ》には、「文治派《ぶんちは》」の正信《まさのぶ》のことが、どうしても好《す》きになれなかったのだ。

「だが、天下《てんか》は戦《いくさ》で勝《か》ちとるものじゃ。天下《てんか》を勝《か》ちとるための戦《いくさ》が、かならずやってくる。忠《ただ》勝《かつ》、康政《やすまさ》、直政《なおまさ》。そなたたちが徳川《とくがわ》が天下《てんか》をとるための手助《てだす》けをするのじゃ。」

忠次《ただつぐ》は三人《にん》の手《て》をとった。忠勝《ただかつ》と康政《やすまさ》と直政《なおまさ》は、忠次《ただつぐ》の手《て》をにぎりかえした。『徳川四天王《とくがわしてんのう》』は、このとき、はじめて四人《にん》で強《つよ》く手《て》をとりあったのだ。

「ご家老《かろう》。」

三人《にん》は忠次《ただつぐ》によびかけ、涙《なみだ》にむせんだ。忠次《ただつぐ》も涙《なみだ》を流《なが》して、三人《にん》に、しみじみといった。

「とのを、たのむぞ。徳川家《とくがわけ》を、たのんだぞ。」

こうして『徳川四天王《とくがわしてんのう》』の筆頭《ひっとう》だった、酒井忠次《さかいただつぐ》は表舞台《おもてぶたい》から去《さ》った。

隠居《いんきょ》した忠次《ただつぐ》は吉田城《よしだじょう》にはもどらなかった。秀吉《ひでよし》からもらった京都《きょうと》桜井《さくらい》の屋敷《やしき》で暮《く》らし、八年《ねん》後《ご》の慶長元年《けいちょうがんねん》（一五九六年《ねん》）の十月《がつ》二十八日《にち》、七十歳《さい》で亡《な》くなった。

第《だい》十八章《しょう》　駿府《すんぷ》から江戸《えど》へ

天正十八年《てんしょうじゅうはちねん》（一五九〇年《ねん》）、二月《がつ》、先鋒《せんぽう》として、家康《いえやす》は三万《まん》の兵《へい》をひきいて駿府《すんぷ》を出《で》た。秀吉《ひでよし》は二十万《まん》の大軍《たいぐん》をひきいて、三月《がつ》に京都《きょうと》を出陣《しゅつじん》した。四月三日《がつみっか》、小田原城《おだわらじょう》は二十万余《まんよ》の兵《へい》に、完全《かんぜん》に包囲《ほうい》された。

「なんの、攻《せ》めおとせるものか。この城《しろ》は、上杉謙信《うえすぎけんしん》さえも、落《お》とせなかったのだぞ。」

北条氏政《ほうじょううじまさ》、氏直父子《うじなおおやこ》は、籠城作戦《ろうじょうさくせん》に出《で》た。だが、秀吉《ひでよし》は、小田原城《おだわらじょう》を見《み》おろす石垣山《いしがきやま》に陣取《じんど》り、新《あら》たな城《しろ》をきずいた。そして茶会《ちゃかい》をひらき、舞《まい》を舞《ま》わせ、うたげをもよおした。

連日《れんじつ》、くりひろげられる秀吉軍《ひでよしぐん》のうたげに、小田原城《おだわらじょう》の兵《へい》たちの士気《しき》は落《お》ちていった。城《しろ》からぬけだす者《もの》があとをたたず、五万《まん》いた兵《へい》がいつのまにか半分《はんぶん》にへっていった。

息子《むすこ》の氏直《うじなお》は、父《ちち》の氏政《うじまさ》にいった。

「父上《ちちうえ》、もはやこれまでかと思《おも》われまする。」

七月五日《がついつか》の夜《よる》、家康《いえやす》の陣所《じんしょ》に、北条氏直《ほうじょううじなお》があらわれた。

「おう、氏直《うじなお》どのか。」

家康《いえやす》はむかえいれた。氏直《うじなお》はせっぱつまった顔《かお》でいった。

「それがしが切腹《せっぷく》いたしまする。それゆえ、父《ちち》と城兵《じょうへい》たちの命《いのち》を助《たす》けてくださるように、関白《かんぱく》さまにお願《ねが》いしてくだされ。」

「しょうちいたした。」

家康《いえやす》はうなずき、秀吉《ひでよし》のもとへ行《い》った。

降伏《こうふく》するという北条《ほうじょう》の申《もう》し出《で》を聞《き》き、秀吉《ひでよし》はきびしい顔《かお》でいった。

「氏直《うじなお》の心《こころ》、まことにいさぎよく、あっぱれである。その命《いのち》は助《たす》けよう。高野山《こうやさん》にあずけよ。兵《へい》の命《いのち》もとらぬ。ただし、氏政《うじまさ》はゆるさぬ。本来《ほんらい》なら、その申《もう》し出《で》は、氏政《うじまさ》がするべきものであろう。氏政《うじまさ》には、切腹《せっぷく》、申《もう》しつける。」

七月六日《がつむいか》、小田原城《おだわらじょう》の門《もん》がひらき、秀吉軍《ひでよしぐん》が入城《にゅうじょう》した。氏政《うじまさ》は、秀吉《ひでよし》の命《めい》にしたがい、切腹《せっぷく》した。百年《ねん》にわたって関東《かんとう》を支配《しはい》してきた名家《めいか》、北条家《ほうじょうけ》はここにほろびさった。

同《おな》じ天正《てんしょう》十八年《ねん》（一五九〇年《ねん》）、七月《がつ》十三日《にち》。小田原平定《おだわらへいてい》の論功行賞《ろんこうこうしょう》がおこなわれた。

家康《いえやす》は、関東《かんとう》八か国《こく》への移封《いほう》を命《めい》じられ、それをうけた。織田信雄《おだのぶかつ》は、家康《いえやす》がしりぞいた三《み》河《かわ》・遠江《とおとうみ》・駿河《するが》・甲斐《かい》・信濃《しなの》の五か国《こく》への移封《いほう》を命《めい》じられたが、尾張《おわり》と伊勢《いせ》の地《ち》をはなれることをこばんだ。

「いやと申《もう》すか。」

秀吉《ひでよし》は怒《おこ》り、ただちに信雄《のぶかつ》の領地《りょうち》をとりあげた。信雄《のぶかつ》は下野烏山《しもつけからすやま》に追《お》いやられたうえ、その身《み》は佐竹義宣《さたけよしのぶ》におあずけとなった。


本多忠勝《ほんだただかつ》は、徳川軍《とくがわぐん》をひきいて、関東一円《かんとういちえん》の城《しろ》を、つぎつぎと攻《せ》めおとしていった。

奥州討伐《おうしゅうとうばつ》の途上《とじょう》にあった秀吉《ひでよし》は、その活躍《かつやく》をよろこび、上総庁南城《かずさちょうなんじょう》にいた忠勝《ただかつ》をまねいた。かつて源義経《みなもとのよしつね》の忠臣《ちゅうしん》だった佐藤忠信《さとうただのぶ》のかぶとを前《まえ》におき、秀吉《ひでよし》は諸将《しょしょう》に向《む》かっていった。

「いまの世《よ》で、このかぶとをつけるのにふさわしい者《もの》は、本多忠勝《ほんだただかつ》をおいてほかにはいない。」

秀吉《ひでよし》に、佐藤忠信《さとうただのぶ》の鹿角《しかづの》のかぶとをあたえられ、忠勝《ただかつ》は感激《かんげき》した。

「ありがたく、ちょうだいいたしまする。」

「一騎当千《いっきとうせん》の兵《へい》とは、汝《なんじ》のような者《もの》をいうのじゃ。のう、忠勝《ただかつ》。そなたのような強者《つわもの》がいて、さぞや徳川《とくがわ》どのはよろこんでおられよう。わが豊臣家《とよとみけ》にも、そなたのような家臣《かしん》がほしいものじゃ。」

そのことばには、どうじゃ、わが家臣《かしん》にならぬかという、あきらかなふくみがあったが、忠勝《ただかつ》

は聞《き》かぬふりをした。

八月一日《がっついたち》。武蔵《むさし》の国《くに》、江戸城《えどじょう》に、五万《まん》の徳川《とくがわ》兵《へい》が入城《にゅうじょう》した。しかし、城《しろ》といっても、そこは砦《とりで》としかいえないような、そまつなものだった。駿府城《すんぷじょう》にはおよびもつかなかった。

家康《いえやす》は、江戸《えど》での新《あたら》しい支配体制《しはいたいせい》をきずくべく、榊原康政《さかきばらやすまさ》を総奉行《そうぶぎょう》にして、家臣団《かしんだん》の知行割《ちぎょうわ》りをおこなった。三河《みかわ》や遠江《とおとうみ》など、古《ふる》くからの松平家《まつだいらけ》の家臣《かしん》たちをどう遇《ぐう》するか。甲斐《かい》や信濃《しなの》の、かつての武田家《たけだけ》の家臣《かしん》たちの知行《ちぎょう》をどのようにするべきか。課題《かだい》は山積《さんせき》していた。

「たのむぞ、康政《やすまさ》。」

家康《いえやす》は、「無《む》」を旗印《はたじるし》にする榊原康政《さかきばらやすまさ》ならば、公明正大《こうめいせいだい》に知行割《ちぎょうわ》りをするだろうと、期待《きたい》したのだ。戦《いくさ》に強《つよ》く、知識《ちしき》に富《と》み、家中《かちゅう》で、一、二の声望《せいぼう》のある康政《やすまさ》なら、家臣《かしん》たちは納得《なっとく》してくれる。家康《いえやす》はそう考《かんが》えたのだ。

康政《やすまさ》はその期待《きたい》にこたえた。まず徳川一門《とくがわいちもん》と譜代《ふだい》の家臣《かしん》の四十二家《け》を大名《だいみょう》とした。徳川家《とくがわけ》の上級家臣《じょうきゅうかしん》を領国《りょうごく》の周辺《しゅうへん》に配《はい》した。そして中《ちゅう》・下家臣団《げかしんだん》を領国《りょうごく》の中央《ちゅうおう》にすえて常備軍《じょうびぐん》として、江戸城《えどじょう》を守《まも》る任《にん》をあたえた。

このとき『徳川《とくがわ》の三傑《さんけつ》』たちは、十万石《まんごく》の大名《だいみょう》となった。本多忠勝《ほんだただかつ》は、上総大多喜《かずさおおたき》の十万石《まんごく》。榊原康政《さかきばらやすまさ》は、上州館林《じょうしゅうたてばやし》の十万石《まんごく》。井伊直政《いいなおまさ》は、上州箕輪《じょうしゅうみのわ》の十二万石《まんごく》。徳川家《とくがわけ》では三人《にん》しかいない、十万石《まんごく》の大名《だいみょう》となったのだ。しかし、『四天王《してんのう》』の筆頭《ひっとう》だった酒井忠次《さかいただつぐ》は隠居《いんきょ》したため、あとつぎである酒井家次《さかいいえつぐ》は、下総臼井《しもうさうすい》の三万石《まんごく》の大名《だいみょう》となった。

第《だい》十九章《しょう》　秀吉《ひでよし》の死《し》

天正《てんしょう》十九年《ねん》（一五九一年《ねん》）の十月《がつ》、家康《いえやす》は、秀吉《ひでよし》の命《めい》にしたがって奥州《おうしゅう》を平定《へいてい》し、江戸《えど》にもどった。このとき秀吉《ひでよし》による全国統一《ぜんこくとういつ》がはたされ、応仁《おうにん》の乱《らん》（一四六七年《ねん》）以来《いらい》、百二十四年《ねん》つづいた戦国時代《せんごくじだい》が終《お》わりを告《つ》げた。

秀吉《ひでよし》は関白《かんぱく》を甥《おい》の秀次《ひでつぐ》にゆずり、みずからは「太閤《たいこう》」と称《しょう》するようになった。

天正《てんしょう》二十年《ねん》（一五九二年《ねん》）、秀吉《ひでよし》の目《め》は海外《かいがい》へと向《む》かった。明《みん》と戦《いくさ》をするため、朝鮮国《ちょうせんこく》への出《しゅっ》兵命令《ぺいめいれい》を出《だ》した。家康《いえやす》は一万《まん》五千の兵《へい》をひきいて、三月《がつ》十七日《にち》、九州《きゅうしゅう》の名護屋《なごや》（佐賀県唐津市《さがけんからつし》）に、伊達政宗《だてまさむね》らとともに出発《しゅっぱつ》した。秀吉《ひでよし》はその翌月《よくげつ》、四月《がつ》二十五日《にち》に、名護屋《なごや》の本陣《ほんじん》に入《はい》った。

朝鮮《ちょうせん》に入《はい》った日本軍《にほんぐん》は連戦連勝《れんせんれんしょう》だったが、しだいに苦戦《くせん》するようになった。このため、六月《がつ》には、秀吉《ひでよし》みずからが朝鮮《ちょうせん》に向《む》かおうとするのを、家康《いえやす》は止《と》めた。そのうちに秀吉《ひでよし》も、明《みん》との戦《たたか》いがおろかだったとわかってきた。そこで明《みん》と講和《こうわ》することになった。

文禄《ぶんろく》五年《ねん》（一五九六年《ねん》）五月《がつ》、家康《いえやす》は正二位内大臣《しょうにいないだいじん》となり、「内府《ないふ》」とよばれるようになった。

「ついに、とのは『内府《ないふ》』さまになられたか。」

本多忠勝《ほんだただかつ》は榊原康政《さかきばらやすまさ》にいった。

「されど、忠勝《ただかつ》。とのがめざされるべきものは内府《ないふ》でも、関白《かんぱく》でもない。源頼朝公《みなもとのよりともこう》、足利尊氏《あしかがたかうじ》公《こう》らが任《にん》じられた、征夷大将軍《せいいたいしょうぐん》だ。」

「それは、とのが将軍《しょうぐん》となり、徳川幕府《とくがわばくふ》をつくるということか。」

忠勝《ただかつ》の問《と》いに、康政《やすまさ》はうなずいた。

「いずれ、そうなる。」

「と、いうことは……。」

忠勝《ただかつ》は康政《やすまさ》の顔《かお》を見《み》た。

「太閤《たいこう》の健康《けんこう》が、かんばしくない。とのがますますお元気《げんき》であるのに比《ひ》して、な。」


たしかに秀吉《ひでよし》は、目《め》に見《み》えて、顔色《かおいろ》が悪《わる》くなっていた。講和《こうわ》していた明《みん》と決裂《けつれつ》し、ふたたび朝《ちょう》鮮《せん》への出兵《しゅっぺい》がはじまったころから、その顔色《かおいろ》はさらに悪《わる》くなった。

慶長《けいちょう》三年《ねん》（一五九八年《ねん》）の五月五日《がついつか》、端午《たんご》のもよおしのあと、秀吉《ひでよし》はたおれた。

死期《しき》をさとった秀吉《ひでよし》は、五大老《ごたいろう》（徳川家康《とくがわいえやす》・毛利輝元《もうりてるもと》・宇喜多秀家《うきたひでいえ》・上杉景勝《うえすぎかげかつ》・前田利家《まえだとしいえ》）と、五奉行《ごぶぎょう》（石田三成《いしだみつなり》・長束正家《なつかまさいえ》・増田長盛《ましたながもり》・浅野長政《あさのながまさ》・前田玄以《まえだげんい》）らに、わが子秀頼《こひでより》への忠誠《ちゅうせい》をちかわせた。そして、やせおとろえた手で、家康《いえやす》と利家《としいえ》の手《て》をにぎり、懇願《こんがん》した。

「内府《ないふ》どの、大納言《だいなごん》（利家《としいえ》）どの、くれぐれも、秀頼《ひでより》のことをおたのみもうしまする。」

八月十八日《がつにち》、太閤秀吉《たいこうひでよし》は六十二歳《さい》で亡《な》くなり、天下大乱《てんかたいらん》のきざしがこのときはじまった。六歳《さい》の秀頼《ひでより》を、石田三成《いしだみつなり》らの奉行《ぶぎょう》たちがささえ、豊臣家《とよとみけ》が天下《てんか》のまつりごとをつづけるのか。それとも徳川家康《とくがわいえやす》が天下《てんか》をおさめることになるのか。全国《ぜんこく》の武将《ぶしょう》たちはざわめきたった。

しかし、家康《いえやす》には、豊臣家《とよとみけ》の筆頭大老《ひっとうたいろう》として、なすべきことが多《おお》くあった。まずは秀吉《ひでよし》の死《し》を隠《かく》して、朝鮮《ちょうせん》にわたっていた兵《へい》たちをよびもどさねばならなかった。

八月二十五日《がつにち》、家康《いえやす》は、前田利家《まえだとしいえ》とともに、朝鮮《ちょうせん》にいる日本《にっぽん》の兵《へい》たちに、ただちに敵《てき》と講和《こうわ》して帰還《きかん》するように、つたえた。そして奉行《ぶぎょう》の石田三成《いしだみつなり》に、命《めい》じた。

「博多《はかた》へ行《い》き、兵《へい》たちをぶじにもどすように、はからえ。」

三成《みつなり》がさがっていったあと、本多正信《ほんだまさのぶ》がいった。

「博多《はかた》へ、三成《みつなり》を送《おく》られたのでございますか。」

「そうだ。こうした仕事《しごと》をさせたら、三成《みつなり》はとびきりの手腕《しゅわん》を発揮《はっき》するからの。」

正信《まさのぶ》はふっと笑《わら》った。

「加藤清正《かとうきよまさ》や黒田長政《くろだながまさ》らは、三成《みつなり》を殺《ころ》したいほど、憎《にく》んでおります。彼《かれ》らが朝鮮《ちょうせん》からもどってきたら、さぞや、ひと騒動《そうどう》あるでしょうな。」

「さて、どうなるかな。」

異国《いこく》の地《ち》で、飢《う》えにさいなまれ、すさまじい戦《たたか》いを強《し》いられてきた加藤清正《かとうきよまさ》、福島正則《ふくしままさのり》ら、秀《ひで》吉《よし》の子飼《こが》いの武将《ぶしょう》たちが、大坂城《おおざかじょう》にもどってきた。勇猛《ゆうもう》をもって鳴《な》る彼《かれ》ら「武断派《ぶだんは》」にとって腹《はら》立《だ》たしかったのは、石田三成《いしだみつなり》ら「実務派《じつむは》」の奉行《ぶぎょう》たちが、まつりごとの実権《じっけん》をにぎってきたことだった。

「三成《みつなり》め。太閤《たいこう》の威光《いこう》をかさにきて、さんざんわれらをないがしろにしおって。」

「あいつだけは、ゆるさぬ。」

清正《きよまさ》たちは、秀頼《ひでより》の後見《こうけん》となっている家康《いえやす》に近《ちか》づいてきた。

このころ井伊直政《いいなおまさ》は、家康《いえやす》のすぐ近《ちか》くで、つかえていた。家康《いえやす》は直政《なおまさ》をよんで、いった。

「直政《なおまさ》よ、そなたは武《ぶ》にすぐれているだけでなく、知慮《ちりょ》がある。」

「もったいのうございます。」

直政《なおまさ》が頭《あたま》をさげると、家康《いえやす》は声《こえ》をひそめて、いった。

「そなたに、たのみがある。朝鮮《ちょうせん》からもどってきた豊臣《とよとみ》の武将《ぶしょう》たちを、こちらへひきいれよ。石《いし》田三成《だみつなり》を憎《にく》んでいる清正《きよまさ》たちを、できるだけ多《おお》く、こちら側《がわ》へひきいれるのだ。」

「しょうちいたしました。」

直政《なおまさ》はさっそく動《うご》いた。三成《みつなり》と対立《たいりつ》していた豊臣《とよとみ》の「武断派《ぶだんは》」、加藤清正《かとうきよまさ》、福島正則《ふくしままさのり》らの武将《ぶしょう》たちを味方《みかた》にひきいれることに、力《ちから》をつくした。とりわけ黒田如水《くろだじょすい》とその子《こ》、長政《ながまさ》と深《ふか》い親交《しんこう》をむすんだ。

「長政《ながまさ》どの。ぜひ、内府《ないふ》さまに、ご尽力《じんりょく》を願《ねが》いたい。」

直政《なおまさ》のことばに、黒田長政《くろだながまさ》はうなずいた。

「それがし、内府《ないふ》さまのために、力《ちから》をつくしまする。」

直政《なおまさ》は長政《ながまさ》を通《つう》じて、豊臣家《とよとみけ》の武断派《ぶだんは》の武将《ぶしょう》たちを、徳川陣営《とくがわじんえい》にとりこんでいった。

慶長《けいちょう》四年《ねん》（一五九九年《ねん》）、閏《うるう》三月《がつ》三日《みっか》、ただひとり家康《いえやす》に対抗《たいこう》できる力《ちから》をもっていた前田利家《まえだとしいえ》が亡《な》くなったあくる日《ひ》に、事件《じけん》はおきた。

「との、三成《みつなり》が逃《に》げこんでまいりました。」

本多正信《ほんだまさのぶ》が家康《いえやす》に告《つ》げた。家康《いえやす》と敵対《てきたい》してきた石田三成《いしだみつなり》が、前田家《まえだけ》を見舞《みま》った帰《かえ》りに、家康《いえやす》のもとへ助《たす》けをもとめて、かけこんできたのだ。

「三成《みつなり》めが、きたというのか。」

「はっ。加藤清正《かとうきよまさ》、黒田長政《くろだながまさ》、福島正則《ふくしままさのり》、細川忠興《ほそかわただおき》、加藤嘉明《かとうよしあき》、池田輝政《いけだてるまさ》、浅野幸長《あさのよしなが》らに追《お》われて、逃《に》げてきたのでございます。」

家康《いえやす》はふっと笑《わら》った。

「わしの屋敷《やしき》なら、命《いのち》が助《たす》かると思《おも》ったのか。」

「そのようでございますな。外《そと》にはいま、清正《きよまさ》らがつめかけていて、三成《みつなり》をわたせといっております。いかがいたしましょう。清正《きよまさ》らに、三成《みつなり》をわたしましょうか。」

家康《いえやす》はしばらく考《かんが》えて、ゆっくりと首《くび》をふった。

「いや、わたしてはならぬ。三成《みつなり》には、いずれ死《し》んでもらう。しかし、いまではない。わしが天下《てんか》をとるのをこころよく思《おも》わぬ大名《だいみょう》が、まだ数多《かずおお》くいる。彼《かれ》らをまとめて、ほろぼしてしまうには、戦《いくさ》しかない。この戦《いくさ》をするには、三成《みつなり》という男《おとこ》が欠《か》かせないのじゃ。」

家康《いえやす》は、武断派《ぶだんは》たちの手《て》から、三成《みつなり》の命《いのち》をすくった。そのかわりに、三成《みつなり》を奉行職《ぶぎょうしょく》からといて、佐和山城《さわやまじょう》へ隠居《いんきょ》させた。

家康《いえやす》は閏《うるう》三月《がつ》十三日《にち》、秀頼《ひでより》のいなくなった伏見城《ふしみじょう》へ入《はい》った。

前田利家《まえだとしいえ》が死《し》んでから、半年《はんとし》がすぎた九月七日《がつなのか》、家康《いえやす》は伏見城《ふしみじょう》を出《で》て、大坂《おおざか》へ入《はい》った。秀頼《ひでより》の重陽《ちょうよう》の節句祝《せっくいわ》いのため、というのが表向《おもてむ》きの口実《こうじつ》だった。

九月二十八日《がつにち》には、家康《いえやす》は念願《ねんがん》の大坂城入《おおざかじょうい》りをはたし、秀吉《ひでよし》の正室《せいしつ》だった北政所《きたのまんどころ》がしりぞいたあとの西《にし》の丸《まる》にのりこむと、そのまま、いついた。


慶長《けいちょう》五年《ねん》（一六〇〇年《ねん》）、家康《いえやす》の目《め》は、奥羽会津《おううあいづ》百二十万石《まんごく》の上杉景勝《うえすぎかげかつ》に向《む》いた。

上杉《うえすぎ》は大老《たいろう》のひとりだったが、慶長《けいちょう》四年《ねん》（一五九九年《ねん》）の八月《がつ》に帰国《きこく》してから上洛《じょうらく》せず、城《しろ》を補強《ほきょう》したり、浪人《ろうにん》をかかえたりと、戦《いくさ》の準備《じゅんび》としか思《おも》えないことをしていた。

「よし、上杉《うえすぎ》を討《う》つ。」

上杉《うえすぎ》のむほんから、秀頼《ひでより》さまを守《まも》るためと名目《めいもく》をつけて、家康《いえやす》は、六月六日《がつむいか》、関東《かんとう》の大名《だいみょう》たちを大坂城《おおざかじょう》にあつめ、会津討伐《あいづとうばつ》をさだめた。上杉《うえすぎ》を五か所《しょ》から攻《せ》める態勢《たいせい》をととのえ、十五日《にち》には、秀頼《ひでより》から、軍資金《ぐんしきん》として、黄金《おうごん》二万両《まんりょう》と米《こめ》二万石《まんごく》をうけとった。

六月十六日《がつにち》、家康《いえやす》は大坂城《おおざかじょう》を出《で》て、伏見城《ふしみじょう》へ入《はい》った。

第《だい》二十章《しょう》　天下《てんか》とりのとき

六月《がつ》十八日《にち》に、家康《いえやす》は伏見城《ふしみじょう》を出《で》た。会津遠征《あいづえんせい》に向《む》かって出陣《しゅつじん》したのだ。二十日《はつか》に四日市《よっかいち》、二十三日《にち》に浜松《はままつ》、二十五日《にち》に駿府《すんぷ》と、福島正則《ふくしままさのり》らの大名《だいみょう》たち八十人《にん》あまりをしたがえ、家康《いえやす》は鷹狩《たかが》りを楽《たの》しみながら、ゆうゆうと東海道《とうかいどう》を進軍《しんぐん》していった。

七月二日《がつふつか》、家康《いえやす》は江戸城《えどじょう》に入《はい》った。二十一日《にち》に江戸城《えどじょう》を発《た》ち、大名《だいみょう》たちをひきつれ、会津《あいづ》へ向《む》かった。七月《がつ》二十四日《か》、下野小山《しもつけおやま》についたとき、伏見城《ふしみじょう》が攻撃《こうげき》されていることを、使者《ししゃ》が知《し》らせてきた。その夜《よる》、家康《いえやす》は井伊直政《いいなおまさ》と本多忠勝《ほんだただかつ》をよんだ。

「三成《みつなり》が兵《へい》をあげた。」

家康《いえやす》のことばに、直政《なおまさ》と忠勝《ただかつ》は目《め》を輝《かがや》かせた。

「ついに、三成《みつなり》めが動《うご》きましたか。」

直政《なおまさ》がいうと、忠勝《ただかつ》がいった。

「これで、とのにさからう者《もの》たちをたたきつぶせますな。」

家康《いえやす》はうなずいた。

「いま、ここにいる大名《だいみょう》たちは八十人《にん》あまり。されど、こやつらのほとんどは、豊臣家《とよとみけ》に恩顧《おんこ》のあるやつらばかりじゃ。」

直政《なおまさ》は慎重《しんちょう》な口調《くちょう》でいった。

「そうでござりまするな。そのうえ大坂城《おおざかじょう》には、やつらの人質《ひとじち》がとらえられておりまする。三成《みつなり》に、人質《ひとじち》を殺《ころ》すとおどされれば、やつら、どう動《うご》くかわかりませぬな。」

「そこじゃ。」

家康《いえやす》は声《こえ》をひそめて、いった。

「いまはわしにしたがっているが、やつらをいかにして三成《みつなり》にしたがわせず、わしの味方《みかた》につけるか。わしは、明日《あした》、黒田長政《くろだながまさ》を通《とお》して、福島正則《ふくしままさのり》に、わしにしたがうといわせようとしているのじゃ。」

「福島正則《ふくしままさのり》でございますか。あやつは、たしかに、声《こえ》が大《おお》きゅうございますからな。」

直政《なおまさ》はうなずいた。

「そうじゃ。あやつが大声《おおごえ》でいえば、ほかの大名《だいみょう》たちも、異《い》はとなえられまい。されど、用心《ようじん》するにこしたことはない。そこでじゃ、明日《あした》、軍議《ぐんぎ》をひらくが、直政《なおまさ》、忠勝《ただかつ》、そなたたちにたのみがある……。」

家康《いえやす》のことばに、直政《なおまさ》と忠勝《ただかつ》は息《いき》をのんだ。

あくる二十五日《にち》、家康《いえやす》は、小山《おやま》の本陣《ほんじん》に、大名《だいみょう》たちをあつめた。まずは本多忠勝《ほんだただかつ》が口《くち》をひらいた。

「おのおのがた、軍議《ぐんぎ》の前《まえ》に、ぜひとも知《し》っていただきたいことがござる。大坂《おおざか》で、石田三成《いしだみつなり》が挙兵《きょへい》したのでござる。」

ついで、井伊直政《いいなおまさ》がつづけた。

「三成軍《みつなりぐん》は、伏見城《ふしみじょう》を攻撃《こうげき》しております。」

大名《だいみょう》たちに、おどろきの声《こえ》があがった。家康《いえやす》は大名《だいみょう》たちを見《み》わたして、いった。

「いま聞《き》いたとおりじゃ。石田三成《いしだみつなり》が、わしを打倒《だとう》するといって、大坂《おおざか》で兵《へい》をあげた。」

まだ事情《じじょう》がよくのみこめない様子《ようす》で、大名《だいみょう》たちは顔《かお》を見《み》あわせた。

「三成《みつなり》は秀頼《ひでより》ぎみを守《まも》るためといっておるが、そこもとたちの妻子《さいし》は、大坂《おおざか》で人質《ひとじち》になっておろう。それゆえ、三成《みつなり》に味方《みかた》しようと思《おも》う者《もの》は、ひきかえせ。じゃまはいたさぬ。」

威圧《いあつ》するような家康《いえやす》のことばに、重《おも》くるしい沈黙《ちんもく》が落《お》ちた。直政《なおまさ》と忠勝《ただかつ》は目《め》を光《ひか》らせ、大名《だいみょう》たちひとりひとりを観察《かんさつ》した。

——よいか。軍議《ぐんぎ》のあと、ひきかえそうとする者《もの》は、敵《てき》となる者《もの》じゃ。ただちに斬《き》り捨《す》てよ。

家康《いえやす》は、前夜《ぜんや》、ふたりに告《つ》げたのだ。場《ば》をはなれようとする者《もの》は、だれであろうと斬《き》るつもりで、井伊直政《いいなおまさ》は太刀《たち》に手《て》をかけ、大名《だいみょう》たちを見《み》まもった。

そのとき、福島正則《ふくしままさのり》がずいと立《た》ちあがり、野太《のぶと》い声《こえ》でいった。

「あいや。ほかの者《もの》は、いざ知《し》らぬが、拙者《せっしゃ》は、妻子《さいし》を捨《す》てても、内府《ないふ》どのにお味方《みかた》いたす。三成《みつなり》は、秀頼《ひでより》ぎみのためといっておるそうだが、おさない秀頼《ひでより》ぎみはなにもごぞんじあるまい。三成《みつなり》こそは、秀頼《ひでより》ぎみをだまそうとしている奸臣《かんしん》ぞ。」

そういうと、正則《まさのり》は、ちらりと黒田長政《くろだながまさ》を見《み》やった。長政《ながまさ》は、よし、よくぞいったという表情《ひょうじょう》で、うなずいた。

前夜《ぜんや》、福島正則《ふくしままさのり》は、黒田長政《くろだながまさ》に、「なにがあっても、内府《ないふ》に味方《みかた》する。」と、大声《おおごえ》でいうことを約束《やくそく》したのだ。この発言《はつげん》で、場《ば》の流《なが》れが決《き》まった。三成《みつなり》を憎《にく》んでいた池田輝政《いけだてるまさ》、浅野幸長《あさのよしなが》、細川《ほそかわ》忠興《ただおき》ら、豊臣恩顧《とよとみおんこ》の大名《だいみょう》たちが、あいついで内府《ないふ》への味方《みかた》を表明《ひょうめい》したのだ。

さらに、山内一豊《やまうちかずとよ》がおどろくべき発言《はつげん》をした。

「拙者《せっしゃ》は、内府《ないふ》どのに、わが掛川《かけがわ》の城《しろ》をあけわたしまする。」

すると、東海道《とうかいどう》の大名《だいみょう》たちは、われもわれもと同調《どうちょう》した。福島正則《ふくしままさのり》はいった。

「わが清洲城《きよすじょう》には、十万《まん》の兵《へい》の軍資《ぐんし》をたくわえております。どうぞ、この城《しろ》を内府《ないふ》どのの城《しろ》として、お使《つか》いくだされ。」

家康《いえやす》は満足《まんぞく》そうにうなずいた。場《ば》の流《なが》れを見《み》まもりながら、井伊直政《いいなおまさ》は思《おも》った。正則《まさのり》の大声《おおごえ》は、きいたな。とのにさからう者《もの》はひとりも出《で》ずに、すべて、との思《おも》いどおりになったぞ。

軍議《ぐんぎ》が終《お》わり、大名《だいみょう》たちがいなくなったあと、本多忠勝《ほんだただかつ》は直政《なおまさ》にいった。

「直政《なおまさ》よ、だれも斬《き》らずにすんだな。」

直政《なおまさ》はうなずいた。

「さすがは、とのだ。」

忠勝《ただかつ》はいった。

「豊臣《とよとみ》に恩《おん》のある大名《だいみょう》たちを、しっかりと味方《みかた》につけたばかりか、福島正則《ふくしままさのり》の清洲城《きよすじょう》までの、東《とう》海道《かいどう》にある城《しろ》という城《しろ》をすべて、戦《いくさ》をしないで手《て》に入《い》れてしまったのだからな。」

家康《いえやす》は、東軍《とうぐん》の軍監《ぐんかん》を、本多忠勝《ほんだただかつ》に命《めい》じた。

「よいか、忠勝《ただかつ》。彼《かれ》らを見《み》はれ。やつらが、ほんとうに三成《みつなり》と戦《たたか》う気《き》があるのかどうか。とちゅうで、心変《こころが》わりなどしないかどうか。それを、見《み》きわめよ。」

あくる七月《がつ》二十六日《にち》、福島正則《ふくしままさのり》や池田輝政《いけだてるまさ》らを先鋒《せんぽう》として、東軍《とうぐん》は先《さき》をあらそうようにして、東海道《とうかいどう》を、西《にし》へ西《にし》へと向《む》かった。

家康《いえやす》は、小山《おやま》から江戸《えど》にもどり、策《さく》を講《こう》じた。上杉景勝《うえすぎかげかつ》を封《ふう》じるため、「すきあらば会津《あいづ》に攻《せ》めいるぞ。」と伊達政宗《だてまさむね》にけんせいするように命《めい》じた。さらに次男《じなん》の結城秀康《ゆうきひでやす》（於義丸《おぎまる》）に一万《まん》八千の兵《へい》をあたえ、宇都宮《うつのみや》に陣《じん》をしかせた。それから諸国《しょこく》の大名《だいみょう》たちに、徳川方《とくがわがた》につくよう、文《ふみ》を書《か》いた。七月《がつ》二十四日《か》から、九月《がつ》十四日《か》まで、文《ふみ》は百五十通以上《つういじょう》におよんだ。

——悪《わる》いようにはせぬ。わがほうへつけ。

これらの書状《しょじょう》が、関ヶ原《せきがはら》の戦《いくさ》において、勝利《しょうり》をよぶことにつながった。

八月《がつ》十四日《か》、東軍《とうぐん》の諸将《しょしょう》は、福島正則《ふくしままさのり》の尾張清洲城《おわりきよすじょう》にあつまった。だが、江戸《えど》にいる家康《いえやす》からの軍令《ぐんれい》は、いっこうに届《とど》かなかった。

さて、彼《かれ》らはどう動《うご》くか。軍監《ぐんかん》として、東軍《とうぐん》をひきいていた本多忠勝《ほんだただかつ》は、家康《いえやす》に命《めい》じられたとおり、大名《だいみょう》たちがどう動《うご》くか、注意深《ちゅういぶか》く見《み》まもった。

家康《いえやす》は、しばらくあいだをおいてから、使者《ししゃ》を送《おく》った。十九日《にち》、家康《いえやす》の使者《ししゃ》である村越直吉《むらこしなおよし》は清洲城《きよすじょう》につくと、正則《まさのり》たちに向《む》かって、口上《こうじょう》をのべた。

「おのおのがたは、なにをしておられるのか。いまだ戦《たたか》いをはじめられないのは、なにゆえか。おのおのがたが敵《てき》と戦《たたか》いをはじめられたなら、内府《ないふ》さまもご出馬《しゅつば》されるであろう。」

はっとした顔《かお》で、正則《まさのり》は使者《ししゃ》にいった。

「ごもっとものことでござる。われら、ただちに手出《てだ》しつかまつろう。」

よし、本気《ほんき》になったな。本多忠勝《ほんだただかつ》は思《おも》った。これで、戦《いくさ》がはじまる。

あくる二十日《はつか》、忠勝《ただかつ》は東軍《とうぐん》の大名《だいみょう》たちをあつめて、軍議《ぐんぎ》をひらいた。

「おのおのがた。敵《てき》は、石田三成《いしだみつなり》でござる。内府《ないふ》さまの期待《きたい》をうらぎらぬように、ぞんぶんに戦《たたか》ってくだされ。」

福島正則《ふくしままさのり》らが、気勢《きせい》をあげた。

「おまかせくだされ。」

二十一日《にち》、忠勝《ただかつ》の指揮《しき》のもと、東軍《とうぐん》は二隊《たい》に分《わ》かれた。池田輝政《いけだてるまさ》、浅野幸長《あさのよしなが》、山内一豊《やまうちかずとよ》ら一万《まん》八千が、木曾川《きそがわ》の上流《じょうりゅう》から、福島正則《ふくしままさのり》、細川忠興《ほそかわただおき》、黒田長政《くろだながまさ》ら一万《まん》六千が、木曾川下流《きそがわかりゅう》から、進《しん》軍《ぐん》を開始《かいし》した。二十二日《にち》、東軍《とうぐん》は竹ケ鼻城《たけがはなじょう》を落《お》とした。二十三日《にち》には、織田信長《おだのぶなが》の孫《まご》である秀信《ひでのぶ》が、六千五百の兵《へい》とともにたてこもる岐阜城《ぎふじょう》を落《お》とした。

「おのおのがた、さすがでござる。」

忠勝《ただかつ》は、諸将《しょしょう》たちをたたえながら、思《おも》った。こやつら、太閤《たいこう》にきたえられただけあって、さすがに強《つよ》い。こやつらを敵《てき》にまわせば、やっかいなことになったろう。

岐阜城《ぎふじょう》を落《お》としたことを聞《き》いた家康《いえやす》は、榊原康政《さかきばらやすまさ》を副将《ふくしょう》に、本多正信《ほんだまさのぶ》を軍監《ぐんかん》につけ、宇都宮《うつのみや》にいた、あとつぎとされている秀忠《ひでただ》に、四万《まん》の兵《へい》をひきいて、中山道《なかせんどう》を西上《さいじょう》するように命《めい》じた。

家康《いえやす》は榊原康政《さかきばらやすまさ》をよんで、いった。

「秀忠《ひでただ》にあずけた軍《ぐん》は、徳川譜代《とくがわふだい》の忠実《ちゅうじつ》なる兵《へい》からなる軍《ぐん》だ。これが、いざとなったときに、戦局《せんきょく》を決《き》めることになろう。」

康政《やすまさ》がうなずくと、家康《いえやす》はいった。

「こたびの戦《いくさ》は、十中八九《じっちゅうはっく》、われらの勝《か》ちとなる。東海道《とうかいどう》を進《すす》む本軍《ほんぐん》の多《おお》くの武将《ぶしょう》は、太閤《たいこう》が育《そだ》てた勇猛《ゆうもう》な連中《れんちゅう》だ。彼《かれ》らがうらぎらなければ、本軍《ほんぐん》だけで、三成《みつなり》との戦《いくさ》は勝《か》てる。だが、戦《いくさ》というものは、わからぬところがある。十中八九《じっちゅうはっく》のはずが、一、二となり、勝負《しょうぶ》がわからなくなったときに、中山道《なかせんどう》をすすむ秀忠《ひでただ》の軍《ぐん》が切《き》り札《ふだ》となろう。」

康政《やすまさ》は考《かんが》えた。とのは、なにをいわんとしているのだろう。もしかしたら、中山道軍《なかせんどうぐん》は、決戦《けっせん》にくわわらず、万一《まんいち》のときの巻《ま》き返《かえ》し軍《ぐん》となれということなのだろうか？　用心深《ようじんぶか》い家康《いえやす》なら、それも考《かんが》えられないことではなかった。

家康《いえやす》は、康政《やすまさ》にいった。

「ともあれ、秀忠《ひでただ》はまだ戦《いくさ》を知《し》らぬ。正信《まさのぶ》は智謀《ちぼう》にはたけているが、戦《いくさ》はとくいではない。そなたがふたりを指導《しどう》してくれ。」

八月《がつ》二十四日《か》。秀忠《ひでただ》は四万《まん》の兵《へい》をひきいて、中山道《なかせんどう》を進軍《しんぐん》していった。

家康《いえやす》は、九月一日《がつついたち》、井伊直政《いいなおまさ》ら、旗本《はたもと》三万騎《まんき》をつれて、みずからも江戸《えど》を発《た》った。そのときに前線《ぜんせん》の福島正則《ふくしままさのり》らに、文《ふみ》をあてた。

——秀忠《ひでただ》が、十日《とおか》にはそちらにつく。赤坂《あかさか》で待《ま》て。


中山道《なかせんどう》の秀忠軍《ひでただぐん》は、真田昌幸《さなだまさゆき》、幸村父子《ゆきむらおやこ》の上田城《うえだじょう》をどうするかで、もめた。

「二度《にど》も徳川《とくがわ》を破《やぶ》った真田《さなだ》を、ゆるしてはおけぬ。」

功名《こうみょう》をあげたい気持《きも》ちにはやる秀忠《ひでただ》は、強《つよ》くそれを主張《しゅちょう》した。

「四万《まん》の兵《へい》で、上田城《うえだじょう》を攻《せ》めおとす。」

康政《やすまさ》はいさめた。

「むろん、徳川《とくがわ》にたてついた真田《さなだ》はゆるせませぬ。されど、それは戦《いくさ》の大勢《たいせい》が決《けっ》してからで、よいのでござる。いまは上田城《うえだじょう》などにかまってはなりませぬ。それに、真田《さなだ》は、大殿《おおとの》すら手《て》を焼《や》いたほどの、手《て》ごわい敵《てき》でござる。」

それを聞《き》くと、秀忠《ひでただ》はいよいよ前《まえ》のめりになって、真田《さなだ》への攻撃《こうげき》を主張《しゅちょう》した。

「ええい。そのようなことば、聞《き》きとうない。中山道《なかせんどう》を進《すす》むわれらを、真田《さなだ》が背後《はいご》から攻《せ》めてこないようにしなくてはならぬ。」

このとき秀忠《ひでただ》をいさめるべき本多正信《ほんだまさのぶ》は、なぜかそうしなかった。

「ここは秀忠《ひでただ》さまのいわれるとおりでござります。真田《さなだ》はほうってはおけませぬ。四万《まん》の兵《へい》で、たたきつぶしておくべきでしょう。」

正信《まさのぶ》は、秀忠《ひでただ》をあおるばかりだった。

もしや、わたしへのあてつけか。康政《やすまさ》は思《おも》った。正信《まさのぶ》は、戦《いくさ》に強《つよ》いと評判《ひょうばん》の康政《やすまさ》に、対抗心《たいこうしん》を燃《も》やしているように感《かん》じられた。

軍議《ぐんぎ》をかさねたあと、結局《けっきょく》、秀忠《ひでただ》の意思《いし》が通《とお》った。中山道軍《なかせんどうぐん》は上田城《うえだじょう》攻《ぜ》めを決《き》め、真田父子《さなだおやこ》との戦《いくさ》に突入《とつにゅう》した。しかし、真田父子《さなだおやこ》は手《て》ごわかった。秀忠軍《ひでただぐん》は反撃《はんげき》をうけ、手痛《ていた》い負《ま》けをきっした。上田城《うえだじょう》を攻《せ》めおとすことをあきらめ、進軍《しんぐん》することになったが、決戦《けっせん》の場《ば》に大幅《おおはば》に遅《おく》れてしまった。

第《だい》二十一章《しょう》　天下《てんか》分《わ》けめの関《せき》ヶ原《がはら》

十四日《か》、赤坂《あかさか》の岡山《おかやま》（御勝山《おかちやま》）についた家康《いえやす》は、参陣《さんじん》が遅《おく》れている秀忠軍《ひでただぐん》に、腹《はら》を立《た》てた。

「正信《まさのぶ》がついているというのに。なにをしておるのだ。」

いらだっていると、同《おな》じ十四日《か》、待《ま》ちに待《ま》った知《し》らせがきた。毛利輝元《もうりてるもと》の陣営《じんえい》から、吉川広家《きっかわひろいえ》の文《ふみ》が届《とど》いたのだ。

――われら毛利《もうり》一族《いちぞく》は、戦《たたか》いには、くわわりませぬ。

毛利勢《もうりぜい》は、大坂城《おおざかじょう》に毛利輝元《もうりてるもと》がいて、息子《むすこ》の秀元《ひでもと》が一万《まん》六千の兵《へい》をひきつれ、関《せき》ヶ原《がはら》の南宮山《なんぐうさん》に陣取《じんど》っていた。しかし、秀元《ひでもと》の前《まえ》には、輝元《てるもと》のいとこである吉川広家《きっかわひろいえ》の前線部隊《ぜんせんぶたい》が道《みち》をふさぐように陣取《じんど》っていた。西軍《せいぐん》の主力部隊《しゅりょくぶたい》ともいえる、この毛利《もうり》一族《いちぞく》が動《うご》かなければ、戦局《せんきょく》は東軍《とうぐん》に有利《ゆうり》になるはずだった。

吉川広家《きっかわひろいえ》を調略《ちょうりゃく》したのは、井伊直政《いいなおまさ》だった。毛利《もうり》が戦《たたか》いにくわわらなければ、毛利《もうり》の所領《しょりょう》は安堵《あんど》すると、本多忠勝《ほんだただかつ》との連名《れんめい》による文《ふみ》で、約束《やくそく》したのだ。

広家《ひろいえ》の文《ふみ》を読《よ》んで、家康《いえやす》はいった。

「あとは、小早川《こばやかわ》のこせがれだな。」
一万《まん》三千の兵《へい》をひきいて、松尾山《まつおやま》に陣取《じんど》っている小早川秀秋《こばやかわひであき》は、黒田長政《くろだながまさ》がひそかに調略《ちょうりゃく》しているはずだった。それでも念《ねん》を入《い》れて、家康《いえやす》は、本多忠勝《ほんだただかつ》と井伊直政《いいなおまさ》の両名《りょうめい》による誓書《せいしょ》を送《おく》らせた。――伏見城《ふしみじょう》を攻《せ》めたことなどは、水《みず》に流《なが》す。徳川《とくがわ》に組《くみ》せよ。そうすれば、上方《かみがた》に、二国《こく》あたえる。

しかし、この誓書《せいしょ》に、家康《いえやす》の名《な》はなかった。すべては重臣《じゅうしん》の本多忠勝《ほんだただかつ》と井伊直政《いいなおまさ》が決《き》めたことで、家康《いえやす》が約束《やくそく》したことではない。そうひらきなおることができるようにしたのである。これは小早川《こばやかわ》に対《たい》してだけでなく、毛利《もうり》に対《たい》しても同《おな》じだった。

十四日《か》の夜《よる》。家康《いえやす》は東軍《とうぐん》の武将《ぶしょう》たちをあつめて、軍議《ぐんぎ》をひらいた。

「ただちに、大垣城《おおがきじょう》を攻《せ》めおとしましょう。」

井伊直政《いいなおまさ》や池田輝政《いけだてるまさ》らは、そう主張《しゅちょう》した。

「いやいや、大坂城《おおざかじょう》を攻《せ》めて、人質《ひとじち》をすくいだすべきでござる。」

福島正則《ふくしままさのり》や本多忠勝《ほんだただかつ》らは、こう主張《しゅちょう》した。双方《そうほう》の意見《いけん》が出《で》つくしたあとで、家康《いえやす》はいった。

「大垣城《おおがきじょう》を力攻《ちからぜ》めするのは、よくない。まず佐和山城《さわやまじょう》を落《お》とし、さらに大坂城《おおざかじょう》を攻《せ》める。」

しかし、これは家康《いえやす》のたくらみだった。もともと家康《いえやす》には、佐和山城《さわやまじょう》も大坂城《おおざかじょう》も攻《せ》める気《き》はなかった。まず、佐和山城《さわやまじょう》を攻《せ》めるという軍議《ぐんぎ》の決定《けってい》が、間者《かんじゃ》の耳《みみ》に届《とど》いて、それが三成《みつなり》のもとにつたわることをたくらんだのだ。

十五日《にち》、午前《ごぜん》二時《じ》ごろ、家康《いえやす》のもとへ知《し》らせが届《とど》いた。

「西軍《せいぐん》の主力《しゅりょく》が、大垣城《おおがきじょう》を出《で》て、関ヶ原《せきがはら》へ向《む》かっています。」

床几《しょうぎ》にすわったまま、目《め》をつぶっていた家康《いえやす》は目《め》を見《み》ひらき、立《た》ちあがった。

「よし、つりだされて、出《で》てきおった。」

野戦《やせん》になれば、しめたものだった。家康《いえやす》は城攻《しろぜ》めをあまりとくいとしていなかった。しかし、秀吉《ひでよし》との小牧《こまき》・長久手《ながくて》の戦《たたか》いで勝《か》ったように、野戦《やせん》は大《だい》のとくいだった。

「出陣《しゅつじん》だ。」

家康《いえやす》は全軍《ぜんぐん》に命《めい》じた。小雨《こさめ》の降《ふ》るなか、左《ひだり》に福島正則隊《ふくしままさのりたい》六千を、右《みぎ》に黒田長政隊《くろだながまさたい》五千四百をならべ、二列縦隊《にれつじゅうたい》で、東軍《とうぐん》の先鋒隊《せんぽうたい》が、ひそかに進軍《しんぐん》をはじめた。

関ヶ原《せきがはら》は、北《きた》に伊吹山《いぶきやま》、西《にし》に笹尾山《ささおやま》と天満山《てんまやま》、東南《とうなん》に南宮山《なんぐうさん》がならんでいる、東西《とうざい》に四キロ、南北《なんぼく》に二キロの高原盆地《こうげんぼんち》だった。

家康《いえやす》は、南宮山《なんぐうさん》のふもとの小《ちい》さな丘《おか》、桃配山《ももくばりやま》に本陣《ほんじん》をしいた。金扇《きんせん》の大馬印《おおうまじるし》をおしたて、「厭《えん》離穢土欣求浄土《りえどごんぐじょうど》」の軍旗《ぐんき》をはためかせた。徳川《とくがわ》の旗本《はたもと》たち三万《まん》の兵《へい》がとりまいた。

小雨《こさめ》はあがったが、霧《きり》が濃《こ》くあたりをおおっていて、見通《みとお》しがきかなかった。家康《いえやす》は霧《きり》の向《む》こうにひろがっている東軍《とうぐん》の陣《じん》をながめた。東軍《とうぐん》の総兵力《そうへいりょく》は、およそ七万《まん》五千だった。

本多忠勝《ほんだただかつ》は、徳川《とくがわ》の旗本部隊《はたもとぶたい》を監視《かんし》しながら、気持《きも》ちの高《たか》ぶりをおさえかねていた。

「いよいよだ。この戦《いくさ》で、天下《てんか》の行《ゆ》く末《すえ》が決《き》まる。」

気《き》がはやっていたのは、井伊直政《いいなおまさ》も同《おな》じだった。もともと直政《なおまさ》は、大将《たいしょう》としてうしろで指揮《しき》するよりも、一武将《いちぶしょう》として先頭《せんとう》きって突入《とつにゅう》するのを好《この》んでいた。このときも西軍《せいぐん》に向《む》かって、一刻《いっこく》も早《はや》く突撃《とつげき》したくてたまらなかった。

「ついに、とのが天下《てんか》をつかむときがきたのだ。」

直政《なおまさ》は、慶長元年《けいちょうがんねん》（一五九六年《ねん》）に死《し》んだ、家老《かろう》の酒井忠次《さかいただつぐ》を思《おも》った。

「ご家老《かろう》、ついに、そのときがまいりましたぞ。戦《いくさ》で天下《てんか》をつかむ、そのときが。」

直政《なおまさ》は東軍全体《とうぐんぜんたい》を監督《かんとく》する一方《いっぽう》で、家康《いえやす》の四男《なん》である二十一歳《さい》の若武者《わかむしゃ》、松平忠吉《まつだいらただよし》の介添《かいぞ》えも命《めい》じられていた。

「まだか、まだなのか。」

若《わか》い忠吉《ただよし》は勢《いきお》いにまかせ、まわりが止《と》めようとするのをふりはらって、しゃにむに、単騎《たんき》で突《とつ》撃《げき》しようとした。

「軍監《ぐんかん》どの、忠吉《ただよし》さまを止《と》めてくだされ。」

家臣《かしん》が直政《なおまさ》にいった。しかし、みずからも、いつ一騎《いっき》駆《が》けしようかと考《かんが》えていた直政《なおまさ》は、首《くび》をふって、いいはなった。

「武士《ぶし》の子《こ》ではないか。さように用心《ようじん》して、なんになろう。もしも討《う》ち死《じ》にしたとすれば、その分《ぶん》のことよ。」

七月七日《がつなのか》の軍法第四条《ぐんぽうだいじょう》で、ぬけがけは禁《きん》じられていた。しかし、直政《なおまさ》は、戦《いくさ》の先鋒《せんぽう》が福島正則《ふくしままさのり》であるのが、不満《ふまん》でならなかった。この戦《いくさ》、われら徳川軍《とくがわぐん》が先鋒《せんぽう》をつとめずにおくものか。そう決《き》めていた直政《なおまさ》は、忠吉《ただよし》にいった。

「御曹司《おんぞうし》、それがしについてきてくだされ。御曹司《おんぞうし》こそ、こたびの戦《いくさ》の先陣《せんじん》をつとめなくてはなりませぬ。」

忠吉《ただよし》は直政《なおまさ》の顔《かお》を見《み》て、うなずいた。

「うむ。たのむぞ。」

直政《なおまさ》は「赤備《あかぞな》え」三千六百の兵《へい》から三十騎《き》を選《えら》び、忠吉《ただよし》とともに、東軍先鋒《とうぐんせんぽう》の福島正則隊《ふくしままさのりたい》の脇《わき》を通《とお》りすぎた。さらに前進《ぜんしん》しようとすると、福島隊《ふくしまたい》の先頭隊長《せんとうたいちょう》、可児才蔵《かにさいぞう》がとがめた。

「待《ま》たれよ。今日《きょう》の先鋒《せんぽう》は、左衛門大夫《さえもんのたいふ》（福島正則《ふくしままさのり》）さまでござる。どなたであれ、この先《さき》へは通《とお》せませぬ。」

「井伊直政《いいなおまさ》でござる。下野公《しもつけこう》（松平忠吉《まつだいらただよし》）とともに、物見《ものみ》にきたのでござる。下野公《しもつけこう》はご初陣《ういじん》なれば、戦《いくさ》がどのようにはじまるかをごらんにいれようとしているのであり、合戦《かっせん》をはじめようとしてはおりません。」

そういつわって、西軍《せいぐん》の宇喜多隊《うきたたい》の前面《ぜんめん》にするすると出《で》ていくと、三十騎《き》に命《めい》じた。

「撃《う》てっ。」

ただちに、「赤備《あかぞな》え」の三十騎《き》が発砲《はっぽう》した。

午前《ごぜん》八時《じ》、直政《なおまさ》のこの行動《こうどう》により、関ケ原《せきがはら》の戦端《せんたん》がひらかれた。

「うぬっ。」

ぬけがけに怒《おこ》った福島正則《ふくしままさのり》は、八百の兵《へい》に銃《じゅう》を撃《う》たせて、宇喜多隊《うきたたい》への突撃《とつげき》を命《めい》じた。銃撃《じゅうげき》を聞《き》いた家康《いえやす》は、全軍《ぜんぐん》に攻撃《こうげき》を命《めい》じた。

「よし、かかれっ。」

ここにおいて、東西両軍《とうざいりょうぐん》が激突《げきとつ》した。戦闘《せんとう》がはじまって二時間《じかん》がたち、家康《いえやす》は桃配山《ももくばりやま》から、陣《じん》馬野《ばの》へ移動《いどう》した。西軍《せいぐん》は八万《まん》二千いたにもかかわらず、実際《じっさい》に戦《たたか》っていたのは石田三成隊《いしだみつなりたい》、小西《こにし》行長隊《ゆきながたい》、宇喜多秀家隊《うきたひでいえたい》、大谷吉継隊《おおたによしつぐたい》ら、三万《まん》三千ほどだった。南宮山《なんぐうさん》の毛利《もうり》一族《いちぞく》は、吉川広家《きっかわひろいえ》がおさえていて動《うご》こうとしなかったし、松尾山《まつおやま》の小早川秀秋隊《こばやかわひであきたい》も動《うご》かなかった。

西軍《せいぐん》の少《すく》なさにくらべ、東軍《とうぐん》は六万《まん》の兵《へい》が戦《たたか》っていた。しかし、戦局《せんきょく》は一進一退《いっしんいったい》し、勝敗《しょうはい》がさだまらないでいた。東軍《とうぐん》のなかで、もっともはげしく戦《たたか》っていたのは、井伊直政《いいなおまさ》と本多忠勝《ほんだただかつ》だった。とりわけ、忠勝《ただかつ》は「蜻蛉斬《とんぼぎ》り」をかるがると刀《かたな》のようにふりまわし、西軍《せいぐん》の武将《ぶしょう》たちの首《くび》をつぎつぎと落《お》としていった。まさに「首盗《くびと》り武将《ぶしょう》」の異名《いみょう》にふさわしかった。

それでも、西軍《せいぐん》の主力《しゅりょく》、宇喜多秀家《うきたひでいえ》と大谷吉継《おおたによしつぐ》の戦《たたか》い方《かた》はすさまじく、戦局《せんきょく》はいっこうに東軍《とうぐん》有利《ゆうり》とならなかった。じりじりしていた家康《いえやす》は、命《めい》じた。

「小早川《こばやかわ》のこせがれは、なにをしておるのだ。きゃつの陣《じん》へ、鉄砲《てっぽう》を撃《う》ちこめ。」

松尾山《まつおやま》に向《む》けて、鉄砲《てっぽう》が撃《う》たれた。あわてた秀秋《ひであき》が、ついに下知《げじ》した。

「めざすは、大谷刑部《おおたにぎょうぶ》（吉継《よしつぐ》）ぞ。」

正午《しょうご》、小早川軍《こばやかわぐん》の一万《まん》三千が松尾山《まつおやま》をかけおりて、大谷隊《おおたにたい》の側面《そくめん》を襲《おそ》った。あらかじめ小早川《こばやかわ》のうらぎりにそなえていた大谷吉継《おおたによしつぐ》は、動《どう》じることなく奮戦《ふんせん》し、押《お》しかえそうとした。

そのとき、それまで動《うご》こうとしなかった、西軍《せいぐん》のはずの脇坂《わきざか》・朽木《くつき》・小川《おがわ》・赤座《あかざ》らの四隊《たい》、四千二百が、とつぜん大谷隊《おおたにたい》へ向《む》かってきた。さらに正面《しょうめん》からは、藤堂高虎《とうどうたかとら》と京極高知《きょうごくたかとも》の隊《たい》が、大《おお》谷隊《たにたい》へ襲《おそ》いかかった。

ここにおいて、大谷隊《おおたにたい》は、ふせぎきれず、壊滅《かいめつ》した。吉継《よしつぐ》は自刃《じじん》した。大谷隊《おおたにたい》が壊滅《かいめつ》すると、小西行長隊《こにしゆきながたい》もくずれだした。大谷隊《おおたにたい》を撃破《げきは》した小早川《こばやかわ》、脇坂《わきざか》らの兵《へい》が襲《おそ》ってくると、たまらず、行長《ゆきなが》は伊吹山中《いぶきさんちゅう》に逃亡《とうぼう》した。

小西隊《こにしたい》がくずれると、本多忠勝《ほんだただかつ》と奮戦《ふんせん》していた宇喜多隊《うきたたい》がくずれ、井伊直政《いいなおまさ》と奮戦《ふんせん》していた石田隊《いしだたい》もくずれた。そして午後《ごご》二時《じ》には、西軍《せいぐん》は伊吹山《いぶきやま》に敗走《はいそう》していった。

さしもの激戦《げきせん》も終《お》わり、本多忠勝《ほんだただかつ》や井伊直政《いいなおまさ》らが、陣馬野《じんばの》で指揮《しき》していた家康《いえやす》のもとへ、もどってきた。

「ようし、終《お》わったな。」

家康《いえやす》が立《た》ちあがろうとしたとき、喊声《かんせい》がとどろいた。

「との、島津《しまづ》がっ。」

家臣《かしん》が告《つ》げた。それまで積極的《せっきょくてき》に戦《たたか》おうとしなかった島津義弘《しまづよしひろ》が、三百の手勢《てぜい》で、家康《いえやす》の本陣《ほんじん》をかすめるようにして、突破《とっぱ》してきたのだ。

「とのを守《まも》れっ。」

本多忠勝《ほんだただかつ》が「蜻蛉斬り《とんぼぎ》」をふるって、旗本《はたもと》たちに命《めい》じた。直属《ちょくぞく》の兵《へい》たちが家康《いえやす》をとりかこんだ。井伊直政《いいなおまさ》の血《ち》は、猛《たけ》った。

——敵《てき》でござるっ。

その声《こえ》を聞《き》いて、だまって見《み》のがすことは、直政《なおまさ》にはできなかった。ただちに直政《なおまさ》は「赤備《あかぞな》え」軍団《ぐんだん》に命《めい》じた。

「それ、島津《しまづ》を逃《に》がすな。」

直政《なおまさ》は、逃《に》げる島津勢《しまづぜい》を、「赤備《あかぞな》え」の百騎《き》あまりをひきいて、はげしく追撃《ついげき》した。槍《やり》をふるい、義弘《よしひろ》の甥《おい》である豊久《とよひさ》を討《う》ちとった。

「逃《に》がさぬぞ、義弘《よしひろ》っ。」

配下《はいか》も追《お》いつけない速《はや》さで、直政《なおまさ》は島津義弘《しまづよしひろ》を追《お》った。ただ一騎《いっき》で追《お》っていたとき、島津軍《しまづぐん》の銃《じゅう》が火《ひ》をはなち、直政《なおまさ》の肩《かた》を銃弾《じゅうだん》がかすめ、直政《なおまさ》は落馬《らくば》した。「赤備《あかぞな》え」の兵《へい》が、直政《なおまさ》に追《お》いついて、まわりを守《まも》った。

「無念《むねん》。義弘《よしひろ》をのがしたか。」

直政《なおまさ》は立《た》ちあがって、地団駄《じだんだ》をふんで歯嚙《はが》みした。

手負《てお》いの忠吉《ただよし》につきそって、直政《なおまさ》は本陣《ほんじん》にもどった。忠吉《ただよし》もかなりの手傷《てきず》を負《お》っていたが、直《なお》政《まさ》も鉄砲傷《てっぽうきず》を負《お》っていた。家康《いえやす》は、わが子《こ》の忠吉《ただよし》よりも、直政《なおまさ》の傷《きず》を案《あん》じた。

「直政《なおまさ》、その傷《きず》、だいじょうぶか。」

直政《なおまさ》は首《くび》をふった。

「それがしの傷《きず》など、たいしたことはありませぬ。弾《たま》がかすめただけでございます。それより も、忠吉《ただよし》さまのはたらきは、すばらしいものでございました。」

「そうであったか。」

「逸物《いちもつ》（すぐれたもの）の鷹《たか》の子《こ》は、さすがに、逸物《いちもつ》でございました。」

直政《なおまさ》が、鷹《たか》にたとえて、忠吉《ただよし》のはたらきをほめると、家康《いえやす》は、鷹《たか》をあつかう鷹匠《たかじょう》をほめた。

「それは、鷹匠《たかじょう》（直政《なおまさ》のこと）の腕《うで》がよいからであろう。」

そういうと家康《いえやす》は、直政《なおまさ》の傷《きず》に、手《て》ずから薬《くすり》をぬってやった。

井伊直政《いいなおまさ》が家康《いえやす》の前《まえ》からさがっていくと、同《おな》じ本陣《ほんじん》に、東軍《とうぐん》の武将《ぶしょう》たちがひかえていて、福島《ふくしま》正則《まさのり》も、そこにいた。

「これは、左衛門大夫《さえもんのたいふ》どの。今日《きょう》のさきがけは、戦《いくさ》の潮合《しおあ》い（ちょうどよいとき）によるもので、貴殿《きでん》を出《だ》しぬくつもりなど、毛頭《もうとう》なかったのだ。」

直政《なおまさ》のことばに、正則《まさのり》はうなずいた。

「わざわざのおことば、痛《いた》みいる。野《の》あわせ（野戦《やせん》）は、だれがはじめなくてはならぬということではなく、はじめに敵《てき》にとりつく者《もの》があったら、そのとき戦端《せんたん》をひらくのがよいのでござる。」

直政《なおまさ》は深《ふか》くうなずき、その場《ば》を去《さ》った。それから、しばらく歩《ある》いたあとで、ひきかえしてきて、正則《まさのり》にいった。

「そのようにいってくださるのなら、今日《きょう》の一番駆《いちばんが》けはわれらということで、お心得願《こころえねが》いたい。」

正則《まさのり》は苦《にが》い顔《かお》をした。直政《なおまさ》のたくみなことばにつられて、本来《ほんらい》はけっしてゆるせぬ「ぬけがけ」を、みごとな「一番駆《いちばんが》け」だと、いいくるめられてしまったか。

こうして直政《なおまさ》は、まわりにいる東軍《とうぐん》の武将《ぶしょう》たちに、公言《こうげん》したのである。

――関ヶ原《せきがはら》の先陣《せんじん》は、豊臣恩顧《とよとみおんこ》の福島正則隊《ふくしままさのりたい》ではない。家康《いえやす》さまの四男《なん》、松平忠吉《まつだいらただよし》さまと、徳川譜代《とくがわふだい》の井伊直政《いいなおまさ》である。

本多忠勝《ほんだただかつ》が、敵将《てきしょう》の血《ち》に染《そ》まった「蜻蛉斬《とんぼぎ》り」をかかえて、本陣《ほんじん》にもどってくると、福島正則《ふくしままさのり》はいった。

「忠勝《ただかつ》どののはたらきは、なんとも、めざましいものでござったな。さすがは『首盗《くびと》り武将《ぶしょう》』の名《な》にふさわしいものでござった。」

忠勝《ただかつ》は微笑《びしょう》して、こたえた。

「いや、なに、敵《てき》があまりにも弱《よわ》すぎたせいでござる。」

第《だい》二十二章《しょう》　戦《いくさ》のあと

関ヶ原《せきがはら》のあと、直政《なおまさ》は小早川秀秋《こばやかわひであき》ら、東軍《とうぐん》の武将《ぶしょう》たちをひきいて、石田三成《いしだみつなり》の佐和山城《さわやまじょう》を攻《せ》めおとした。さらに大坂城《おおざかじょう》を守《まも》っていた毛利輝元《もうりてるもと》との交渉《こうしょう》をまとめ、西軍《せいぐん》の武将《ぶしょう》たちがたてこもっていた大坂城《おおざかじょう》を開城《かいじょう》させた。

「でかしたぞ、直政《なおまさ》。」

家康《いえやす》は直政《なおまさ》の機敏《きびん》なはたらきをよろこんだ。

九月二十日《がつはつか》。中山道《なかせんどう》を進軍《しんぐん》してきた秀忠軍《ひでただぐん》がようやく家康《いえやす》の本隊《ほんたい》に追《お》いついた。じつに関ヶ原《せきがはら》の決戦《けっせん》から五日《いつか》も遅《おく》れていた。

「ええい、これほどにも遅《おく》れおって。おろか者《もの》が。」

決戦《けっせん》の場《ば》に間《ま》にあわなかった秀忠《ひでただ》に怒《おこ》り、家康《いえやす》は謹慎《きんしん》を命《めい》じて、会《あ》おうとしなかった。

秀忠《ひでただ》は青《あお》ざめた。なんとかあやまろうにも、家康《いえやす》が会《あ》ってはくれなかったのだ。

榊原康政《さかきばらやすまさ》は、家康《いえやす》と秀忠《ひでただ》の仲《なか》を案《あん》じた。このままでは、いけない。せっかく勝利《しょうり》したというのに、東軍全体《とうぐんぜんたい》の士気《しき》にもかかわる。まずは秀忠《ひでただ》さまと大殿《おおとの》とを会《あ》わせなくてはならぬ。

九月二十三日《がつにち》の夜《よる》、榊原康政《さかきばらやすまさ》はひそかに家康《いえやす》のもとをおとずれた。

「大殿《おおとの》。なにとぞ、秀忠《ひでただ》さまにお会《あ》いくださりませ。」

「いや、会《あ》わぬ。」

もしも、うまくいかなかったときには、腹《はら》を切《き》る。その覚悟《かくご》だった康政《やすまさ》は、弁明《べんめい》した。

「秀忠《ひでただ》さまが、関ヶ原《せきがはら》に遅《おく》れたのは、それがしひとりのせいでござりまする。」

康政《やすまさ》は、本多正信《ほんだまさのぶ》らの落《お》ち度《ど》にはいっさいふれず、おのれひとりに責任《せきにん》があるといった。

「決戦《けっせん》に遅《おく》れたのは、正信《まさのぶ》のせいでもなく、秀忠《ひでただ》のせいでもなく、すべては、そなたひとりのせいだというのか。」

家康《いえやす》のことばに、康政《やすまさ》はうなずいた。

「さようでございます。それに、秀忠《ひでただ》さまを遠《とお》ざけられているのを世《よ》に知《し》られるのは、よいことではありませぬ。たしかに親子《おやこ》の仲《なか》であれば、お子《こ》に教訓《きょうくん》をあたえられるのは当然《とうぜん》でありましょう。さりながら、将来《しょうらい》、天下《てんか》のまつりごとをとられる秀忠《ひでただ》さまを、弓矢《ゆみや》の道《みち》で未熟《みじゅく》であると、大《おお》殿《との》がご不満《ふまん》に思《おも》っておられる。そのようにまわりが考《かんが》えたなら、なによりも秀忠《ひでただ》さまがあなどられまする。ひいては、大殿《おおとの》ご自身《じしん》の恥辱《ちじょく》にもなりましょう……。」

康政《やすまさ》は涙《なみだ》を流《なが》して、せつせつと家康《いえやす》をといた。

「ここは秀忠《ひでただ》さまをおゆるしになり、ぜひお会《あ》いくださいませ。それがなによりも、天下《てんか》のまつりごとをつかさどる徳川家《とくがわけ》のためになると、康政《やすまさ》は思《おも》いまする。」

康政《やすまさ》の涙《なみだ》ながらの懇望《こんもう》に、家康《いえやす》はついに折《お》れた。

「よかろう、康政《やすまさ》。秀忠《ひでただ》に会《あ》おう。」

二十五日《にち》、伏見城《ふしみじょう》で、家康《いえやす》は秀忠《ひでただ》の対面《たいめん》をゆるした。

親子《おやこ》の対面《たいめん》がかなったあと、井伊直政《いいなおまさ》と本多忠勝《ほんだただかつ》が、榊原康政《さかきばらやすまさ》のため、席《せき》をもうけた。

「こたび康政《やすまさ》さまが身《み》を賭《と》して、大殿《おおとの》をおいさめしたおかげで、父子《おやこ》のあいだも平《たい》らかになりもうした。これはまさしく、いかなる勲功《くんこう》にも勝《まさ》って、天下《てんか》のためになったとぞんじまする。」

井伊直政《いいなおまさ》は、康政《やすまさ》をほめたたえた。

「いや、いや。それがしのことを、そのように、おほめくださるな。」

康政《やすまさ》はいった。すると、忠勝《ただかつ》がいった。

「康政《やすまさ》よ。そなたは大殿《おおとの》さえもおいさめできるではないか。それほどの力《ちから》をもつそなたが、上田《うえだ》攻《ぜ》めのとき、なにゆえ本多正信《ほんだまさのぶ》などのいいなりにならず、早々《そうそう》に秀忠《ひでただ》ぎみを関ヶ原《せきがはら》におつれしなかったのか。」

忠勝《ただかつ》の苦言《くげん》に、康政《やすまさ》は素直《すなお》にうなずいた。

「いや、すまぬことであった。まったく、そのとおりでござる。」

康政《やすまさ》のことばに、直政《なおまさ》と忠勝《ただかつ》は、なにごとか納得《なっとく》したような顔《かお》になった。

――もしかしたら、大殿《おおとの》は、中山道軍《なかせんどうぐん》をここぞというときの切《き》り札《ふだ》と考《かんが》えておられて、康政《やすまさ》に、わざと遅《おく》れさせたのではないのか？

その思《おも》いがふたりの心《こころ》の底《そこ》にあったのだ。しかし、もはや、それを康政《やすまさ》にきくこともないと、直政《なおまさ》も忠勝《ただかつ》もそのことを口《くち》にはしなかった。

「そのように、康政《やすまさ》にあやまられても、な。」

忠勝《ただかつ》が笑《わら》っていうと、直政《なおまさ》も、康政《やすまさ》も、大笑《おおわら》いした。直政《なおまさ》がいった。

「いずれにせよ、これで、とのが天下人《てんかびと》となられたうえ、秀忠《ひでただ》さまとぶじ仲直《なかなお》りされたのだから、めでたいことだ。」

三人《にん》はなかよく、酒《さけ》をくみかわした。このころ、井伊直政《いいなおまさ》、本多忠勝《ほんだただかつ》、榊原康政《さかきばらやすまさ》の三人《にん》は、徳《とく》川家《がわけ》の「三傑《さんけつ》」とよばれるようになって、十年《ねん》がたっていた。

「どうじゃ、水戸《みと》に行《い》かぬか。」

関ヶ原《せきがはら》の戦《いくさ》の論功行賞《ろんこうこうしょう》において、家康《いえやす》は康政《やすまさ》に水戸《みと》二十五万石《まんごく》を加増《かぞう》しようとした。

「ありがたきおことば、それがしにはもったいのうございます。」

康政《やすまさ》は、それをことわった。

「それがしは関ヶ原《せきがはら》に遅《おく》れた責任《せきにん》があり、切腹《せっぷく》をおおせつけられるところを、かえって加増《かぞう》になったとあっては、えこひいきとそしられましょう。また水戸《みと》は、江戸《えど》から三十里《り》で、道中二日《どうちゅうふつか》かかりますが、館林《たてばやし》なら、一日《にち》で御用《ごよう》が足《た》りましょう。いざというときには、すぐにかけつけられまする。」

それを聞《き》いて、家康《いえやす》はうなずいた。

「よくぞ申《もう》した、康政《やすまさ》。徳川家《とくがわけ》のあるかぎり、榊原家《さかきばらけ》を見捨《みす》てることはない。」

こうして榊原康政《さかきばらやすまさ》は、館林《たてばやし》十万石《まんごく》のままとなった。

慶長《けいちょう》五年《ねん》（一六〇〇年《ねん》）には、榊原康政《さかきばらやすまさ》は年寄《としより》（のちの老中《ろうじゅう》）に任《にん》じられた。それから六年《ねん》、年寄《としより》の座《ざ》にあったが、「無《む》」の旗印《はたじるし》をかかげて戦《たたか》いつづけた康政《やすまさ》らしく、無欲《むよく》をつらぬきとおした。

慶長《けいちょう》六年《ねん》（一六〇一年《ねん》）、本多忠勝《ほんだただかつ》は、関ヶ原《せきがはら》の功績《こうせき》で、伊勢桑名《いせくわな》十万石《まんごく》をあたえられた。前《まえ》の領国《りょうごく》であった大多喜《おおたき》は、五万石《まんごく》として、次男《じなん》の忠朝《ただとも》にあたえられた。

「桑名《くわな》か。」

親子《おやこ》あわせて十五万石《まんごく》になったとはいえ、忠勝《ただかつ》はさびしかった。できれば、もっと家康《いえやす》の近《ちか》くにいたかった。だが、家康《いえやす》が天下人《てんかびと》となったいま、もはや戦場《せんじょう》を走《はし》りまわる「首盗《くびと》り武将《ぶしょう》」が、江戸城《えどじょう》につめている必要《ひつよう》はなかったのだ。

「おそらく、この知行割《ちぎょうわ》りは、正信《まさのぶ》が決《き》めたのだろう。」

いまの家康《いえやす》に必要《ひつよう》なものは、本多正信《ほんだまさのぶ》のような、内政《ないせい》にたけた「文治派《ぶんちは》」であるとして、「武《ぶ》闘派《とうは》」の武将《ぶしょう》たちは、江戸《えど》から遠《とお》くはなれたところに追《お》いやられたのだ。

「やむをえぬ。しかし、ふたたび、戦《いくさ》がおきる。そのときこそは、わが『蜻蛉斬《とんぼぎ》り』があばれまわるのだ……。」

武勇《ぶゆう》だけでなく、智謀《ちぼう》を買《か》われていた井伊直政《いいなおまさ》は、関《せき》ヶ原《がはら》のあとの内政《ないせい》に、ぞんぶんに力《ちから》を発《はっ》揮《き》した。

「毛利《もうり》はゆるさぬ。」

家康《いえやす》は、西軍《せいぐん》の総大将《そうだいしょう》、毛利輝元《もうりてるもと》から百十二万石《まんごく》の領地《りょうち》をすべて没収《ぼっしゅう》しようとした。

「三成《みつなり》にたぶらかされ、わしに歯向《はむ》かう大将《たいしょう》にかつがれるとは、そのままにしてはおけぬ。」

しかし、家康《いえやす》の方針《ほうしん》に、直政《なおまさ》は反対《はんたい》した。

「なにとぞ、それはおやめくださりませ。毛利輝元《もうりてるもと》は、吉川《きっかわ》を通《とお》して、われらと戦《たたか》わぬという約束《やくそく》を守《まも》りました。大坂城《おおざかじょう》も、ほかの大名《だいみょう》たちが籠城決戦《ろうじょうけっせん》をとなえるなか、おとなしくあけわたしました。それらは輝元《てるもと》のおかげでございます。」

直政《なおまさ》はけんめいにとりなした。

「それがしと忠勝《ただかつ》どのは、毛利《もうり》が戦《たたか》わなければ、本領《ほんりょう》を安堵《あんど》すると、文《ふみ》で約束《やくそく》したのでございます。もしも、これを破《やぶ》れば、毛利《もうり》は今度《こんど》こそ一丸《いちがん》となって、われらと戦《たたか》おうとするやもしれませぬ。それは徳川家《とくがわけ》にとっても、天下《てんか》にとっても、得策《とくさく》とはいえませぬ。」

家康《いえやす》は、秀忠《ひでただ》の夫人《ふじん》にあてた文《ふみ》のなかで、直政《なおまさ》のことをこう語《かた》っていた。

――直政《なおまさ》は口《くち》は重《おも》いが、ことが決《けっ》したら、すぐに実行《じっこう》する。わしが考《かんが》えちがいをして、まずいことになりかねないときには、他人《たにん》のいないところで、注意《ちゅうい》してくれる。だからこそ、わしはなにごとも直政《なおまさ》に相談《そうだん》するようになった。なにごとも直政《なおまさ》がいうことなら、耳《みみ》をかたむけねばなるまい。そう思《おも》っていた家康《いえやす》は、直政《なおまさ》のことばに、折《お》れた。

「あいわかった。」

家康《いえやす》は、毛利家《もうりけ》からすべての領地《りょうち》をめしあげることをやめ、周防《すおう》・長門《ながと》の二国《こく》、三十七万石《まんごく》を安堵《あんど》することにした。

「井伊《いい》どの。まことに感謝《かんしゃ》いたす。」

このことで、直政《なおまさ》は毛利家《もうりけ》に深《ふか》く感謝《かんしゃ》された。

さらに直政《なおまさ》は、西軍《せいぐん》で戦《たたか》った島津義弘《しまづよしひろ》から、家康《いえやす》がゆるしてくれるよう、たのまれた。

「島津《しまづ》をゆるせ、というのか。」

島津《しまづ》はほろぼしてしまおうと考《かんが》えていた家康《いえやす》は、直政《なおまさ》にたずねた。

「はっ。ぜひに。」

「島津《しまづ》はそなたに深手《ふかで》を負《お》わせたではないか。その肩《かた》をもつのか。」

直政《なおまさ》はひれふしていった。

「ははっ。それゆえでござります。島津《しまづ》は日本《にっぽん》の西《にし》の果《は》てにあって、長《なが》いあいだ、その領土《りょうど》をきずきあげてきました。勇猛《ゆうもう》で鳴《な》る島津《しまづ》とは戦《いくさ》をせずに、臣従《しんじゅう》させる。それがよきことかとぞんじまする。徳川家《とくがわけ》と天下《てんか》のためには、それがよいと。」

家康《いえやす》はなかなか島津《しまづ》をゆるそうとしなかったが、やがて直政《なおまさ》の熱《あつ》いことばに折《お》れた。

「島津《しまづ》をゆるす。」

また直政《なおまさ》は、関ヶ原《せきがはら》の戦《たたか》いで家康《いえやす》についた真田信之《さなだのぶゆき》から、上田城《うえだじょう》の真田昌幸《さなだまさゆき》・幸村父子《ゆきむらおやこ》の助命《じょめい》を嘆願《たんがん》され、家康《いえやす》を説得《せっとく》した。

「なにとぞ、なにとぞ。」

信之《のぶゆき》の妻《つま》は、本多忠勝《ほんだただかつ》の娘《むすめ》であり、忠勝《ただかつ》も、家康《いえやす》に嘆願《たんがん》した。重臣《じゅうしん》である井伊直政《いいなおまさ》と本多忠勝《ほんだただかつ》に、真田父子《さなだおやこ》を助命《じょめい》するようにいわれ、家康《いえやす》はため息《いき》をついて、うなずいた。

「そなたらが、それほどにもいうのなら、にくいやつらではあるが、真田父子《さなだおやこ》の命《いのち》を助《たす》けて、高《こう》野山《やさん》へ行《い》くように命《めい》じよう。」

こうした徳川家《とくがわけ》の天下《てんか》がつづくようにとおこなった、さまざまな功績《こうせき》により、井伊直政《いいなおまさ》は石田《いしだ》三成《みつなり》の領地《りょうち》だった近江佐和山《おうみさわやま》十八万石《まんごく》をあたえられた。

慶長《けいちょう》七年《ねん》（一六〇二年《ねん》）、関ヶ原《せきがはら》の戦《いくさ》から、二年《ねん》がたっていた。

二月一日《がつついたち》、関ヶ原《せきがはら》での鉄砲傷《てっぽうきず》がいえないまま、井伊直政《いいなおまさ》は破傷風《はしょうふう》をおこして床《とこ》についていた。

うつらうつらしていると、自分《じぶん》をよんでいる声《こえ》が聞《き》こえた。

——虎松《とらまつ》、虎松《とらまつ》……。かならず、井伊家《いいけ》を再興《さいこう》させるのですよ……。

直虎《なおとら》さまだ。わが養母《ようぼ》だ。その声《こえ》に向《む》かって、夢《ゆめ》のなかで、直政《なおまさ》はこたえた。

——直虎《なおとら》さま。虎松《とらまつ》は、井伊家《いいけ》を再興《さいこう》させるために、戦《たたか》ってまいりました。直虎《なおとら》さまに教《おし》えられた「中心斬《ちゅうしんぎ》り」を忘《わす》れずに、ひたすら戦《たたか》ってまいりました……。

すると、そのとき、喊声《かんせい》がとどろいた。

いつのまにか、直政《なおまさ》は関《せき》ヶ原《はら》にいた。おびただしい銃弾《じゅうだん》や矢《や》が飛《と》び交《か》うなか、「赤備《あかぞな》え」をひきいる直政《なおまさ》は長《なが》い槍《やり》をふりかざし、西軍《せいぐん》に向《む》かって突進《とっしん》した。石田三成《いしだみつなり》や島左近《しまさこん》、宇喜多秀家《うきたひでいえ》らと戦《たたか》ったのち、いつかしら直政《なおまさ》は、東軍《とうぐん》をすさまじい勢《いきお》いで突破《とっぱ》していく島津軍《しまづぐん》を追《お》っていた。

——追《お》えっ、追《お》えっ。

直政《なおまさ》は追《お》った。いつのまにか、ただ一騎《いっき》になり、島津義弘《しまづよしひろ》を追《お》いつづけた。

——待《ま》たぬかっ。

このとき、島津軍《しまづぐん》の鉄砲《てっぽう》の弾《たま》が飛《と》んできて、直政《なおまさ》の肩《かた》にあたった。

——うっ。

はげしい痛《いた》みをおぼえて、直政《なおまさ》は馬《うま》から落《お》ちた。そのまま夢《ゆめ》のなかで、直政《なおまさ》は深《ふか》い闇《やみ》へ落《お》ちていった……。

こうして関《せき》ヶ原《はら》の夢《ゆめ》を最後《さいご》に、「井伊《いい》の赤鬼《あかおに》」とおそれられた、もっとも若《わか》き『徳川四天王《とくがわしてんのう》』だった井伊直政《いいなおまさ》は、四十二歳《さい》で息《いき》をひきとった。

第二十三章《だいにじゅうさんしょう》　江戸幕府《えどばくふ》

慶長八年《けいちょうはちねん》（一六〇三年《ねん》）、二月《がつ》、六十二歳《さい》の家康《いえやす》は右大臣《うだいじん》、征夷大将軍《せいいたいしょうぐん》となり、江戸《えど》に幕府《ばくふ》をひらいた。

江戸幕府《えどばくふ》ができると、豊臣家《とよとみけ》と徳川家《とくがわけ》の力関係《ちからかんけい》は、はっきりと逆転《ぎゃくてん》した。いまや徳川家《とくがわけ》は天下《てんか》に号令《ごうれい》する将軍家《しょうぐんけ》であり、豊臣家《とよとみけ》は、摂津《せっつ》、河内《かわち》、和泉《いずみ》の三か国を領地《りょうち》とする六十五万《まん》七千石《ごく》の一大名《いちだいみょう》としての地位《ちい》にあまんじるしかなかった。それでも家康《いえやす》は豊臣家《とよとみけ》とのいさかいをさけるため、秀忠《ひでただ》の娘《むすめ》である七歳《さい》の千姫《せんひめ》を、十一歳《さい》の秀頼《ひでより》にとつがせた。これは秀吉《ひでよし》が生《い》きているころに決《き》めていた約束《やくそく》だった。

慶長十年《けいちょうねん》（一六〇五年《ねん》）、家康《いえやす》は将軍《しょうぐん》をしりぞき、つぎの将軍《しょうぐん》に、秀忠《ひでただ》をすえた。

——将軍職《しょうぐんしょく》は、徳川家《とくがわけ》でついでいく。

諸国《しょこく》の大名《だいみょう》はじめ、とりわけ豊臣家《とよとみけ》に対《たい》して、はっきりとそれを宣言《せんげん》したのである。

「老臣《ろうしん》が権《けん》をあらそうのは、亡国《ぼうこく》のきざしである。」

年寄《としより》となった榊原康政《さかきばらやすまさ》はそういって、一歩身《いっぽみ》をひいたかたちになっていた。

「これからのまつりごとは、若《わか》い世代《せだい》がになわなくてはならぬ。」

徳川《とくがわ》の治世《ちせい》に口《くち》を出《だ》さず、つぎの世代《せだい》にまかせようとしていた康政《やすまさ》は病《やまい》の床《とこ》についた。

慶長十一年《けいちょうじゅういちねん》（一六〇六年《ねん》）の三月《がつ》。本多忠勝《ほんだただかつ》が、館林《たてばやし》の地《ち》に、榊原康政《さかきばらやすまさ》を見舞《みま》いにきた。

「おう、忠勝《ただかつ》。わざわざ桑名《くわな》からきてくれたか。」

康政《やすまさ》は床《とこ》からおきあがり、忠勝《ただかつ》の顔《かお》を見《み》て微笑《びしょう》した。

「康政《やすまさ》、おきてもだいじょうぶなのか。」

忠勝《ただかつ》はたずねた。

「このところ風邪《かぜ》ぎみだったが、今日《きょう》はだいぶいい。」

「そうか。いつもの康政《やすまさ》らしく、元気《げんき》を出《だ》せ。」

康政《やすまさ》はふっと微笑《びしょう》していった。

「いつも元気《げんき》そのもののそなたにいわれると、わたしも元気《げんき》が出《で》そうだ。」

忠勝《ただかつ》はしみじみといった。

「それにしても、さまざまなことがあったな、康政《やすまさ》。とのに天下《てんか》をとらせるのだとちかいあったのは、われらがいくつのときだったかな。」

「十九だ、忠勝《ただかつ》。われらはあのころ若《わか》かったのう。」

「そうか。あれから、四十年《ねん》がすぎたのだな。」

忠勝《ただかつ》がいうと、康政《やすまさ》は遠《とお》くを見《み》やって、つぶやいた。

「ときがたつのは、早《はや》いものだな、忠勝《ただかつ》。あのときから、四十年《ねん》がすぎたとは……。」

同《おな》じ年《とし》の五月《がつ》十四日《か》。その朝《あさ》、康政《やすまさ》は夢《ゆめ》を見《み》ていた。そこはだれもいない、真《ま》っ白《しろ》な大広間《おおひろま》だった。はてしなくひろがっているような広間《ひろま》の中央《ちゅうおう》に、白《しろ》い紙《かみ》がおいてあり、硯《すずり》と筆《ふで》がそえられていた。

そうか。わたしに書《か》けというのだな。康政《やすまさ》はうなずいた。筆《ふで》をとり、墨《すみ》をたっぷりとふくま

せた。気合《きあい》のこもった字《じ》で、「無《む》」と書《か》いた。

——無《む》。

その流麗《りゅうれい》きわまりない字《じ》を見《み》て、康政《やすまさ》は微笑《びしょう》した。

わたしの生涯《しょうがい》は、「無《む》」であったか。そうつぶやくと、力《ちから》つきたように、その場《ば》にくずおれていった……。

こうして、戦《いくさ》の場《ば》に、「無《む》」の旗印《はたじるし》をかかげ、無念無想《むねんむそう》で戦《たたか》いつづけた榊原康政《さかきばらやすまさ》は、夢《ゆめ》のあとに、館林《たてばやし》の地《ち》で、息《いき》をひきとった。五十九歳《さい》であった。


慶長《けいちょう》十二年《ねん》（一六〇七年《ねん》）、江戸城《えどじょう》に天守閣《てんしゅかく》ができると、家康《いえやす》は大名《だいみょう》たちを動員《どういん》して、静岡《しずおか》の地《ち》に、火事《かじ》で焼失《しょうしつ》した駿府城《すんぷじょう》をふたたび建造《けんぞう》させ、七月三日《がつみっか》に、駿府城《すんぷじょう》へうつった。「大御所《おおごしょ》」と称《しょう》して、家康《いえやす》は、江戸城《えどじょう》の秀忠《ひでただ》にまつりごとを指示《しじ》し、江戸城《えどじょう》の秀忠《ひでただ》がこれを実行《じっこう》する、「大《おお》御所《ごしょ》」の政治《せいじ》というかたちが、そののちおよそ十年《ねん》つづくことになった。

慶長《けいちょう》十四年《ねん》（一六〇九年《ねん》）、本多忠勝《ほんだただかつ》は隠居《いんきょ》を決《き》め、桑名城主《くわなじょうしゅ》を子《こ》の忠政《ただまさ》にゆずった。

あくる慶長《けいちょう》十五年《ねん》（一六一〇年《ねん》）、十月十日《がつとおか》。小《ちい》さな木仏《きぼとけ》を小刀《こがたな》で彫《ほ》っていたとき、人《ひと》さし指《ゆび》の先《さき》に切《き》り傷《きず》をつくってしまい、忠勝《ただかつ》は、はっと胸《むね》をつかれた。

五十七回《かい》も戦場《せんじょう》に出《で》て、ただ一度《いちど》もかすり傷《きず》さえ負《お》ったことのない自分《じぶん》が、小刀《こがたな》でけがをするとは。忠勝《ただかつ》はこのときさとった。死《し》が近《ちか》いのだな。その夕《ゆう》から、忠勝《ただかつ》は病《やまい》の床《とこ》についた。

そして、十八日《にち》。忠勝《ただかつ》はあとつぎの忠政《ただまさ》をよんだ。

「父上《ちちうえ》、おかげんはいかがでございますか。お顔《かお》の色《いろ》はとてもよいように思《おも》われますが。」

忠政《ただまさ》がいうと、忠勝《ただかつ》は床《とこ》にふせったまま、いった。

「忠政《ただまさ》よ、そなたにたのみがある。わしに、あの『蜻蛉斬《とんぼぎ》り』をもたせてくれ。」

忠勝《ただかつ》は、長押《なげし》にかけられている「蜻蛉斬《とんぼぎ》り」を指《ゆび》さした。

「はっ。父上《ちちうえ》。」

忠政《ただまさ》は立《た》ちあがり、「蜻蛉斬《とんぼぎ》り」を長押《なげし》からとると、うやうやしくささげもつようにして、布団《ふとん》の上《うえ》から、忠勝《ただかつ》に「蜻蛉斬《とんぼぎ》り」をもたせた。

「おう、長《なが》いのう。」

忠勝《ただかつ》は両手《りょうて》で「蜻蛉斬《とんぼぎ》り」をもてあますようにしながら、いった。

「はっ。長《なご》うございます。このように長《なが》い槍《やり》をあつかえるのは、天下《てんか》ひろしといえども、父上《ちちうえ》ただひとりで、ございましょう。」

忠勝《ただかつ》は低《ひく》く笑《わら》った。

「されど、いまのわしには、もうあつかえぬ……。」

その声《こえ》は、あたりにひびきわたる大音声《だいおんじょう》をあげて敵陣《てきじん》に突撃《とつげき》した闘将《とうしょう》、本多忠勝《ほんだただかつ》のものとは思《おも》えないほど、かすれきっていた。忠勝《ただかつ》は目《め》を閉《と》じた。十三歳《さい》で初陣《ういじん》をはたしたときから、五十七回《かい》も「蜻蛉斬《とんぼぎ》り」をふりかざして戦《たたか》った光景《こうけい》が、まぶたの裏《うら》を、走馬灯《そうまとう》のように走《はし》っていった。

――よいか、者《もの》どもっ。

忠勝《ただかつ》は、戦《いくさ》のたびに、部下《ぶか》にいった。

――みな、わしのいうとおりに動《うご》け。そうすれば、みなよいはたらきをすることができよう。まず、腹《はら》ごしらえをして、十分《じゅうぶん》にしたくして、そのときにそなえろっ。

いざ合戦《かっせん》がはじまると、忠勝《ただかつ》は鬼《おに》のようなすさまじい形相《ぎょうそう》になり、大声《おおごえ》をはりあげて、敵陣《てきじん》に突進《とっしん》した。

――進《すす》めっ、進《すす》めっ、わしが鉄《てつ》の盾《たて》となって、ついておるぞっ。

ほおをふくらませ、泡《あわ》を吹《ふ》きちらし、忠勝《ただかつ》は兵《へい》を力《ちから》づけながら、敵陣《てきじん》に斬《き》りこんだ……。

忠勝《ただかつ》の目《め》から、うすい涙《なみだ》が流《なが》れた。

「忠次《ただつぐ》さま、直政《なおまさ》、康政《やすまさ》。わしも、そちらへ行《い》きまする……。」

「蜻蛉斬《とんぼぎ》り」を手《て》に、かすれた声《こえ》でつぶやくと、「家康《いえやす》にすぎたる武将《ぶしょう》」であり、「首盗《くびと》り武将《ぶしょう》」として天下《てんか》に知《し》られた名将《めいしょう》、本多忠勝《ほんだただかつ》はこの世《よ》を去《さ》った。六十三歳《さい》であった。

ここに家康《いえやす》に天下《てんか》をとらせるのに、すぐれた功績《こうせき》のあった四人《にん》の名臣《めいしん》、『徳川四天王《とくがわしてんのう》』にして、さらには『徳川《とくがわ》の三傑《さんけつ》』が、すべてこの世《よ》から去《さ》っていったのである。

それから四年後《ねんご》の慶長《けいちょう》十九年《ねん》（一六一四年《ねん》）。豊臣秀頼《とよとみひでより》がたてこもる大坂城《おおざかじょう》を、徳川軍《とくがわぐん》が攻《せ》めた。「大坂冬《おおざかふゆ》の陣《じん》」である。あくる慶長《けいちょう》二十年《ねん》（一六一五年《ねん》）の「大坂夏《おおざかなつ》の陣《じん》」をへて、太閤秀吉《たいこうひでよし》がきずきあげた大坂城《おおざかじょう》は炎上《えんじょう》し、秀頼《ひでより》は自刃《じじん》し、豊臣家《とよとみけ》は滅亡《めつぼう》した。

元和《げんな》二年《ねん》（一六一六年《ねん》）、三月《がつ》二十七日《にち》、家康《いえやす》は太政大臣《だじょうだいじん》に任《にん》じられた。そして、ひと月後《つきご》の四月《がつ》十七日《にち》、家康《いえやす》は駿府《すんぷ》の地《ち》で、息《いき》をひきとった。

勇猛《ゆうもう》にして忠実《ちゅうじつ》な『徳川四天王《とくがわしてんのう》』ら、三河武士《みかわぶし》にささえられ、天下《てんか》をつかみとった家康《いえやす》は、七十五年《ねん》の生涯《しょうがい》を終《お》えたのである。

終《お》わり

徳川家康《とくがわいえやす》と四天王《してんのう》の年表《ねんぴょう》

（＊年齢《ねんれい》は数《かぞ》え年《どし》）

年代《ねんだい》	年齢《ねんれい》	家康《いえやす》の年表《ねんぴょう》	四天王《してんのう》とまわりの動《うご》き
1535年《ねん》（天文《てんぶん》4）		祖父《そふ》、松平清康《まつだいらきよやす》が家臣《かしん》に殺《ころ》される。父《ちち》、広忠《ひろただ》、松平家《まつだいらけ》のあとつぎになる。	1527年《ねん》　酒井忠次《さかいただつぐ》生《う》まれる。
1542年《ねん》（天文《てんぶん》11）		12月《がつ》26日《にち》、広忠《ひろただ》の子《こ》として岡崎城《おかざきじょう》で生《う》まれる。幼名《ようめい》は竹千代《たけちよ》。	（1534年《ねん》　織田信長《おだのぶなが》生《う》まれる。）（1537年《ねん》　豊臣秀吉《とよとみひでよし》生《う》まれる。）
1547年《ねん》（天文《てんぶん》16）	6歳《さい》	今川家《いまがわけ》に人質《ひとじち》として送《おく》られる途中《とちゅう》、織田《おだ》家《け》に連《つ》れさられる。	1540年《ねん》　忠次《ただつぐ》、元服《げんぷく》する。
1549年《ねん》（天文《てんぶん》18）	8歳《さい》	父《ちち》、広忠暗殺《ひろただあんさつ》される。織田方《おだがた》から今川方《いまがわがた》の人質《ひとじち》となり、駿府《すんぷ》へうつる。	1548年《ねん》　本多忠勝《ほんだただかつ》生《う》まれる。榊原康政《さかきばらやすまさ》生《う》まれる。
1555年《ねん》（天文《てんぶん》24）	14歳《さい》	元服《げんぷく》して、松平元信《まつだいらもとのぶ》と名《な》をあらためる。	
1557年《ねん》（弘治《こうじ》3）	16歳《さい》	関口親永《せきぐちちかなが》の娘《むすめ》、瀬名姫《せなひめ》（鶴姫《つるひめ》とも。のちの築山殿《つきやまどの》）と結婚《けっこん》する。	

1558年《ねん》（永禄《えいろく》1）	17歳《さい》	初陣《ういじん》し、てがらをたてる。名前《なまえ》を元信《もとのぶ》から元康《もとやす》にあらためる。	（1554年《ねん》 秀吉《ひでよし》が信長《のぶなが》に仕《つか》える。）
1560年《ねん》（永禄《えいろく》3）	19歳《さい》	今川義元《いまがわよしもと》が桶狭間《おけはざま》で織田信長《おだのぶなが》に破《やぶ》れ、それをきっかけにして、岡崎城《おかざきじょう》に帰《かえ》る。	1560年《ねん》 忠勝《ただかつ》、初陣《ういじん》。康政《やすまさ》、家康《いえやす》に仕《つか》える。
1562年《ねん》（永禄《えいろく》5）	21歳《さい》	信長《のぶなが》と同盟《どうめい》を結《むす》ぶ。	
1563年《ねん》（永禄《えいろく》6）	22歳《さい》	名前《なまえ》を元康《もとやす》から家康《いえやす》にあらためる。	1561年《ねん》 井伊直政《いいなおまさ》生《う》まれる。
1566年《ねん》（永禄《えいろく》9）	25歳《さい》	徳川姓《とくがわせい》を名《な》のる。	
1570年《ねん》（元亀《げんき》1）	29歳《さい》	信長《のぶなが》と朝倉義景《あさくらよしかげ》を攻《せ》める。岡崎城《おかざきじょう》から浜松城《はままつじょう》にうつる。織田《おだ》・徳川軍《とくがわぐん》、近江《おうみ》の姉川《あねがわ》で浅井《あざい》・朝倉《あさくら》軍《ぐん》と対決《たいけつ》し、破《やぶ》る。	1563年《ねん》 康政《やすまさ》、初《うい》陣《じん》。1564年《ねん》 忠次《ただつぐ》、忠《ただ》勝《かつ》、康政《やすまさ》が吉田城《よしだじょう》を攻《せ》め落《お》とし、三河《みかわ》を平《へい》定《てい》。
1572年《ねん》（元亀《げんき》3）	31歳《さい》	武田信玄《たけだしんげん》と三方ケ原《みかたがはら》で戦《たたか》い、大敗《たいはい》する。	
1575年《ねん》（天正《てんしょう》3）	34歳《さい》	織田《おだ》・徳川軍《とくがわぐん》が武田勝頼軍《たけだかつよりぐん》を長篠《ながしの》で破《やぶ》る。	
1579年《ねん》（天正《てんしょう》7）	38歳《さい》	信長《のぶなが》の命《めい》で、正妻築山《せいさいつきやま》を暗殺《あんさつ》し、長男信《ちょうなんのぶ》康《やす》を自害《じがい》させる。	1575年《ねん》 直政《なおまさ》、家《いえ》康《やす》に仕《つか》える。

1582年《ねん》（天正《てんしょう》10）	41歳《さい》	織田《おだ》・徳川軍《とくがわぐん》が武田勝頼軍《たけだかつよりぐん》をほろぼす。信長《のぶなが》が、本能寺《ほんのうじ》で明智光秀《あけちみつひで》に倒《たお》され、家康《いえやす》は急《いそ》いで岡崎《おかざき》に戻《もど》る。
1584年《ねん》（天正《てんしょう》12）	43歳《さい》	小牧《こまき》・長久手《ながくて》の戦《たたか》いで秀吉《ひでよし》を破《やぶ》る。のちに和睦《わぼく》し、子《こ》の於義丸《おぎまる》（のちの秀康《ひでやす》）を養子《ようし》として大坂《おおさか》にやる。
1586年《ねん》（天正《てんしょう》14）	45歳《さい》	秀吉《ひでよし》の妹《いもうと》朝日姫《あさひひめ》を妻《つま》にむかえ、秀吉《ひでよし》の母《はは》を人質《ひとじち》として岡崎《おかざき》にむかえる。秀吉《ひでよし》をたずね大坂《おおさか》に行《い》く。浜松城《はままつじょう》から駿府城《すんぷじょう》にうつる。
1590年《ねん》（天正《てんしょう》18）	49歳《さい》	小田原《おだわら》の北条氏《ほうじょうし》が降伏《こうふく》。家康《いえやす》がそれまでの領地《りょうち》とひきかえに、関八州《かんはっしゅう》をゆずりうけ、江戸城《えどじょう》に入《はい》る。
1592年《ねん》（天正《てんしょう》20）	51歳《さい》	朝鮮出兵《ちょうせんしゅっぺい》のため、九州名護屋《きゅうしゅうなごや》に行《い》く。
1596年《ねん》（文禄《ぶんろく》5）	55歳《さい》	正二位内大臣《しょうにいないだいじん》に任《にん》じられる。

1576年《ねん》 直政《なおまさ》、初陣《ういじん》。

（1585年《ねん》 秀吉《ひでよし》、関白《かんぱく》になる。）

1588年《ねん》 忠次《ただつぐ》、隠居《いんきょ》する。

1596年《ねん》 忠次《ただつぐ》、死《し》ぬ。

（1597年《ねん》 秀吉《ひでよし》、ふたたび朝鮮《ちょうせん》に出兵《しゅっぺい》。）

（1599年《ねん》 前田利《まえだとし》家死《いえし》ぬ。）

1600年《ねん》 康政《やすまさ》、年寄《としより》に任《にん》じられる。

1598年《ねん》（慶長《けいちょう》3）	57歳《さい》	秀吉《ひでよし》が死《し》に、事実上《じじつじょう》、第《だい》一の実力者《じつりょくしゃ》となる。	1601年《ねん》 忠勝《ただかつ》、領《りょう》地《ち》がかわり、江戸《えど》から遠《とお》ざけられる。
1600年《ねん》（慶長《けいちょう》5）	59歳《さい》	関ヶ原《せきがはら》の戦《たたか》いで大勝《たいしょう》する。	
1603年《ねん》（慶長《けいちょう》8）	62歳《さい》	右大臣《うだいじん》、征夷大将軍《せいいたいしょうぐん》となり、江戸幕府《えどばくふ》をひらく。	1602年《ねん》 直政《なおまさ》、死《し》ぬ。
1605年《ねん》（慶長《けいちょう》10）	64歳《さい》	将軍職《しょうぐんしょく》を秀忠《ひでただ》にゆずる。	1606年《ねん》 康政《やすまさ》、死《し》ぬ。
1607年《ねん》（慶長《けいちょう》12）	66歳《さい》	江戸城《えどじょう》の天守閣《てんしゅかく》できる。江戸城《えどじょう》を秀忠《ひでただ》にまかせ、駿府城《すんぷじょう》にうつる。	1610年《ねん》 忠勝《ただかつ》、死《し》ぬ。
1614年《ねん》（慶長《けいちょう》19）	73歳《さい》	大坂討伐《おおざかとうばつ》を宣言《せんげん》する。（大坂冬《おおざかふゆ》の陣《じん》）	
1615年《ねん》（慶長《けいちょう》20）（元和《げんな》1）	74歳《さい》	大坂夏《おおざかなつ》の陣《じん》で豊臣氏《とよとみし》をほろぼす。「武家諸法度《ぶけしょはっと》」「禁中《きんちゅう》ならびに公家《くげ》諸法度《しょはっと》」をさだめる。	
1616年《ねん》（元和《げんな》2）	75歳《さい》	太政大臣《だじょうだいじん》の位《くらい》をうける。駿府城《すんぷじょう》で死《し》ぬ。	

＊著者紹介

小沢章友《おざわあきとも》

1949年、佐賀県生まれ。早稲田大学政経学部卒業。『遊民爺さん』（小学館文庫）で開高健賞奨励賞受賞。おもな作品に『三国志』（全7巻）、『飛べ！　龍馬－坂本龍馬物語－』『織田信長－炎の生涯－』『豊臣秀吉－天下の夢－』『徳川家康－天下太平－』『黒田官兵衛－天下一の軍師－』『武田信玄と上杉謙信』『真田幸村－風雲！真田丸－』『大決戦！　関ヶ原』『徳川四天王』『西郷隆盛』『伊達政宗－奥羽の王、独眼竜－』『西遊記』『明智光秀－美しき知将－』『渋沢栄一　日本資本主義の父』『北条義時　武士の世を開いた男』（以上、青い鳥文庫）、『三島転生』（ポプラ社）、『龍之介怪奇譚』（双葉社）などがある。

＊画家紹介

甘塩《あまじお》コメコ

千葉県出身・O型。猫とゲームを愛する絵描き。おもな表紙・挿絵の仕事に「いとをかし！百人一首」シリーズ（集英社）、「ハピ☆スタ編集部」シリーズ（金の星社）、「モンスター・クラーン」シリーズ（KADOKAWA）などがある。

この作品は書き下ろしです。

講談社　青い鳥文庫

徳川《とくがわ》四《し》天王《てんのう》
戦国《せんごく》武将《ぶしょう》物語《ものがたり》
小沢《おざわ》章友《あきとも》

2017年５月15日　第１刷発行
2022年３月１日　第５刷発行

（定価はカバーに表示してあります。）

発行者　鈴木章一

発行所　株式会社講談社
東京都文京区音羽2-12-21　郵便番号112-8001
電話　編集（03）5395-3536
販売（03）5395-3625
業務（03）5395-3615

N.D.C.913　238p　18cm

装　丁　久住和代
印　刷　図書印刷株式会社
製　本　図書印刷株式会社
本文データ制作　講談社デジタル製作

KODANSHA

© Akitomo Ozawa　2017
Printed in Japan

（落丁本・乱丁本は、購入書店名を明記のうえ、小社業務あてにお送りください。送料小社負担にておとりかえします。）

■この本についてのお問い合わせは、青い鳥文庫編集まで、ご連絡ください。

本書のコピー、スキャン、デジタル化等の無断複製は著作権法上での例外を除き禁じられています。本書を代行業者等の第三者に依頼してスキャンやデジタル化することはたとえ個人や家庭内の利用でも著作権法違反です。

ISBN978-4-06-285629-4

「講談社《こうだんしゃ》 青《あお》い鳥文庫《とりぶんこ》」刊行《かんこう》のことば

太陽《たいよう》と水《みず》と土《つち》のめぐみをうけて、葉《は》をしげらせ、花《はな》をさかせ、実《み》をむすんでいる森《もり》。小《こ》鳥《とり》や、けものや、こん虫《ちゅう》たちが、春《はる》・夏《なつ》・秋《あき》・冬《ふゆ》の生活《せいかつ》のリズムに合《あ》わせてくらしている森《もり》。森《もり》には、かぎりない自然《しぜん》の力《ちから》と、いのちのかがやきがあります。

本《ほん》の世界《せかい》も森《もり》と同《おな》じです。そこには、人間《にんげん》の理想《りそう》や知恵《ちえ》、夢《ゆめ》や楽《たの》しさがいっぱいつまっています。

本《ほん》の森《もり》をおとずれると、チルチルとミチルが「青《あお》い鳥《とり》」を追《お》い求《もと》めた旅《たび》で、さまざまな体験《たいけん》を得《え》たように、みなさんも思《おも》いがけないすばらしい世界《せかい》にめぐりあえて、心《こころ》をゆたかにするにちがいありません。

「講談社《こうだんしゃ》 青《あお》い鳥文庫《とりぶんこ》」は、七十年《ねん》の歴史《れきし》を持《も》つ講談社《こうだんしゃ》が、一人《ひとり》でも多《おお》くの人《ひと》のために、すぐれた作品《さくひん》をよりすぐり、安《やす》い定価《ていか》でおおくりする本《ほん》の森《もり》です。その一さつ一さつが、みなさんにとって、青《あお》い鳥《とり》であることをいのって出版《しゅっぱん》していきます。この森《もり》が美《うつく》しいみどりの葉《は》をしげらせ、あざやかな花《はな》を開《ひら》き、明日《あす》をになうみなさんの心《こころ》のふるさととして、大《おお》きく育《そだ》つよう、応援《おうえん》を願《ねが》っています。

昭和《しょうわ》五十五年《ねん》十一月《がつ》

講 談 社